여자의 한계

KŌFUKUNO GENKAI by ISHIKAWA Tatsuzō
Copyright © 1954 by ISHIKAWA Yoshiko
Originally published in Japan

한림신서 일본현대문학대표작선 29

여자의 한계

이시카와 다쓰조(石川達三) 지음 · 신성열 옮김

小花

한림신서 일본현대문학대표작선 29
여자의 한계

초판인쇄 ▪ 2004년 7월 20일
초판발행 ▪ 2004년 7월 30일

지 은 이 ▪ 이시카와 다쓰조
옮 긴 이 ▪ 신성열

발 행 인 ▪ 고화숙
발 행 처 ▪ 도서출판 소화
등　　록 ▪ 제13-412호
주　　소 ▪ 서울시 영등포구 영등포동 94-97
전　　화 ▪ 2677-5890(대표)
팩　　스 ▪ 2636-6393
홈페이지 ▪ www.sowha.com

ISBN 89-8410-255-5
ISBN 89-8410-108-7 (세트)

☆잘못된 책은 언제나 바꾸어 드립니다.

값 7,000원

역자의 말

 미래란 정신적인 면에서나 육체적인 면에서나 전혀 미지의 세계이다. 한 처녀가 자기 가까이에서 바라볼 수 있는 여자의 생활을 관찰하면서 그 미지의 세계를 더듬어 찾는다. 그리고 결혼생활이란 결국 '성생활이 수반된 가정부' 생활에 지나지 않는다고 판단한다. 그래서 부모가 권유하는 혼담을 거들떠보지도 않는다. 결혼은 아예 하지도 않을 작정이다.

 가정부와 다름없는 생활에 몸을 빠뜨리지 않고 육체의 해방을 추구하는 것 속에 인간으로서의 자유와 독립을 꿈꾼다. 그러던 중 처음으로 육체의 경험을 하게 된 이 여성은 거기서 예상치 않은 미지의 세계를 실감하게 된다. 그녀는 어두운 밤길을 조용히 걸어간다. 이유는 확실치 않지만 어쨌든 자신이 왠지 모르게 초라한 것으로 느껴진다. 잃은 것은 바로 그것이었다. 육체적으로 뭔가를 잃었다기보다도 정말 잃은 것은 중대한 마음의 독립이었다. 마음의 독립을 잃었고 고독의 즐거움을 잃었다.

 이거야말로 큰 타격이었다. 그리고 이러한 감정이 여자였던 것이다. 그녀는 비로소 여자의 감정을 알 수 있었다. 그녀가 전에 생각하고 있던 것은 어떻게 해서 자신의 개성을 살려나갈까 하는 것이었다. 그래서 당연한 결혼생활 같은 것은 참을 수 없다고 생각하고 있었다. 남편에게 속박당하거나 가정의 잡다한 일에 속박당해서 무엇을 했는지 모르는 상태로 생애를 마치게 된다고 생각하고 있었다. 그러나 결혼까지 거부하던 그녀가 육체의 경험 이후에는 결혼은 물론 자신의 남편을 사랑하고 남편의 일을 완성시키기 위해 자신의 생애와 애정을 바치겠다는 결심이 들 정도로 돌변하고 있다.

무릇 여성들이 그 기회를 잡을 수만 있다면 역시 결혼이라는 생활 속에서 정신과 육체의 안정을 찾으려고 하는 것이 오늘날의 사회에서는 당연한 일이라고 해야 할 것이다. 그러므로 만약에 이제까지의 결혼생활에 아직도 여성의 인간성을 무시하는 요소가 있다면 앞으로의 시대를 살아갈 젊은 여성들이 자기 자신의 결혼생활 속에서 그 낡고 썩은 것을 타파하고 인간으로서의 행복을 개척하고 찾아나가야 할 것이다. 바로 그 행복이 어디에 있느냐, 어떻게 살아야 그것을 얻을 수 있느냐에 언급한 것이 이 작품이다.

끝으로 이 책은 石川達三, 『幸福の限界』(新潮社, 1975)를 저본으로 삼았음을 밝혀 둔다.

신성열

차례

역자의 말 · 5

젊은 미망인 · 9

깨지는 혼담 · 30

가정불화 · 48

딸의 가출 · 75

어머니의 가출 · 96

주부의 일생 · 119

미망인의 재혼 · 137

육체의 경험 · 161

여자의 함정 · 186

지옥 속의 안정된 생활 · 225

어머니의 귀소본능 · 242

젊은 미망인

역 밖으로 나서자 찬바람이 세차게 불어오고 있었다. 벨벳 코트를 입은 젊은 엄마는 가슴을 펴고 한 손에 가방 다른 한 손에는 어린애의 손을 잡고 걸어간다. 이제 그만 정신을 차려야겠다는 생각이 든다. 그녀는 위기에 처해 있기 때문에 정신을 차려야 한다. 그 위기가 지금 시작된 것은 아니다. 이제까지 4년간 계속되고 있었다. 그 위기의 해결이 오늘까지 밀려 내려온 것은 남편, 친정부모, 시부모, 아니면 자신 등 그 누군가의 게으름 때문인 것이 틀림없다. 이제 더 이상 기다리고만 있을 수는 없다. 아무도 해결해 주는 사람이 없으니 자기 스스로 해결하는 도리밖에 없다.

찬바람이 발치에서 불어오고 있다. 거리의 풍경은 연말 성수기로 크게 성황을 이루고 있다. 전쟁이 끝난 후 수많은 마켓이 들어서 붉은 장식을 펄럭이고 있다. 그 붉은 빛깔이 왜 그런지 쓸쓸하게만 느껴진다. 그 쓸쓸한 감정은 그녀의 신상과도 관계가 있다. 4년 전 결혼식에 가던 자동차로 이 거리를 지나갈 때 시부야(澁谷)의 거리는 번화의 극치를 이루고 있었다. 그리고 그녀의 운명도 화려한 것이었다. 그러던 것이 이제 이 거리는 전쟁으로 황폐해져 판자촌이 들어섰고(戰災) 자신은 애가 딸린 젊은 미망인이 되어 있다. 그녀의 젊음과 미모는 성수기의 붉은 휘장처럼 쓸쓸해 보일지도 모른다.

정신을 바짝 차려야겠다는 생각이 든다. 남편의 전사(戰死)는 거의 확실하다. 어쨌든 그가 타고 있던 배가 침몰했다는 것까지는 알고 있다. 시부모는 공식적인 통지가 없으니까 아직 살아 있을 것이라고 말한다. 슬픔을 멀리 밀쳐버리고 싶은 생각은 자신에게도 있다. 그것을 더 이상 밀어낼 수 없을 때 시부모는 울면 된다. 시부모는 그러면 될지 모르지만 젊은 미망인이 된 자신에게는 그것만으로는 뭔가 부족함이 남는다. 그때가 되고 나서 누가 책임을 져 줄 것인가. 자신의 비극은 자기 스스로 해결해야만 한다. 그것이 도저히 피할 수 없는 것이라면 일찌감치 대책을 세워야 한다. 세이코(省子)는 살아 있다는 것이 고통스러움을 절실히 느꼈다.

전화(戰禍)를 입은 땅에 늘 다니던 낯익은 언덕길만이 남아 있다. 바람은 언덕길 아래서 불어온다. 전차가 삐걱거리는 소리를 내며 내려가고 있다. 언덕 양쪽은 낯선 판자촌 거리였고 그 거리를 몇 번인가 구부러져 가면 친정 집 문 앞에 당도한다. 이 집만이 전쟁중에 불타지 않았다. 그래서인지 요즈음에는 낯선 집 같은 느낌이 든다.

정면의 현관은 1년 내내 닫아 놓는 것이 아버지의 취향이었으며 정월에만 문을 연다. 아버지는 그렇게 통속적인 위엄을 보이고 싶어한다. 겉으로는 위엄을 내세우지만 실은 그렇지 않다. 그저 상식적인 사람으로서 착실하고 충실한 호인이다. 임대가옥을 지어서 팔았으며 그때마다 수입을 올려 지금은 근처에 열두서너 채의 임대주택을 가지고 있다. 금전등록기 회사에 근무하고 있으며 간나(神田)의 매점 주임이다. 고생을 모르는 성품으로 오늘의 일밖에 생각하지 않는다. 사회의 현실에 충실해서 현실이 통속적으로 몸에 배어 있다. 사상도 없고 지조도 없지만 생활력은 강하다. 모든 물건의 오늘 시세를 알고 있고 내일 시세를 예상한다. 다만 딸의 이혼문제에 대해서 얼마만큼 이해하고 있는지 세이코로서는 알 수 없다. 그녀는 뒷문을 열고 피곤해 하는 아이를 먼저 들여보냈다.

「너 왔구나. 하하하…」하고 멀리서 아버지의 밝은 목소리가 들려왔다.

아버지는 군복 바지에 재킷을 입고 장작다발을 안고 있다. 목욕물을 데우는 중이었다.

「어서 올라오렴, 날씨가 매우 춥지」하고 아버지는 아무 생각 없이 웃는다. 타인에게는 무의미하게 들릴지 모르지만 본인에게는 진심으로 반가운 것이다. 하나뿐인 손녀를 끌어안고,

「야아, 요 녀석 꽤 묵직해졌구나. 무얼 먹고 이렇게 컸니?」하고 또 웃는다. 아무 근심 없는 밝은 표정이 괴롭기만 하다.

「오랫동안 찾아뵙지 못했네요…」하고 서먹서먹하게 인사를 했다.

「됐다, 어서 들어가자꾸나」하고 성급히 말한다.「가방까지 챙겨온 걸 보니 이번에는 푹 쉬었다 갈 수 있겠구나. 정월은 오랜만에 집에서 보내도록 해라」하고 또 웃는다.

무엇을 보든 웃음이 나온다. 그 밝은 표정이 때로는 다시없는 좋은 아버지란 생각이 들지만 오늘은 딸의 마음에 아버지의 웃음이 가슴 아프게 느껴진다. 무엇을 어떻게 말해야 좋을지 망설여진다.

부인인 아쓰코(敦子)는 타고난 여자였다. 현관으로 달려나와 딸의 행색을 보자마자 마침내 올 것이 오고야 말았다는 생각이 들었다. 외손녀를 데리고 가방까지 들고 온 것은 예사로운 일이 아닐 듯싶었다. 남편의 전사 통지가 후쿠인쇼(復員省)로부터 왔거나 아니면 시부모로부터 어떤 언질을 받았거나, 어쨌든 분명 올 것이 왔다는 생각이 들었다. 이런 날을 예상하고는 있었지만 여지껏 아무런 대책도 생각하지 않고 있었다는 태만을 모르는 바는 아니다. 그러나 세상은 이런 일에는 애써 모른 척하는 것이

인습처럼 되어 있다. 불행한 일은 멀리하려는 것이 상식이다.

부인은 주방 식당으로 딸을 맞아들이면서 코트를 벗고 있는 딸에게 조용히 말했다.

「공식적인 통지가 왔니?」

「아아뇨.」

「그래. …그래서 당분간 집에 있을 생각이냐? 그러냐?」

「그래요」 하고 세이코는 쓴웃음을 지었다. 「아버지에겐 엄마가 말씀드려 주세요. 네.」

어머니는 딸의 어깨를 끌어안듯이 고타쓰(炬燵: 이불을 덮어놓은 일본식 화로)에 밀어 넣고 자신은 외손녀를 안고 앉는다. 그곳으로 아버지는 손의 물기를 닦으면서 들어온다.

「그래 요코하마(橫浜)는 모두 무고들 하시냐?」 하고 말하며 담배를 꺼낸다.

아쓰코 부인은 조용히 남편을 향하여, 세이코가 집에 오고 싶어한다는 말을 이미 했다고 대변했다. 미네조(峯三)는 응응 하고 머리를 끄덕이며 마치 사무실에서 상담을 듣는 때처럼 태연하게 끄덕이고 있었다.

「그래, 옳지 그럼 공식 통보는 아직 없다는 거군. 하지만 필리핀에서는 살아 있는 사람이면 모두 철수했을 텐데. 게다가 배라도 침몰한 것이라면 가망이 없는 거지. 아직 스물 대여섯인데 평생을 미망인으로 지낼 수는 없는 노릇이고 일찌감치 체념하는 것이 현명하지 않겠니? 안 그래 당신?」 하고 미네조는 어디까지나 밝은 표정이다.

딸은 아버지의 밝은 표정이 이번에는 고맙게만 느껴졌다.

「실제로 네 운이 나빴어. 더 바랄 것 없는 좋은 연분이었는데 전쟁 때문에 그러니 어쩔 수 없지. 밝게 마음을 고쳐먹고 이제부터 다시 시작하는 거야. 요코하마에는 내가 연락할 테니 염려할 것 없다. 안 그래 당신, 세이코에게 당신도 격려 좀 해 주구려. 고기라도 사다가 맛있는 요리도 좀 해 주고, 하하하」 하고 웃었다.

문제는 해결되었다. 그러나 그것은 세이코의 문제가 해결되었다는 것일 뿐 일반적인 문제로서는 아무것도 해결된 것이 없다. 그 불만이 아쓰코 부인의 마음속에 어두운 그림자를 남기고 있다. 머지않아 여동생인 유키코(由岐子)도 결혼할 것은 틀림없다. 그녀의 어머니로서도 부인에게는 확실한 해결이 필요한 것이다.

욕실에서 나오자 미네조는 저녁 반주를 마시기 시작했다. 떠들썩한 것을 좋아하는 아버지다. 딸이 친정으로 되돌아왔든 말든 딸도 있고 손녀도 있으니 아버지는 그것으로 만족인 것이다. 중학생인 아들은 겨울방학이라 스키를 타러 나가서 오늘은 집에 없다. 식사를 막 시작하려는데 유키코가 돌아왔다. 그녀는 아버지 회사의 본사에 근무하고 있다. 아버지는 유키코를 망나니라 부르고 있다. 남자로 태어났어야 했을 것을 뭔가의 잘못으로 여자로 태어났을 것이라고 말한다. 그래도 그녀는 기분 나빠 하지 않는다. 바지에 재킷 차림이어서 청년처럼 경쾌한 몸맵시였다.

「언니가 돌아왔다면서요? …이제야 결심한 거군요」 하고 말한다. 「하지만 미스지마(水島) 씨는 아직 확실한 거 모르잖아요. 만약에 살아서 돌아온다면 어쩔 생각이지?」

「얘야 너 자꾸 성가시게 그런 말하는 게 아냐」 하고 부인이 나무란다. 「하지만 엄마 그게 가장 중요한 것 아냐. 연을 끊고 나서 남편이 살아 돌아왔으니 나도 이제 다시 돌아갈까, 뭐 그런 식으로 할 수는 없는 거 아냐. 돌아왔으면 돌아온 것이지 가령 살아서 돌아왔다 하더라도 서로 남남이라는 결심까지 해야 되지 않겠어. 거기까지 결심이 된 거야?」

「살아서 돌아온다는 것, 그런 일은 없을 거야」 하고 말하지만 세이코는 자신이 없다.

「이제 나는 입을 다물어야겠어. 내가 나설 자리가 아닌 것 같아」 하고 유키코는 젓가락을 집으며 「야아, 진수성찬이 따로 없네」 하고 말했다. 「이건 쉽게 말해서 언니를 환영한다는 뜻이 담겨 있는 거군. 역시 태어난 집은 좋은 것인가 봐. 미스지마 집에서는 가정부처럼 일만 했을 거 아냐. 손은 거칠어지고 볼은 야위어가고…」 하고 말한다.

「유키코! 그만해」 하고 아쓰코 부인이 보다 못해 나무란다. 나무라는 것은 자신도 듣고 있기가 어려웠기 때문이다. 세이코는 남편이 전쟁터에 나가고 나서 가정부 대신이라 할 만큼 어려운 처지에 있었다. 얼굴은 야위고 손등이 터진 채 거칠어져 있었다. 그 가엾은 몰골을 보고 부인은 마음이 아팠던 것이다.

부인은 자신이 다카마쓰 미네조(高松峯三)에게 시집왔을 때의 일이 생각난다. 역시 시어머니가 죽을 때까지는 가정부와 다름없는 생활이었다. 그 서먹서먹한 일상생활 속에서 은근한 남편의 애정을 받았고, 소리 소문 없이 세이코를 낳았고 유키코를 낳았다. 그리고 두 아이가 모두 딸이라고 해서 욕을 먹기도 했던 것이다. 세이코의 아이가 아들이었다면 미스지마 집에서도 세이코를 친정으로 보내지는 않았을지도 모른다. 그것이 새삼스럽게 아쓰코 부인의 가슴을 메이게 하는 것이다. 태어난 아이가 아들이든 딸이든 며느리에게 무슨 책임이 있겠는가. 그런 일로 평생의 대우가 정해지고 운명이 정해지는, 이 '여자'란 도대체 어떤 존재란 말인가.

부인이 밝고 수선스럽고 건강한 남편에게 순종하며 지낸 결혼생활도 벌써 26년이 된다. 이제 새삼스럽게 자신의 위치를 비판하기에는 생활이 너무 강하게 몸에 배어 있다. 그러나 이 두 딸들이 역시 자신과 똑같이 고통스러운 생각을 갖고 결혼해야 하는지를 생각하면 석연치 않은 뭔가가 있었다. 그것이 '여자'라는 것은 백 번 알고는 있었지만 그게 '여자'라는 사실에 울컥 분노가 치미는 것이었다.

미끄러질 만큼 갈고 닦은 노송나무 복도, 맑게 닦은 유리, 때깔 한 점 없는 방석, 흙먼지 하나 없는 신발장, 그 모든 것은 아쓰코 부인의 관리로 깨끗하게 정리되어 있었다. 부인의 생명은 거기에 있었다. 집을 깨끗이 정리하고 갈고 닦아서 남편에게 살기 좋은 집을 만드는 데에 평생을 바쳐 왔다. 여자란 그러한 것이라고 남편은 믿고 있었다. 그리고 그런 여자의 일생에 행복도 불행도 느끼지는 않았다. 그저 이것으로 족하다고만 느끼고 있었다. 근면하고 착실하며 호인이고, 묵묵히 일만 하며 극장 한 번 갈 생각도 않고, 여행에 데려가 주었으면 좋겠다는 생각도 없었으며, 거의 집 밖으로 나가는 일도 없이 이 집안에서는 10년 전의 습관이 그대로 오늘까지 이어지고 있었다. 밝고 통속적인 평범한 정이다.

거기에 세이코가 돌아온 것이다. 세이코가 가져온 문제는 세이코만의 일인 것처럼 아버지도 생각하고 세이코도 생각하고 있었다. 그러나 혼기에 접어든 유키코에게는 새로운 문제가 된다. 그리고 뜻밖에도 어머니의 마음을 움직이게 하는 것이 있었다. 아쓰코 부인은 이상하게 근래에 나태해졌다. 전례 없이 자신은 앉은 채로 가정부에게 지시를 하고 있었다. 생활의 피로 때문이라고 자신은 생각했으며, 애들이 모두 컸기 때문에 긴장이 풀린 탓이라고도 남편은 말한다. 그러나 단순한 피로 때문이 아니란 것을 부인 자신이 잘 알고 있었다. 육체적인 나태인데도 불구하고 초조한 생각이 든다. 이상하게 안정감이 없고 마음이 산란하다. 무엇 때문에 갈피를 못 잡고 무엇을 바라는지 자신도 모른다. 단 한 가지 분명한 것은 이 집을 갈고 닦는 것도, 식탁을 갖추고 옷을 손질하거나 가계를 정리하는 것도 흥미가 없어졌다는 사실이다. 이렇게 해서 머지않아 50이 찾아든다. 이렇게 하다가 자신의 생애가 끝난다. 그것은 20년 전부터 알고 있었던 일이다. 그것을 이제야 겨우 깨닫고 자신의 허무함이 가슴에 스며든다. 그러던 차에 세이코가 돌아온 것이다.

남편은 저녁 반주를 마치자 아주 건강한 졸음이 와서,

「난 이제 자야겠다」하고 침실로 들어가 버린다. 잡지 한 번 읽으려고 하지 않는 남자다. 세 여자가 고타쓰에 둘러앉았다. 외손녀는 세이코의 가슴에 안겨 잠들어 있다. 엄마가 미망인이 되었다는 것을 이 아이는 모른다. 세이코는 어린애의 불행까지도 함께 안고 있는 것처럼 보인다. 그리고 아쓰코 부인은 불행해진 딸을 앞에 두고 남편의 몫까지도 함께 걱정해야 하는 심정이었다. 침묵을 깨뜨리기가 두려운 듯 부인은 작은 목소리로 중얼거린다. 「결혼이란 정말 어려운 일이구나. 이제 괜찮아졌다 싶으면 상대방이 죽어버리니….」부인은 아직 자신의 문제까지는 생각하지 않는다. 결혼은 이제 오래 전에 졸업하고 지금은 딸의 문제라는 생각을 하고 있다. 결혼의 어려움 역시 딸의 신상 문제라고만 생각하고 있었다.

「유키코는 대체 어떤 결혼을 하게 될지 걱정이 되는구나.」

「나는…」하고 유키코는 영리해 보이는 검은 눈을 돌린다. 붉은 머리에 넓은 이마가 희게 빛나고 있다. 「나는 문제없어. 절대로 잘못을 저지르지 않을 테니까. 언니는 정말 바보야」하고 말했다.

「너는 무슨 말이든 할 수 있겠지」하고 세이코도 분해서 못 참겠다는 표정이다. 「그야 나는 바보일지도 모르지. 하지만 상대방이 죽는 것은 어쩔 도리가 없지 않니.」

「그야 그렇겠지?」하고 여동생은 남자처럼 말했다.

「그래서 어쨌다는 거니?」

「어차피 상대는 인간이잖아」하고 유키코는 날카롭다. 「언젠가는 죽을 것은 정해진 사실 아냐. 이르냐 늦느냐의 차이뿐이지. 언니의 경우는 그게 조금 빨랐다는 것뿐이야. 그럼 됐잖아」하고 말한다.

언니로서는 하나도 된 것이 없다.

「그래서 어쨌다는 거야」하고 다시 한 번 되풀이한다.

「아니 정말 뭘 모르시네. 그러니까 상대방이 죽었다는 것은 무슨 언니의 죄도 아니잖아. 불가항력이지. 그러니까 풀이 죽어 있을 것도 없다고 나는 생각해. 특히 언니가 불행해졌다고도 나는 생각지 않아. 즉 생활이 바뀌었다는 것뿐이지. 바뀌면 바뀐 대로 바뀐 생활을 하면 되는 거 아냐. 어차피 언니는…」하고 짐짓 모른 체하는 표정으로, 「다시 좋은 연분을 찾아 시집갈 거 아냐」하고 말했다. 그 냉소하는 듯한 언동이 날카롭게 찌른다. 아쓰코는 조용히 조정에 나선다.

「시집가는 것은 식모살이 가는 것과는 다르니까 그렇게 간단히 말할 수는 없단다.」

「식모살이와 같잖아요」 하고 유키코는 고타쓰에 얼굴을 파묻고 말한다. 쇠 주전자의 물 끓는 소리가 들린다. 뻐꾸기시계가 9시를 치고 있었다.

「똑같잖아. 하나도 다를 게 없구먼」 하고 딸은 반복해서 말한다. 「언니도 역시 식모살이 하고 왔잖아. 남편이 있으니까 식모가 아니라고 생각한 거지. 그런 건 거짓이야. 그 미스지마 씨가 군대에 끌려간 후는 식모와 조금도 다를 게 없었잖아. 다시 말하면 성생활이 수반된 식모살이였잖아」 하고 말한다. 매우 논리적이고 분석적이다.

그 거리낌없는 노골적인 말이 고풍스런 정서를 지닌 엄마에게는 거슬렸다.

「그런 식으로 말하는 거 아니다」 하고 부인은 다소 부끄러워한다. 오히려 딸 쪽은 부끄럼을 모른다.

「엄마도 그렇잖아요. 대가 집 마님 같지만 결국은 훌륭한 가정부죠」 하고 말했다.

어머니는 비로소 가슴이 콕 찔린다.

「그렇잖아요? 요컨대 엄마의 개성 같은 건 생활의 어디에도 없어요. 엄마의 생애는 집을 갈고 닦고 애 키우고 식사를 만드는 일이잖아요. 즉 다카마쓰 아쓰코(高松敦子)라는 인격은 뭔지 모르잖아요.」

부인은 미소로 답한다. 여성 해방론의 공식을 듣고 새삼스레 놀랄 만큼 무지하지는 않다. 아직도 애송이에 세상물정 모르는 소녀가 재잘거리는 이론 정도도 모르는 어머니가 아니다. 오히려 이렇게 이론만 아는 근대적인 딸이 행복한 결혼을 할 수 있을지 그것을 은근히 걱정하는 것이다. 유키코가 용감하게 달려들어 본들 20여 년 걸려서 단단하게 다져온 어머니의 발판은 무너지지 않는다. 가정부라고 말하든 개성이 없다고 말하든 여자에게 가장 안정된 가장 행복한 생활은 가정의 주부로서 살아가는 바로 그것이고 그 일로 끝난다고 아쓰코 부인은 믿고 있었다. 그러나 또 유키코처럼 그런 것을 생각하고 그런 말을 할 수 있는 그 시절이 즐겁다며 부러운 생각도 들고 그러한 시절을 마음껏 즐기게 해 주고 싶다는 생각이 들었다.

가족이 불어났기 때문에 정월은 떠들썩했다. 미네조는 기분이 좋다. 도소주(屠蘇酒)를 기울이며,

「이제 모두 좋은 해를 맞이해야 한다」 하고 말한다.

「세이코도 금년엔 새로운 출발이다. 심신이 모두 새봄이지, 안 그러나!」 하며 웃는다. 그리고 불그레한 얼굴을 비비며 열두서너 채의 임대 가옥에 세 들어 사는 사람들에게 새해 인사차 돌아다닌다. 「새해 복 많이 받으세요…」 하고 현관에서 큰소리로 외친다. 태평한 성격에 목소리는 크고 체구는 비대하다. 50이 넘었지만 청년처럼 젊다. 한바퀴 돌고 나서 회사에 나갔다.

아쓰코 부인은 정월의 만단 준비가 갖춰진 집안에서 마음에 드는 좋은 옷을 입고 앉아 있다. 언제 어떤 손님이 와도 맞이할

수 있을 만큼 준비가 되어 있다. 20년 계속된 정월에 하는 습관은 조금도 변함이 없다. 현관에 꽃을 꽂고 바닥에는 송죽매(松竹梅)의 축을 내려뜨리고, 화로에 숯불을 담아 놓고, 2쪽짜리 금박 병풍을 자리에 세워 놓고 태연하게 자신의 자리에 앉았다. 출입하는 정원사나 세배하는 사람에게 줄 세뱃돈 봉투까지 물가 상승을 감안하여 계산해서 지폐를 헤아려 언제든지 꺼낼 수 있도록 찻장 서랍에 넣어 두었다. 모든 것이 한 치의 실수도 없이 정연하다. 좋은 기분으로 남편을 내보내고 화롯가에 앉으니 부인은 문득 따분한 느낌이 든다. 연말부터 설 준비를 하느라 쌓인 피로 탓일 거라고 스스로는 생각하고 있었다. 또 한 살 더 먹었다. 그것이 어쩐지 서글프고 허무하다. 정월이란 것도 습관적으로 정월을 준비하는 것도 오늘은 이상하게 따분하기만 하다.

세이코는 늦게 일어난 아이에게 떡을 먹이고 있다. 아쓰코 부인은 그 두 사람을 멀찌감치서 물끄러미 바라보니 자꾸만 불쌍한 느낌이 드는 것이었다. 이 어미와 자식과 과연 언제까지 함께 살아야 할 것인지. 세이코에게 좋은 연분이 나타나기를 부인은 갈망하고 있다. 좋은 연분이 성사되었을 때 세이코는 딸을 놔두고 새댁이 되어서 갈 것이다. 딸은 외조부모 밑에 남겨져 부모 없는 아이가 될 것이 분명하다. 그리고 그 아이가 20이 넘으면 또다시 어딘가에 있는 남자의 아내가 되어 나간다. 사랑받으러 간다. 사랑을 받지 못한다면 어떻게 하지. 남편이 먼저 죽으면 어떻게 하지. 아이를 데리고 되돌아온다면 어떻게 하지. 그녀는 또다시 자신에게 아이를 맡기고 좋은 연분을 만나 시집간다. 자신은 자식을 키우고 손자를 키우고 증손을 키워줘야 한다.

이것은 웃지 못할 이야기다. 아쓰코 부인은 진지한 표정으로 세이코와 그 딸을 바라보고 있었다. 거기까지 생각이 미치자 '여자'란 것을 알 것 같기도 하다. '여자'라는 것에 허용된 생활의 한계를, 생활의 규정을 알 것 같은 느낌이 든다. 그리고 세이코를 집에 맞아들였을 때에 느낀 그 불끈하던 분노가 한순간 부인의 가슴을 스쳐갔다.

징검돌에 발자국 소리가 들리고 손님이 들어오는 기척이 난다. 정면 현관으로 가지 않고 안쪽 현관으로 돌아서 왔다. 많은 발자국 소리다. 유리격자 문이 열리고 아이들의 목소리가 들린다. 유키코가 나가자 느닷없이,

「어머머! 왔구나, 다들 왔어!」 하고 외친다. 이어서 「하나, 둘, 셋, 넷…」 하고 소리내어 헤아린다.

헤아리는 동안에 애들의 발자국 소리는 벌써 복도를 달려온다. 아버지의 야단치는 소리가 들린다. 다카마쓰가의 임대주택에 세 들어 사는 니시자와(西澤) 일가였다.

아쓰코 부인은 화로 앞에 앉아 미소짓고 있다. 이 집안에서는 언제나 니시자와연대(西澤聯隊)라 불리는 자식 많은 집안이다. 니시자와 요지(西澤陽二)는 중학교 수학교사이고 아키코(明子) 부인은 아쓰코 부인의 여동생이다. 아이는 모두 합쳐서 일곱 명이었다.

일곱 명 아이들이 모두 들어오면 큰방과 객실이 가득 찬다.

「안녕하세요, 새해 복 많이 받으십시오…」 하고 니시자와 요지는 진지한 얼굴 표정이다. 언제나 겸손하고 정중하며 조용하고 태연하다. 희고 아름다운 얼굴에 짧은 수염을 길렀으며 새침떼기 표정이다.

아키코 부인은 일곱 명이나 되는 아이를 가졌으면서 살찌고 윤기가 있고 건강하며, 헝클어진 머리에 손이 트고 옷깃에는 때가 끼었지만 행복스러운 듯한 빛나는 눈을 갖고 있다. 가장 어린 아이를 등에 업은 채 숨찬 듯 헐떡이며 웃었다.

「언니 집안은 참 좋아요. 언제 보아도 깨끗이 정돈되어 있어서 정말 부러워요」 하고 말한다.

아쓰코 부인은 아이들에게 둘러싸여 꼼짝못하는 형상이다.

「정말 부산하네, 하나, 둘, 셋…」 하고 유키코는 또다시 세어본다. 일곱 명은 그러려니 하고 늘 낯익은 사이지만 모두 모여 보면 역시 세어 보고 싶어지는 것이다.

아쓰코 부인은 미리 준비해 둔 과자 그릇을 내밀며 어서들 먹어라! 하고 아이들 앞으로 밀어 놓고 귤이 담긴 그릇을 밀어주며, 그런데, 하고 모두를 바라보았다. 그리고,

「힘들겠구나」 하고 말했다.

그러자 아키코 부인은 등에 업은 아이를 내리면서,

「그게 말이야, 언니」 하고 말하며 쑥스러운 듯 웃었다. 「이제 여덟 명이 돼요.」

「뭐얏…」 하고 아쓰코 부인은 눈이 휘둥그래졌다. 그와 동시에 가슴이 아파왔고 얼굴이 창백해져 가는 듯한 느낌이 들었다. 자신도 모르게 니시자와 요지 쪽을 돌아본다.

수학 선생은 네 살 된 남자아이가 귤껍질을 벗기는 서툰 솜씨를 물끄러미 바라보고 있다. 그 모습이 마치 새끼 원숭이가 장난치는 것을 지켜보고 있는 어미원숭이처럼 보였다. 이 사람은 무엇을 생각하고 있는 것일까, 하고 아쓰코 부인은 생각한다. 무슨 필요가 있어서 여덟 명째를 낳는지, 낳게 하는 것인지, 필요가 없어도 낳게 하는 것이라면 아내에게 대한 잔학 행위가 아니겠느냐는 느낌이 든다. 두서너 명의 아이라면 남편의 애정이라고도 말할 수 있겠다. 일곱 명이나 자식이 있으면서 여덟 명째를 낳아야 하는 이유를 도무지 알 수가 없다. 아쓰코 부인은 고풍(古風)이다. 아이는 많을수록 좋다고 하는 정설(定說)도 일단은 믿고 있다. 그러나 니시자와 요지의 교사 수입은 일곱 명의 아이조차도 양육하지 못하고 있지 않은가. 그 아내는 몇 가지 안 되는 기모노(着物: 일본 옷)를 내다 팔고, 남편은 떨어진 옷에 발가락이 삐져 나올 것 같은 양말을 신고 있지 않은가. 거기에 여덟 번째의 아이를 누가 원했고, 누가 키울 것인가. 부인은 머리를 설레설레 저었다.

여동생은 희미하게나마 부끄러워하는 웃음을 지었으며, 단지 그것뿐으로 말없이 낳을 작정인 것 같다. 낳는 데에 아무런 반성도 없고 후회도 없을 것처럼 보인다. 그것이 그녀의 본능일지도 모른다.

아쓰코 부인은 아키코 부인에게 눈짓을 하며 자리에서 일어났다. 복도 건너편의 양식 응접실을 열고 여동생을 끌어들인 후 문을 꽉 닫아 버렸다.

「너는 무슨 생각을 하고 있는 거니?」하고 부인은 저도 모르게 준엄하게 말했다. 말을 마치자 가슴이 확 뜨거워지는 듯한 분노를 느꼈다.

「네가 그 정도로 멍청했었니. 애 그만둬라, 절대로 그만둬. 너는 아이를 낳는 기계가 아니잖아. 니시자와 씨도 너무하는구나.」

「하지만 언니, 뭔가 한다고 했어, 병원의 지출도….」

「돈 문제가 아냐!」하고 아쓰코 부인은 엄하게 말해댔다.

그러자 별안간 눈물이 펑펑 쏟아져 나왔다. 아키코의 일뿐만이 아니라 세이코도, 자신도 포함해서 '여자'란 것이 슬프고 속상해서 호소할 곳 없는 울분에 머리가 마비되는 것 같았다.

응접실의 기척을 느낀 니시자와 선생이 문을 열고 얼굴을 내밀었다. 아쓰코 부인의 엄한 목소리가 들렸는지도 모른다.

「뭐가 잘못되었습니까?」하고 조용히 들어왔다.

아키코 부인은 곤혹스러운 듯 「야단맞고 있는 거예요」하고 웃었다.

「아니오. 내가 무슨 당신네들 생활에 간섭할 일은 아닙니다만…」하고 아쓰코 부인은 한심하다는 얼굴 표정을 지었다. 「니시자와 씨도 좀더 생각해야 되겠어요.」

「아, 네, 무슨 말씀인지…」하고 수학교사는 안색도 변하지 않는다. 침착한 것인지, 둔감한 것인지 아니면 달관(達觀)한 것인지 도무지 알 수가 없다.

「당신네들은 이제 아이들이 그만하면 충분하잖아요」하고 아쓰코 부인은 창문 밖을 내다보았다.「지나친 간섭이라고 생각하진 마세요. 나는 아키코가 불쌍해서 그냥 보고만 있을 수가 없군요. 그것도 말이죠. 생활이 넉넉하다면 또 모르겠지만 먹을 것도 녹녹히 구입하기 어려운 때에 어쩌자고 여덟 명씩이나 자식 욕심을 내는 겁니까?」

「아니, 처형의 말씀이 옳습니다」하고 선생은 애타(愛他)정신이 전혀 없는 것 같다.「저도 더 이상 아이를 원치는 않지만 생겨 버렸으니 어쩔 수 없다는 생각을 하고 있을 따름입니다. 실제로 더 이상 키우는 것은 저도 쉽지가 않습니다. 좀 따뜻해지면 감자라도 심어야겠다는 생각을 하고 있어요.」

감자를 많이 수확하기만 하면 된다고 생각하는 모양이다. 아쓰코 부인은 가슴이 굳어지는 것 같은 분노를 억누르고 돌아다본다. 그 얼굴 앞에서 여동생은 의외로 태연하게 이렇게 말했다.

「문제없어요. 그럭저럭 어떻게 살아 나가겠죠. 일곱 명이든 여덟 명이든 고생하긴 마찬가지죠. …키울 때는 어렵겠지만 장래에는 그만큼 편해질 수 있잖아요.」

아키코 부인은 소리내어 웃었다. 그러자 니시자와 요지도 또한 그에 동의하는 듯한 미소를 짓고 있다.

아쓰코 부인은 크게 실망했다. 분노가 덧없이 무너진다. 화를 낸 것조차도 한심하다.

「그야 당신네들이 그렇다면 내가 무슨 소리를 늘어놓을 필요도 없겠군.」

아이들이 엄마를 찾으러 왔다. 예의바르게 앉아 있기가 어려워 이제 그만 집에 가자는 것이다. 과자도 귤도 먹어 치워 버려서 이제 이모네 집에 있을 필요가 없어진 것이다.

부모는 아이들에게 이끌려 응접실에서 나간다. 부인은 혼자 응접실에 남아서 창 밖의 산다화를 내다본다. 일곱 명을 키우나 여덟 명을 키우나 고생하긴 마찬가지라고 말한다. 그 사고방식의 서글픔이 이제 비로소 가슴에 스며드는 것이다. 일전에 세이코가 돌아오던 날 밤 유키코가 건방진 말을 한 것이 생각난다.

(다시 말해서, 성생활이 수반된 가정부 생활이잖아요. 엄마 역시 그래요. 요는 훌륭한 가정부죠.)

가정부인 아내와 가정부가 아닌 아내와는 어디서 구별해야 하는 것일까. 부인은 알 수가 없다. 유키코는 여자의 개성이라고 말한다. 개성이란 무엇일까. 생각해 보면 알 것도 같고 모를 것도 같다. 아키코에게는 아키코의 개성이 있다. 아이를 낳아서 키우며 고생이라고도 생각지 않고 노후의 안락을 즐기며 살아가고 있다. 그것도 개성이 아니겠는가. 유키코의 알지도 못하면서 아는 체하는 이론 같은 건 아무것도 아니라고 아쓰코 부인은 생각한다. 그러나 요즘 가끔 가슴 아프게 느껴지는 '여자' 란 이름의 슬픈 생활, 수렁처럼 발버둥쳐도 소용이 없는 생활, 그게 도대체 무엇이냐며, 그 한 가지가 언제까지나 사라지지 않는 응어리가 되어서 가슴에 남았다.

깨지는 혼담

정오가 지나자 본사의 용도과장으로부터 전화가 걸려와서 저녁 5시경 쓰키지(築地)의 요정으로 와달라는 것이었다. 용무는, 하고 묻자 잠깐 다카마쓰 씨에게 할 말이 있다는 것이다.

저녁때부터 찬바람에 섞여 가루눈이 내리더니 멈췄다. 다카마쓰 미네조는 간다(神田)의 매점을 일찌감치 나와 자주 가는 스탠드바에서 핫 위스키를 마시고 몸이 따뜻해지자 쓰키지까지 찾아갔다. 쓰키지강의 갈매기가 휘날리는 종이쪽처럼 펄럭이고 해가 저물어간다.

스기타(杉田) 과장은 여흥으로 가요곡을 부른다. 가느다란 몸이지만 의외로 목이 굵고 억세어 보이는 것은 그 때문이다. 다카마쓰 지배인보다도 한 발 늦게 새우등이 되어 객실로 들어왔다. 모자를 벗자 젊은 얼굴에 어울리지 않게 머리가 백발이다.

「이거, 먼 길을 오시라고 해서 고생시켰네요. 실은 사사로운 일입니다. 사사로운 일이라고는 했어도 공적인 것 같은 사사로운 용무지만, 우선 한잔 하면서 시작하죠. 그건 그렇고, 간다 매점은 좀 어떤가요?」 하고 사무적인 표정이 된다. 그 사무적인 말은 술자리의 분위기가 자리잡을 때까지의 연결고리인 것이다.

술이 들어오고 몇 가지 요리가 갖춰지자 작은 방안에 따뜻한 공기가 감돈다. 먼 방에서 샤미센(三味線) 소리가 들려와 쓰키지의 정서가 점차 밤의 느낌으로 변한다. 그 무렵 스기타 씨는 말을 꺼내기 시작했다.

「다름아니라.」 그렇게 말하면 또 자연히 그런 표정이 된다. 다카마쓰 씨는 금방 얼굴이 붉어진다. 술로 이마가 반짝이기 시작한다. 얼굴이 붉어지면 점점 호인으로 보이게 된다.

「다카마쓰 씨의 따님이 본사에 근무하고 있지 않습니까?」

「아, 네, 무슨 일 있습니까?」

「아뇨, 아무렇지도 않아요. 유키코 양이라고 했던가요, 어떻습니까. 혼담은 이미 정해져 있나요?」 하고 말한다.

「아니, 아닙니다!」 하고 다카마쓰 씨는 손을 내둘러 보인다. 「나도 그 애 때문에 걱정하고 있어요. 이제까지 두어 군데 말이 들어오긴 했지만 도무지 그 녀석이 조금도 관심을 보이지 않는 못난 애인데, 꼭 사내녀석 같아요」하고 아버지는 활달하게 웃었다.

「어떻습니까, 근무는 착실히 하고 있나요?」

「근무는 더할 나위 없죠, 여사무원 중에서는 첫째로 꼽힙니다. 평판도 좋고요. 그래서 말인데요!」하고 스기타 씨는 긴 얼굴을 더욱 내민다.「총무부장의 마음에 쏙 들었거든요. 아들이 있는데 며느리로 삼을 수 없겠느냐는 청입니다. 그것을 나에게 부탁해 왔어요. 나는 중매를 설 처지가 아니지만 다카마쓰 씨에게 말해 보는 정도뿐이라면, 해서 나왔어요. 어떻습니까 다카마쓰 씨, 관심은 있나요?」

「이거 정말 고맙습니다. 그래서 총무부장의 아들이란, 어떤⋯.」

「아들은 28세랍니다. 육군사관학교를 좋은 성적으로 나와서 미얀마에 가 있었다는군요. 대위로 승진하자마자 종전이 되어서요, 지난 가을 말에 귀환해 왔답니다. 지금은 쉬고 있지만 머지않아 본사에 근무하거나 뭔가 하겠죠. 부모 입장에서 보면 이제까지 거친 생활만 하고 있었기 때문에 좋은 며느리를 들여서 따뜻한 가정을 꾸미게 하고 싶다는 것이죠.」

스기타 씨는 가방 속에서 사진을 꺼냈다. 군복을 입은 채 전쟁터에서 찍은 것이다. 당당한 청년이다.

「글쎄요」하고 다카마쓰 미네조는 안경을 치켜 올리면서 사진을 들여다본다.「장남인가요?」

「아닙니다. 차남이죠. 장남은 아마 규슈(九州)대학의 선생이었다고 생각되네요.」

「이거 정말 고맙습니다」 하고 다카마쓰 씨는 다시 한 번 고개를 숙였다. 「글쎄요, 본인에게 한 번 의논해 보고 다시 연락을 드려야 되겠지만 아무래도 막내 딸아이가 되어서 뭐라고 할지. 요즘의 부모는 너무 무력해서요. 딸 하나 뜻대로 이끌어 줄 능력도 없으니까요」 하고 머리를 갸웃하며 게걸게걸 웃었다.

「정말 그 말이 맞습니다」 하고 스기타 씨는 동감의 뜻을 나타낸다.

「우리 집에 건달 자식이 하나 있는데요, 아시는지 모르지만 그림쟁이가 되겠답니다. 거기까지는 그런 대로 괜찮지만 아 글쎄 요전엔 말입니다, 내가 불쑥 응접실 문을 열고 들어가 보니까, 아 글쎄 제 여동생을 발가벗겨 소파에 눕혀놓고 그것을 모델로 해서 그리고 있지 않겠어요?」 하고 긴 얼굴을 더욱 내뻗어 보인다. 「여동생이란 아이도 멍청하죠, 그걸 그리게 하고 있으니 말입니다. 벌써 18세가 되었는데도 말입니다. 요즘 녀석들 우리는 도저히 이해를 할 수가 없어요」 하고 말하고는 「도무지 모르겠단 말이야」 하고 고개를 흔든다. 다카마쓰 미네조는 자꾸만 웃는다.

「그런데 말입니다. 스기타 씨, 이번에는 제가 부탁이 있는데…」 하고 마시려던 술잔을 내려 놓고 「유키코도 빨리 결혼시키고 싶지만 또 하나 있는데, 어떻게든지 치워버리고 싶어서요.

그 앤 정말 불쌍한 아이랍니다. 4년쯤 전에 좋은 연분이 있어서 시집을 보냈는데, 남편이 얼마 안 되어 전쟁에 끌려 나간 채 감감무소식입니다. 연말에 아이를 데리고 돌아오긴 했지만 말입니다. 혹이 딸려서 곤란하지만 시집에 놓아 두는 것보다는 친부모인 우리가 맡아 키우는 편이 본인도 안심이 될 것이라 생각해서 내가 키워 줄 작정입니다. 도무지 불쌍해서 보고 있을 수가 없어요」 하고 미간을 찌푸렸다.

「그 애에게 어떻게 적당한 연분 좀 찾아주십시오. 그 애는 심성이 곱고 착한 아이랍니다. 26세 되었어요. 그 나이에 과부가 되어 마음이 안정되질 않아서요. 나는 언제나 모른 척하고 격려만 해 주고 있지만 도저히 보고 있을 수가 없네요」 하고 말한다. 말에 목이 메이고 눈시울이 뜨거워진다.

「네, 그것 참 안되었군요.」

스기타 씨는 생각에 잠긴다. 무언가 마음에 짚이는 것이라도 있는 듯하다. 안마사의 피리소리가 창 밑을 지나간다. 이 근처는 도쿄 가운데에서도 가장 고풍스런 정서가 남아 있었다.

「딸이란 정말 난처한 존재죠」 하고 스기타 씨는 백발을 어루만진다.

「여자란 아무래도 남자 여하에 달려 있으니까요. 한 번 잘못되면 도무지 처리가 어려워지니까요. 내 고향에 다케시마(武島)란 남작이 있는데 그곳 둘째 딸이 결혼하고 바로 상대방이 죽었어요. 그러던 중 저택에 출입하던 포목점 상인과 눈이 맞아서 지금은 야마가타현(山形縣)의 포목점 마님이 되어 있답니다」
하고 있을 법한 이야기를 한다.

「그야 그렇더라도 본인이 행복하기만 하면 되겠지만 친척들이 보면 그것도 곤란하죠.」

다카마쓰 씨는 그 말에 수긍하면서도 자꾸만 술잔을 기울인다. 이야기는 듣고 있지 않다. 머릿속에서는 세이코의 처신 문제를 생각하고 있었다. 어린애가 없는 재혼남자, 직장에 다니는 사람, 직장에 다니는 사람도 요즘 세상에서는 생활이 어려우므로 역시 재산을 가지고 있어야 한다. 나이는 35, 6세까지. …그런 생각을 하고 있는 터에 종업원이 대용식으로 메밀국수를 가지고 왔다. 스기타 씨는 뒤돌아보고 술은 왜 안 가져오지, 하고 말한다. 종업원은 죄송합니다 하며 가볍게 되밀쳐 버리고, 도무지 배급이 나오지 않아서…하고 답했다.

저녁때 잠깐 내리다 그친 눈은 밤이 되면서 본격적으로 내리고 있었다. 다카마쓰 미네조는 어깨에 하얗게 내린 눈을 털며 뒷문을 열고 안쪽 현관의 벨을 눌렀다. 아쓰코 부인의 실루엣이 창유리에 움직였다. 문을 열고,

「어머, 눈이 오네요」 하고 말한다. 집안에 틀어박혀 있었던 사람의 말이다.

집안은 쥐죽은 듯이 조용했다. 뒷방에서 중학생인 아들이 영어를 읽고 있다. 그 목소리가 흰 눈과 어울려 더한층 조용한 밤

의 분위기를 자아낸다. 되돌아온 딸은 손녀를 재워 놓고 고타쓰 앞에서 뜨개질을 하고 있다. 정신이 쏠려 있는 손끝을 당기면 연둣빛 털실 뭉치가 무릎 옆에서 데굴데굴 구른다. 여념 없이 계속 뜨개질하는 딸의 모습은 적연(寂然)하여 인간세계를 떠나 정화(淨化)되어 범할 수 없는 아름다움을 나타낸다. 그녀의 모습이 아름답다고 생각할수록 부모의 가슴은 아프다.

부인은 고타쓰에 넣어 따뜻해진 단젠(丹前)을 내놓았고, 남편은 술기를 띤 혈관이 보이는 목에서 넥타이를 푼다.

「유키코는 있나?」

「늦어지네요. 하지만 이제 곧 돌아오겠죠.」

「뭐야, 아직 안 왔단 말인가」 하고 아버지는 입술을 삐죽였다. 모처럼 좋은 혼담을 가지고 와서 기쁘게 하려고 했는데 딸은 부모의 속도 모르고 밤놀이를 하고 있다.

「9시 반이잖아. 도대체 이 시간까지 뭘 하고 있는 게야. 요즘 자주 늦는 것 같던데」 하고 말하면서 거칠게 허리띠를 맨다.

부인은 양복을 정리하고 구타니(九谷) 차 그릇으로 차 준비를 한다.

「나도 일전에 주의를 줬는데 괜찮지겠죠. 그 아이는 믿어도 돼요.」

「그거야 괜찮을지 모르지만 처녀가 혼자서 밤늦게까지 쏘다니면 세상의 소문의 그만큼 나빠진다는 거 몰라」 하고 아버지는 거침없이 부인을 책망한다. 부인은 전혀 아무렇지도 않은 모양이다.

「뭘 하고 있다는 게야. 영화 구경이라도 하고 있는 건가」 하고 아버지는 오늘밤 따라 끈질기다. 끈질긴 것은 혼담을 가지고 왔기 때문이지만 그것을 아쓰코 부인은 아직 모른다.

「유키코는 연극 공부를 하고 있다나 봐요.」

「연극?」 하고 얼굴을 돌려보았다. 「연극이란 게 뭐야. 신파(新派) 말인가?」 하고 말한다. 신파라는 단어는 요즘에는 잘 쓰지 않는 말이다. 그때 세이코가,

「유키코는 배우가 되겠대요」 하고 비웃는 듯한 말투였다. 아쓰코 부인은 차를 따르다 말고 세이코를 힐끗 쳐다보았다. 돌아온 딸의 질투심을, 고약한 심보를 느끼는 것이다. 어머니는 그것을 알아차리지만 아버지는 그것을 알아채지 못한다.

「바보같이!」 하고 혀를 차며 찻잔을 집어든다. 「정말 그런 말을 하고 있어?」 하고 부인의 옆얼굴을 노려본다.

「유키코가 착실하게 해 보겠다면 나는 반대할 것도 없다고 생각되네요」 하고 부인은 짐짓 조용하게 말하고 남편의 얼굴을 똑바로 쳐다보았다. 「이제 와서 다도(茶道)나 꽃꽂이를 하랄 수도 없으니까요. 하긴 대부분의 사람들은 피아논지 뭔지 한다지만 연극을 해서 나쁠 것도 없잖아요」 하고 아쓰코 부인은 놀라운 견해를 발표했다. 말은 온화하지만 한발자국도 물러서지 않겠다는 강한 자신감이 엿보인다. 남편은 그것이 마음에 안 든다.

「바보같이!」 하고 내뱉듯이 말했다. 「배우란 말이야, 여우(女

優)가 아니겠어? 여우란 것은 제대로 된 여자가 하는 짓이 아냐. 유키코는 절대로 안 돼. 안 되고 말고」 하고 결정적인 말을 했다.

아쓰코 부인은 흰 볼에 희미한 미소를 짓는다. 그 미소 속에 반항의 가시가 숨겨져 있다.

연습을 마치고 밖으로 나오자 눈이 내리고 있었다. 눈이 아스팔트길을 하얗게 만들어 놓았다. 그 위에 발자국을 남기며 유키코는 작은 목소리로 조금 전의 대사(臺詞)를 되풀이하고 있다.

「조금만 더 기다려 주십시오, 시간까지는 충분합니다…」 하고 유키코는 남자 목소리로 말했다. 「아버지 제발 이 방탕한 저를 용서해 주십시오! 처음에 제가 이 더러운 일에 발을 내디뎠을 때 아버지는 저를 붙잡고…가령 발톱 하나 덫에 걸려도 새의 목숨은 그것으로 끝난다…하고 말씀하셨지만…저는 아버지의 말씀을 듣지 않았기 때문에 결국 그렇게 되어 버렸어요. 제발 용서해 주십시오.」

오쓰카(大塚)가 그 대사를 받아서 「하느님이 용서해 주실 거예요」 하고 말했다.

우산 밑으로 얼굴을 내밀고 유키코는 오쓰카의 옆얼굴에 미소를 보낸다. 그리고 우산을 접어들고 일곱 명이 줄줄이 다방으로 들어갔다.

연습장은 오쓰카 류키치(大塚龍吉)의 자택이다. 1년간 동거하던 여자가 죽어서 그는 노모와 둘이 살고 있다. 다다미 여덟 쪽

넓이의 방을 연습장으로 하고 매주 월요일과 목요일에 2회, 오후 5시 반부터 단원이 모였다. 완전히 무명의 연구극단에 지나지 않지만 오쓰카 류키치는 한때 이름이 알려졌던 연출가였다. 가난하지만 정열적이고 이해심이 깊은 남자였다.

「당신은 말이야…」 하고 그는 민감한 볼에 부드러운 미소를 지으며 말했다.

「당신은 좋은 소질이 있어요. 착실하게 꾸준히 하면 반드시 성공할 거요. 그러나 나의 경험에서 말하면 당신 같은 사람은 도중에 그만둔단 말입니다. 꼭 그만두거든요. 아깝지만 할 수 없는 일이죠」 하고 말한 후 다시 덧붙여서 「지나치게 약은 거죠」 하고 말했다.

그것은 바로 전번 월요일 연습한 후였다. 그때 유키코는 오쓰카 류키치의 말 속에서 스며 나오는 듯한 따뜻한 애정을 느끼고 맥박이 뛰었다.

「그만두지 않아요, 난 그만두지 않아요! 꼭 끝까지 하겠어요. 정말요 선생님」 하고 유키코는 볼을 붉히며 열심히 말했다.

오쓰카는「음…」하고만 했을 뿐 미소띤 얼굴을 옆으로 돌렸다.

그랬을 뿐 오늘까지 아무 말도 하지 않는다. 말하지는 않지만 그녀는 대사를 고쳐 주는 오쓰카의 말 이모저모에서 뭔가 이상한 것을 계속 느꼈다.

떫은 맛의 홍차, 사카린의 단맛, 그 혀의 감촉 위에서 유키코는 오쓰카 류키치를 보고 있다. 다갈색의 촌스러운 목도리를 두르고 파이프를 꺼내어 가루담배를 담고 있었다. 가난한 주제에 거만을 피우고 있다. 모든 것을 연극 속에 쏟아붓고 무대 위에 인생을 창조하려는 32세의 사나이. 그 정열이 밤바다의 등대처럼 빛났다. 등대가 반짝이면 배는 그 빛을 목표로 해서 나가야 한다. 유키코는 자신의 장래의 목표로 연극을 꿈꾸고 있다. 그 연극이란 도대체 무엇일까. 당장 그 모습을 보여 주는 것은 오쓰카 류키치이다. 그녀의 정신적인 동경은 오쓰카를 통해서 극예술로 이어진다. 그녀의 육체적인 동경은 아무 목표도 없다. 목표도 없는 동경은 어찌할 바를 몰라 정신적인 동경으로 더듬어 가서 오쓰카 류키치에게 부닥칠 것만 같다.

오쓰카는 단원 모두에게 데이게키(帝劇)를 견학하자는 말을 하고 있다. 유키코는 유리창 밖의 눈을 보았다. 돌아가야 하는 집이 있다는 것이 왠지 모르게 따분하게 느껴지는 밤이었다.

손목시계는 10시가 다 되어가고 있다. 유키코는 우산을 기울이고 빠른 걸음으로 언덕길을 서둘러 올라간다. 우산 위에 눈이 쌓인다. 우산을 빠져 나온 눈이 무릎에서 구두를 향하여 날아든다. 날아든 눈을 걷어차듯 그녀는 숨을 헐떡이며 갈 길을 서둘렀다.

뒷문은 열려 있었다. 자물쇠를 잠그고 안쪽 현관으로 갔다. 불빛이 밝게 켜져 있었다. 어머니는 일어나 있는 것 같다. 작은 목소리로 귀가했음을 고하고 젖은 구두를 벗은 다음 복도에서 객실 문의 미닫이를 열었다. 어머니 혼자라고 생각했는데 아버지와 언니도 모여 있다. 그 세 사람은 묵묵히 꼼짝도 않는다.

「늦었습니다. 전차가 오지 않아서 고생했어요」 하고 선수쳐서 변명한다. 야단맞을 것 같은 예감이 들었다. 그녀가 앉기를 기다리고 있었다는 듯이,

「너, 신판가 뭔가를 하고 있다는데, 그건 안 돼. 당장 그만둬」 하고 아버지가 처음부터 다짜고짜 결론을 내린다.

아버지에게는 결론밖에 없다. 중간은 생략된다. 생략이라기보다도 숫제 처음부터 없는 것이다.

너무나 갑작스럽기 때문에 딸은 당황하여 대답이 안 나온다. 왜 안 되는지, 묻지 않아도 대충은 알고 있다. 알고는 있지만 순응할 생각은 추호도 없다. 어머니의 눈치를 슬쩍 본다. 아쓰코 부인은 남편의 옆얼굴을 물끄러미 쳐다보고 있다. 쳐다보는 어머니의 눈 속에서 영리한 딸은 아버지를 비난하는 표정을 읽어냈다. 그러나 어머니는 아버지에게 정면으로 대항한 일은 없다. 어머니의 반대는 완만하고 온화하다. 일단은 아버지의 의견을 통과시켜 놓고 한달 걸려서 아버지를 설득시킨다. 혹은 설득하지도 않고 슬그머니 실행으로 옮긴다. 결국 이 집안의 일은 모두 어머니의 뜻대로 되어간다. 아버지는 막무가내이고 경솔하다. 딸은 어머니가 편들어 주기만 하면 안심하고 아버지의 꾸중을 통과시키는 술법을 터득하고 있었다. 언니는 말없이 뜨개질

을 하고 있다. 침묵 속에 심술이 숨을 죽이고 숨어 있는 것 같다.

「차 마실래?」 하고 아쓰코 부인이 조용히 말했다.

그 무심코 내뱉는 말투가 남편의 노기를 당황케 한다는 것을 십분 계산에 넣고 있다. 딸은 어머니의 건너편에 서서 눈에 젖은 바지자락을 불에 쬐고 있다. 버릇없는 모습이다.

딸에게 차를 따라주고 어머니는 그 근방을 치우기 시작했다. 치우고 자자는 신호다. 아버지는 고타쓰에서 일어나 담배 그릇을 들고 말없이 침실로 물러간다. 세이코는 움직이려고도 하지 않는다. 좀더 어머니의 태도를 보아 두자는 생각인 것 같기도 하다. 유키코는 아버지가 나가자 그제야 안정을 찾고 화로 앞에 웅크리고 앉는다. 양손으로 찻잔을 들고 마신다.

「너에게 혼인 말이 있었단다」 하고 아쓰코 부인은 딸의 얼굴을 보았다. 딸은 쓸쓸한 표정을 짓는다.

「아버지는 그래서 너를 기다리고 있었는데 너무 늦으니까 화나신 거야. 좀더 일찍 돌아와야지」 하고 말한다.

「너의 회사 총무부장 말이다. 그분의 차남이라고 하더라. 부장님이 네가 꼭 마음에 든다고 하더란다…」

「제대한 군인인가 뭔가겠죠?」 하고 딸은 말했다.

「아마 그렇다지. 너 알고 있니?」

「알고 있거나 모르거나 매한가지야」 하고 유키코는 찻잔을 놓고 어머니의 눈앞에서 벌렁 누워 버린다. 누운 채 별안간 말했다.

「나, 꼭 시집가야 해?」

부인은 양손을 불에 쪼이면서 길게 누워 있는 딸의 키를 바라본다. 이제 많이 컸다는 생각을 한다. 태어났을 때 이 아이의 크기가 생각난다. 배가 아직도 그때의 무게를 기억하고 있는 것 같다.

「언제까지나 어린애 같은 소리를 하면 안 돼」 하고 나무란다.

이 아이의 시대가 온 것이다. 아내가 되고, 육체적인 기쁨을 알고, 엄마가 되는 시기가 온 것이다. 화려한 시기다. 부인은 자신이 새댁이었던 무렵이 생각난다. 하지만 그녀에게 화려한 생활은 없었다. 그저 남모르게 전율하는 육체의 연소만이 있었을 뿐이고 일상생활은 유키코가 말하듯 '성생활이 수반된 가정부 생활'이었다.

「나는 당분간 시집 안 가요. 엄마」 하고 딸은 천장을 쳐다보며 말했다.

「결혼해야 하는 의무 같은 건 없잖아. 내 맘대로 해도 되죠. 만약에 너무 오래 부모의 보살핌을 받는 것이 문제라면 내 월급에서 방 값과 식비를 아빠에게 지불할 거야.」

그런 신랄한 말투는 늘 있는 버릇이다. 부인은 별로 놀라지도 않는다.

「그것도 좋을지도 모르겠다」 하고 가볍게 받아 넘긴다.

딸의 말에 화내는 것은 딸의 계략에 빠지는 결과가 되는 것이다. 목적은 딸을 야단치는 것이 아니라 무사히 결혼시키는 데에 있다.

「그런 쓸데없는 말만 하지 말고 너도 이제 생각 좀 해 봐야 한다. 결혼은 네 자유야. 하지만 결혼을 하지 않으면 뭘 하겠다는 거냐?」하고 조용히 말한다. 딸의 본심을 듣고 싶은 것이다.

「계속 독신으로 있으면서 연극을 하겠다는 거냐?」

「그러면 안 돼?」하고 딸은 비꼬는 답변을 한다.

「그것도 좋을지 모르겠구나」하고 어머니는 일단 후퇴한다. 「하지만 배우가 모두 독신으로 있는 것은 아니겠지. 결혼했다고 해서 못할 것은 없지 않니?」하고 후면 공격으로 나간다.

딸은 소리내어 웃었다.

「그게 엄마의 속임수란 말이야」하고 말한다.

「감언이설로 결혼시켜 놓고 일단 결혼해 버리면 그 후에는 내가 알게 뭐냐는 식이니까.」

아쓰코 부인은 섬뜩했다. 딸의 말투에는 악의가 있다. 그러나 다소의 진실은 있다. 좋은 연분을 찾아서 시집만 보내 버리면 딸은 행복해질 것이라고 생각하고 있다. 어깨의 짐이 가벼워진다고 생각하고 있다. 어깨의 짐을 빨리 내려 놓고 싶기 때문에 딸의 승낙을 받아내려는 속셈이 없는 것은 아니다.

「엄마의 시대와는 달라요」하고 유키코는 다시 말했다.

「언니를 봐도 그렇지. 바보니까 부모가 시키는 대로 가정부 대용인 시집을 간 거지만, 때마침 남편이 전사했기 때문에 일단은 해방된 거지. 하지만 만약에 남편이 살아 돌아오기라도 했다면 언니는 한평생 가정부로 끝날 뻔했잖아요. 안 그래 언니!」하고 세이코를 돌아보며,

「어때, 재혼할 용기 있어?」 하고 큰 소리로 말했다.

「그야 당연하지」 하고 어머니가 대변했다.

「언니보다 너는 어떠냐? 도대체. 어떤 결혼이면 네 마음에 들겠니?」 하고 딸의 예봉(銳鋒)을 딴 데로 돌린다.

「그게 말이야, 솔직하게 말해서 나도 잘 모르겠어」 하고 유키코는 웃는다.

「잘 모르지만 지금 같은 형식은 절대로 안 돼. 그것만은 분명해요 뭔가 좀더 다른 결혼생활이어야 해」 하고 누운 채 머리를 갸웃했다. 오른손 인지로 공간에 당초(唐草)무늬를 그리고 있다.

「옳거니. 그렇다면 유키코 네 말은 결혼이 모두 무조건 나쁘다는 것은 아니구나. 뭔가 새로운 방법이 발견되면 결혼하겠다는 말이지」 하고 아쓰코 부인은 그제야 딸의 요구를 파악했다.

「그래요!」 하고 딸은 남자처럼 난폭하다. 「난 한평생 독신으로 산다는 것은 어리석다고 생각해. 바보지. 왜냐하면 인간이면 당연한 요구가 있을 것 아냐. 그러한 요구를 만족시키는 것도 필요해」 하고 거침없이 말해 버린다. 어머니는 화로에 얼굴을 숙인다. 세이코는 편물의 코를 세고 있는 척한다. 유키코는 다시 공간에 당초무늬를 그린다.

「하지만 말이야…」 하고 그녀는 덧붙여 말한다. 「육체적인 욕구 때문에 정신생활 일체를 가정의 노예로 바치겠다는 것은 너무 현명하지 못하다고 생각해요. 지금까지의 가정이란 것은 육체의 안정밖에 생각하지 않았잖아요.」

문제가 점차 중대해진다. 아쓰코 부인도 생각을 하지 않을 수 없다. 벌써 20 몇 년 전에 졸업했어야 할 문제이긴 하지만 사실은 졸업했다기보다는 결혼 때문에 중도에 퇴학한 모양이었던 것 같다. 이 문제는 부인에게도 역시 신선하다.

「하지만 너…」 하고 조용히 말한다.

「여자란 것은 몸이 안정되지 않으면 마음도 안정될 이치가 없다. 마음을 안정시키는 것이 가장 가까운 지름길이란다. 여자는 결혼을 해야 비로소 마음도 안정되는 거야.」

시계가 11시를 쳤다.

「알았어, 알았어」 하고 딸은 또 남자 말투를 사용했다. 「알겠지만 그것이 과연 진짜 안정이 될지 모르겠네. 체념이 아닐까. 체념이 아니면 타협일 거야. 정신이 육체에게 타협해 버리는 것이라고 생각해요.」 「정말 어렵구나.」 아쓰코 부인은 작게 웃었다. 「그럼 너는 어떤 결혼을 하고 싶은 거니? 자기 혼자 그럴 마음이 있어도 상대방이 너와 똑같은 생각이 아니면 안 되는 상담이구나.」

「맞아요…. 그러니까 어려운 거죠」 하고 딸은 그제서야 일어나서 윗옷을 벗었다. 잘 생각인 것 같다. 하품을 하며 일어서서,

「결국 생활의 자유는 육체의 자유에 의해서 얻어지는 것이군요. 그게 결론에 가깝겠네요」 하고 말하면서 복도로 나갔다. 뒤로 문을 닫으면서 「그러니까 당분간 혼담은 사절이에요, 안녕히 주무세요.」

발자국 소리가 멀어지는 것을 기다려서 세이코가
「저 애 위험해요」하고 말했다.

위험성은 아쓰코 부인의 가슴에도 느껴지고 있다. 유키코는 결론적으로 육체의 자유를 확보하려고 한다. 육체의 자유란 무엇을 뜻하는 것일까. 더구나 독신은 어리석다고 말한다. 그녀가 생각하는 육체의 자유는 육체적으로 멋대로 놀아나고 무궤도(無軌道)한 것이 아닐까. 모성 해방의 시대, 남녀평등을 거론하는 시대에 일어나기 쉬운 위험이라고 부인은 생각한다. 여성의 해방이 육체의 해방이라면 여성의 생활은 어디서 안정을 찾아야 하는 것일까. 부인은 알 수가 없어졌다. 그러나 유키코의 사고방식이 모두 처녀시절의 공허(空虛)한 꿈이라고는 잘라 말할 수 없다. 세이코가 돌아왔을 때에 느낀 부인의 석연치 않았던 마음, 아키코 부인이 여덟 번째 아이를 낳는다고 알았을 때의 분노, 그런 것들이 지금도 마음속에 남아 있어서 유키코의 문제를 좀더 생각해 주고 싶은 생각이 드는 것이다.

가정불화

유키코는 친구들 서너 명과 스키장에 간다고 한다. 토요일 오후에 가서 월요일 밤에 돌아올 예정이다. 구두에 약을 칠하고 털장갑을 꺼내고 도시락을 만든다. 아쓰코 부인은 출발 준비를 도우면서 딸의 젊음을 생각하고 있다.

여자가 스키장에 갈 수 있는 것도 독신일 동안뿐이 아니겠는가, 결혼할 때까지의 짧은 청춘일 때뿐이다. 여자에게 있어서 청춘은 지극히 짧다. 만약에 아버지가 가져온 혼담, 즉 총무부장 차남과의 혼담이라도 성사되면 내년부터는 자유를 잃게 되는 딸이다. 눈투성이가 되어서 청춘을 즐길 수 있는 것도 금년뿐일지도 모른다.

3, 4명의 친구들…이라고 유키코는 말한다. 학교 친구들이라는 그 친구들 속에는 남자 친구들도 있을지 모른다. 그러나 부인은 추궁하려고 하지는 않았다. 가령 남자친구들이 있다고 하더라도 스키 여행을 반대할 명분은 없다.

아가씨들은 남모르게 기회를 포착해서 청년들을 쳐다본다. 부모의 거부를 알고 있으면서 어떻게든지 남모르게 기회를 발견한다. 그 열성과 그 노력은 부정한 것이 아니다. 건강한 요구이다. 아가씨들은 남모르게 청년들의 모습을 바라보고 청년을 통해서 자신의 모습을 바라본다. 거울에 향했을 때처럼 청년의 눈에 비치는 자신의 모습을 생각한다. 그 같은 과정을 거쳐 딸은 성장하는 것이다. 아쓰코 부인은 딸을 위해 정성을 다해서 도시락을 만든다.

너는 성장해야 한다. 네 결혼생활은 힘이 들 것이다. 네가 살아나가는 나날은 패전과 붕괴가 일어난 국토 속에서 힘들게 영위되어 나간다. 너는 강하고 현명하며 강인해야 한다. 너는 새롭고 용감하고 온순해야 한다.

부인은 자신이 잃은 청춘의 날을 생각한다. 거의 한 조각의 그리운 기억조차도 남아 있지 않은 청춘이었다. 거의 헛되게 지나간 청춘이었다. 그녀의 인생은 벌써 50에 가깝다. 자신의 후회를 딸에게까지 맛보게 하고 싶지 않다.

세이코는 양지바른 마루에 앉아 꿰맨 아이 옷을 펴고 있다. 아이는 엄마의 무릎 가까이에 앉아서 인형에게 빵을 먹이고 있다. 아이가 성장하여 옷소매가 짧아졌다. 어미는 시집에서 떠나와 행복이라는 희망은 없다. 초봄의 햇살은 불행한 그림자를 품은 어미와 아이를 밝게 비쳐 위로하고 있다.

아쓰코 부인은 도시락을 만들면서 세이코의 모습을 본다. 거기에 자신의 젊은 날의 모습을 회상한다. 세이코의 인생은 그 가능성의 80퍼센트를 잃었다. 앞으로 그녀에게 주어지는 인생은 예상하기 어렵지 않다. 얼마 남지 않은 희망에 필사적인 기대를 갖고 그날이 올 때까지 아이와 함께 지낸다. 희망의 날이 오면 아이와 헤어지게 될 것이다.

아쓰코 부인은 세이코의 모습을 바라보며 스키장에 간다는 유키코의 모습과 비교한다. 이 두 사람의 인생은 이만큼 다른 것이다. 유키코는 또한 모든 가능성을 가지고 있다. 그녀의 인생은 앞으로 어떻게든 마음먹은 대로 될 것이다. 총무부장의 차남과 결혼하는 것은 모든 가능성의 절반을 잃는 일이다. 가능성을 잃고 안정을 얻는 것이다. 그리고 그 다음에 안정이 무너졌을 때 가능성은 이제 되돌릴 수가 없다. 그것이 세이코의 경우다.

「다녀오겠습니다…」 하고 유키코는 목소리 말미를 길게 늘이고 그 목소리가 끝나기도 전에 정원을 달려가고 있었다.

조심해라… 하는 주의조차도 부인은 하려고 하지 않았다. '조심해서' 인생의 길을 가는 것이 과연 좋은 것인지 나쁜 것인지 아쓰코 부인은 점차 혼미(昏迷) 속으로 빠져들었다.

딸이 가 버리자 부인은 거울 앞에 앉아 머리를 매만지고 옷매무새를 고친다. 그리고 신문지에 귤을 싸서 왼손에 들고 현관을 나섰다.

햇빛이 있지만 바람이 차가워서, 정원 매화꽃이 시들어 지저분하다. 아쓰코 부인은 서릿발이 녹은 길을 걸어서 울타리 모퉁이를 돌아선다. 바람에 옷자락이 펄럭였다. 다음 모퉁이를 또 돌아간다. 남편이 지은 같은 지붕모양의 임대주택이 7, 8채 늘어서 있다. 그중의 하나에 '니시자와연대'(西澤聯隊)가 살고 있는 것이다. 일곱 명의 아이들에 시달리면서 아키코(明子) 부인이 살고 있다.

드문드문한 노송나무 잎 울타리 안에 니시자와 요지(西澤陽二)가 있었다. 셔츠 바람으로 목에 수건이 감겨 있다. 부인은 울타리 사이의 판자문을 열고 들어갔다.

「식량 증산하려구요?」

「안녕하십니까?」 하고 수학교사는 흙 묻은 얼굴로 활짝 웃었다. 그는 50평 남짓 파 엎어 밭을 일군 뒤 거기다 비료를 뿌리고 있었다.

「냄새납니다. 저쪽으로 돌아서…」 하고 말한다.

토요일 오후의 짧은 틈을 이용해서 밭에 매달려 있는 것이다.

「이제부터 무엇을 심을 건가요?」

「감잡니다.」

「아, 그래요. 서리 때문에 썩지 않을까요?」

「아닙니다. 감자는 이른 편이 좋은 걸요」 하고 말한다.

수염이 더부룩하게 자라서 농촌의 농부와 다를 바 없다.

「어서 이쪽으로…」 하고 수학선생은 남향으로 난 복도를 향해 맨발로 밭두둑을 넘어서 갔다. 부인도 그쪽으로 향해 걸어간다. 뒤꼍에서 아키코 부인은 빨래를 하고 있다. 아쓰코 부인은 뒤꼍으로 돌아가 본다. 다라이(빨래용 큰대야)에 가득히 넘칠 정도의 빨랫감을 담아 놓고 빨개진 손으로 공습 때 입었던 몸뻬 자락을 걷어 올리고 있다. 등허리에는 막내아이를 업고 있다.

「어머, 언니」 하며 일어나서 젖은 손목 언저리로 헝클어진 머리를 쓰다듬어 올렸다. 굵은 팔이 혈색으로 얼룩졌고 이마에는 땀이 흐르고 있다. 땀이 난 얼굴로 쌩끗 웃고 있다.

「이것 좀 보세요. 빨랫감이 3일 만에 이만큼 생겨요.」

언니는 머리를 절레절레 흔들어 보인다. 이런 고생을 여동생은 아무렇지도 않게 생각하는 것일까. 등허리에 업힌 아이는 잠들어 버렸고 잠든 얼굴에 햇빛이 내리쬐고 있다.

「잠들었잖아. 이리와 내려줄게.」

「괜찮아요. 이제 그만할래요. 차라도 준비할까요?」 하고 여동생은 부엌 뒷문으로 들어간다. 언니는 앞뜰로 나와 복도 쪽으로 걸어갔다.

저것도 여자의 생활일까, 하는 생각이 든다. 아니, 저것이 여자의 생활일 것이라고 생각한다. 아니, 저것은 여자가 아니라고 부정하는 마음이 있었다. 저건 여자가 아닌 암컷이다. 적어도 인간의 여자는 아니다. 이와 같은 생활 속에서 다시 여덟 번째의 아이를 낳겠다고 한다. 이성(理性)이 어디에 있을까? 현명함이 어디에 있을까? 남편은 무엇을 생각하는 것일까를 의심한다. 그 남편은 양지쪽 복도에 걸터앉아 담배 파이프를 물고 있다. 더더욱 산골의 농부를 닮아 간다.

부인은 귤 꾸러미를 놓고 「모두들 어디 갔지?」 하고 묻는다.

「글쎄요, 어디 갔을까?」 하고 아버지는 무심하게 대답한다. 아버지라기보다는 어미 원숭이에 가깝다. 새끼 원숭이는 어딘가에 장난치러 간 것이다. 부인은 참을 수 없는 마음에서 끝내 말이 터져 나오고 말았다.

「나 좀 봐요, 이제 더 이상 낳는 것은 무리잖아요. 아키코가 병이라도 나면 어쩌려고 그러세요?」

「아, 네에…」 하고 수학교사는 미소를 짓는다. 미소 속에 마음의 나태가 있다.

「아키코 역시…」 하고 부인은 한숨짓는다. 「더 이상 고생시키면 죽게 될 거예요.」

아키코 부인이 차를 가지고 와서 마루에 앉는다. 비료 냄새가 섞인 바람이 복도를 스쳐간다.

「튼튼한 걸요」 하고 그녀는 웃었다. 그 말을 듣고 있었던 것이다. 「언니가 생각하는 것만큼 고생은 아니에요. 그야 지금 같은 배급으로는 먹여 살리기도 어렵죠. 하지만 그러다 보면 배급도 좋아지겠죠…」

남편은 흙투성이 손가락으로 파이프에 담배를 담는다. 아쓰코 부인은 여동생의 얼굴을 바라보았다. 밝고 그림자 하나 없는 표정이다. 불행에 대한 감수성을 잃어버린 얼굴이라고 생각했다.

「아이들이 있으니까 도움이 돼요」하고 여동생은 또다시 웃는다.「키우는 고생이란 절반은 즐거움인 걸요.」

새벽에 일어나서 식사준비, 청소, 도시락 만들기, 남편 출근시키기, 어린아이 돌보기, 빨래하기, 시장보기, 의복 손질하기, 게타(下駄: 일본 나막신) 끈 고치고 버선 만들기, 밤이 이슥해서 한숨 돌릴 때는 아이들은 벌써 잠들어 있다.

일곱 개의 지저분해진 잠든 얼굴, 상처 자국에 딱지 진 팔뚝, 때투성이의 얼굴. 서로 얽히고설키면서 어느 아이나 모두 1년에 3치씩 자라난다. 어머니는 형의 옷을 동생에게 물려 입히고, 언니의 바지를 여동생에게 물려 입힐 작정을 하면서 이 1년이 얼마만큼 유효하게 지나갔는가를 생각한다. 3치씩 일곱 명, 1년에 2자 1치가 성장한 것이다. 지저분해진 잠든 일곱 얼굴을 바라보면서 엄마라는 자신의 위치를 생각한다. 일곱 명의 아이들은 남편에게서 받은 일곱 개의 애정이기도 하다. 아키코 부인은 결코 자신을 불행하다고는 생각하지 않았다.

그러한 행복을 아쓰코 부인도 모르는 것은 아니다. 세 아이를 키운 경험이 있으나 지금 의혹이 부인의 마음을 무너뜨리는 것이다. 일곱 아이들에게 둘러싸여 고생하면서 느끼는 행복. 그것은 원숭이 어미에게도 있는 것이 아니겠는가. 10마리의 병아리를 품고 있는 암탉이 얼마나 헌신적이고 행복해 보이는가. 아키코는 그와 같은 행복에 잠겨 있는 것이 아닐까 하는 생각이 든다. 새나 짐승과 같은 감정, 본능적인 모성의 행복. …병아리가 죽었을 때 암탉은 거의 돌아다보지 않는다. 병아리의 죽음을 슬퍼하기보다는 다음 알을 낳는 편이 좋은 것이다. 아키코는 아이가 영양실조가 되든 병이 나든 그 일에는 많은 관심을 갖지 않는 것은 아닐까. 그리고 여덟 번째 아이를 낳는다. 아홉 번째의 아이를 낳는다. 낳는 것이 모든 이론을 초월한다. '암컷'의 비극이다. 모든 동물의 암컷이 얼마만큼 격한 본능에 지배되어서 낳는 데에 노력하는가. '낳는다'는 것이 그들에게는 '생존하는' 것과 같은 것이다.

「그건 그렇고, 이 다음은 언제 가이다시(買い出し: 전쟁 말기에 식량이 부족해서 식료품 구입차 농촌을 돌아다니며 사는 일)에 나가시겠어요?」하고 부인은 숨이 답답해서 말머리를 돌렸다.

「내일이 일요일이죠. 그 다음 일요일에 가려고 합니다」하고 수학교사는 답한다. 「요전에 갔던 곳에서 토란을 주겠다고 약속해 놔서…」

「그때 나도 함께 데려가 주세요. 혼자면 허전하니까」하고 부인은 말했다. 「유키코도 데리고 갈 작정이죠. 두 사람이면 6관 정도는 짊어지고 올 수 있으니까」하고 웃으면서 일어난다.

「좋겠죠, 시간은 곧 알려드리러 가겠습니다」하고 수학선생도 일어섰다. 가는 곳은 야마나시현(山梨縣)의 오쓰키(大月)에 가까운 농촌이다.

일요일 아침, 다카마쓰 미네조(高松峯三)는 오히려 평소보다 일찍 일어난다. 하루 일로 상당히 바쁘다. 하수도를 청소하고, 장작을 쪼개고, 죽은 소나뭇가지를 털어 쓰레기를 불태운다. 헛간에 선반을 매달고 뒷문 문지방의 삐걱거리는 곳을 고친다. 분재(盆栽)한 모과나무를 양지 쪽에 내놓고 봉오리를 세어 보고 난(蘭)꽃의 먼지를 붓으로 털어 준다. 전속 목수를 데리고 임대가옥을 한바퀴 돌며 벽에 붙은 널빤지가 상한 곳, 하수도 토관(土管)이 깨진 곳, 판자 울타리가 망가진 곳을 수리하도록 지시한다. 이어서 세든 사람의 안주인이나 일요일이라 빈둥빈둥 놀고 있는 남편과 쓸데없는 말을 지껄이고 껄껄 웃으며 돌아온다. 그 동안에 부인은 가정부를 시켜 유리를 닦고, 바닥과 기둥을 걸레질하고, 향로에 향을 피우고, 화로의 재를 손보고, 세수 대야의 물때를 씻어내고 변소의 수건을 교체한다.

모두가 번거롭고 자질구레한 생활의 질서다. 생활에 다소의 구색을 갖추는 수단에는 틀림없지만 생활 자체를 움직이는 아무 노력도 아니다. 아무리 부인의 잔손이 가도 생활의 본모습은 여전히 늘 그대로라는 것을 부인은 근래에 겨우 깨달았다. 깨달음과 동시에 마음의 기개(氣槪)를 잃었다. 화롯가에 앉아 멍하니 뜰을 바라본다. 유키코는 스키를 타고 있을 것이다. 아키코는 아이를 업고 빨래를 하고 있을 것이다. 그의 남편은 감자를 심고 있을 것이다. 아쓰코 부인은 왠지 움직일 마음이 나지 않았다.

오후에 손님이 왔다. 회사의 용도과장 스기타(杉田) 씨였다. 2

층의 객실에 안내하고 임대가옥을 돌고 있는 남편을 부르러 가정부를 보냈다. 오랜만에 보는 인사, 지난날의 유키코 혼담에 관한 인사 등을 말하면서 몇 번이고 머리를 숙인다. 머리를 숙이면서 오늘은 저녁식사 대접을 해야 되겠다는 생각을 한다. 술은 얼마나 남았을까 하는 생각도 한다. 생선가게에 전화를 걸어 뭐가 있는지 물어봐야겠다는 생각도 한다. 밥을 조금 짓게 하고 소시지 통조림을 따야겠다는 계획도 한다. 머릿속에서 환대할 계획을 갖추고 식단을 짜 본다. 혼담은 사절할 작정이다. 유키코는 관심도 없다. 남편은 좋은 연분이라고 믿고 있다. 부인도 좋은 연분 같다는 생각을 하고 있다. 그러나 '좋은 연분'이란 도대체 어떠한 것을 말하는 것일까. 돈이 있다는 것일까, 지위가 있다는 것일까, 학문이 있다는 것일까, 초혼이라는 것일까. 그만한 판단은 할 수 있다. 그러나 그보다 더 중요한 것, 좀더 근본적인 조건은 알 도리가 없는 것이다. 좋은 연분과 그렇지 않은 연분은 어디가 얼마만큼 틀리는 것일까. 부인은 자신의 상식에 대해서 점차 자신을 잃어갔다. 스기타 씨가 가져온 '좋은 연분'을 그대로 딸에게 밀어붙일 생각은 없다. 세이코라는 견본이 눈앞에 있는 것이다.

남편이 돌아왔다. 그 기척을 느끼고 아쓰코 부인은 2층에서 내려온다. 남편을 복도로 불러서 명확히 이렇게 말했다.

「당신, 유키코의 혼담은 일단 사절해 주세요. 좋은 연분이라고는 생각되지만 그 애는 아직 일러요. 마음의 준비가 안 되었기 때문에 안 돼요. 정중하게 사절해 주세요. 그리고 오늘은 천천히 놀다 가게 하세요. 곧 술을 올릴 테니까. 목욕은 어떻게 하죠? 곧 물이 데워질 텐데….」

「알았어, 그렇게 말해 볼게.」

미네조는 계단을 오르기 전부터 벌써 웃는 얼굴이다. 아무 힘도 안 들이고 웃는 얼굴이 자연스럽게 나오는 남자다. 아내의 의견을 무조건 받아들이고 자신의 반대의견은 아무것도 없는 남자다.

아쓰코 부인은 손님을 접대하는 방법에 대해서는 20년 경험으로 몸에 배여 조금도 불안을 느끼지 않았다. 주객이 마주앉아 인사를 주고받는다. 담배를 꺼내어 한 대 피운다. 인사와 용건 사이에는 짧은 공백시간이 있다. 그 시간을 메우는 것이 차 마시는 시간이다. 손님의 종류에 따라서는 홍차가 되기도 하고 커피를 사용하는 경우도 있다. 오늘 손님은 술손님이다. 이야기의 본론은 술자리가 되고 나서 시작된다.

찻잔을 물리자마자 술잔과 젓가락을 내놓고 햄을 기름에 볶아 통조림용 아스파라거스를 첨가한다. 도쿠리(德利: 주둥이가 잘룩한 작은 술병)의 첫 병은 즉시 비우니까 두 병째는 빨리 가져간다. 그럭저럭 15분 틈이 있어 스이모노(吸物: 국물)를 만든다. 혹은 히사카나(乾魚: 건어)를 불에 구워서 내놓는다. 그러는 동안에 생선가게에서 생선회가 도착한다. 그 다음은 천천히 해도 된다. 가정부에게는 야채의 오히다시(御侵し: 야채를 데친 나

물)를 만들게 하면서 자신은 아게모노(揚げ物: 특히 어육튀김)를 만든다. 모든 준비를 마치고 자신은 옷매무새를 고친 다음 도쿠리를 가지고 객석에 나간다. 그 무렵에는 주인이나 손님이나 모두 용건을 마치고 편안한 자세로 이야기를 나누기 시작했다. 여자가 자리에 끼어들기 알맞은 분위기가 된 것이다. 미네조는 빨개져서 유쾌한 듯 계속 웃는 얼굴을 하고 있다. 손님은 마음 편히 테이블에 기댄다.

「스기타 씨가 말이야…」 하고 주인은 아내를 돌아본다. 「유키코는 지금으로서는 어쩔 도리가 없으니 당분간 보류해 주시기로 했는데…」

「모처럼 좋은 이야기를 알려 주셨는데 이거 정말 죄송합니다」 하고 부인은 겸손하고 정중한 인사를 했다. 「그 녀석이 좀 더 안정을 찾게 되면 또다시 꼭 좀 수고를 부탁드리겠습니다. 아무튼 꼭 남자아이 같은 망나니라서 친구들과 스키장에 간다며 어제 떠났답니다. 아직 결혼이라는 것을 진지하게 생각하지 않고 있어요. 저래 가지고 앞으로 어떻게 될까 하는 생각에 걱정하고 있습니다만…」 하고 거의 무의미한 잡담을 한다. 내용보다는 말의 표현에 그 의미가 있다.

「그래서 말이야…」 하고 미네조는 다시 한 번 아내 쪽으로 얼굴을 돌렸다.

「오늘은 새로이 세이코에 관한 이야기를 가지고 오셨어. 당신은 어떻게 생각해, 그 사람은 말이야…」 하고 남편은 다소 진지한 얼굴 표정이 되었다.

상대방은 스기타 씨 부인의 사촌동생으로 36세였다. 미국에서 공부하고 온 치과의사로 2년쯤 전에 상처를 했다고 한다. 5살박이 아들과 7살 된 딸아이가 있기 때문에 아이들을 귀여워해 주는 사람이라야 한다는 것이다. 자산은 병원 외에 토지가 딸린 임대가옥이 3, 4채에 동산이 2, 30만 정도는 있을 것이라는데, 세이코가 아이를 데리고 들어가기는 좀 어려울 것으로 생각한다. 그래서 이쪽에서 마음이 있으면 근간에 맞선을 보게 해 주었으면 좋겠다는 것이다.

「그거 참 좋은 말씀이시군요」 하고 부인은 말했다.

이른바 좋은 연분이라는 형식은 갖춰져 있다. 어린아이가 둘 정도 있다 하더라도 재혼이면 어쩔 수 없는 일이고, 그 밖에는 망설일 만한 조건이 없다. 세이코의 아이는 부인이 떠맡아 줄 작정이다. 이 정도라면 좋은 연분이라고 생각해야 한다. 그렇게 생각하면서 이 이야기에 뭔가 선뜻 다가서지 못하는 감정적인 망설임이 있었다.

「그건 당연…」 하고 부인은 남편에게 향해서 말한다. 「세이코의 딸은 우리가 떠맡을 테니까 세이코도 안심이 될 것이라고 생각해요. 나이도 그 정도면 요즘에는 당연하고요. 의사라면 직업으로 보더라도 별로 이의가 없을 것으로 생각됩니다만…」

「글쎄, 나도 그렇게 생각하고는 있어」 하고 남편은 빙글빙글 웃는다.

「그래서 말입니다. 스기타 씨, 오늘밤에라도 딸아이의 의견을 들어봐서 빠르면 내일이라도 제가 본사로 찾아뵙겠습니다. 이거 또다시 큰 수고를 부탁드리게 될지도 모르겠습니다. 그때는 잘 좀 부탁드리겠습니다. 저도 말입니다, 유키코는 별로 걱정하고 있지 않습니다만 큰딸은, 도무지 아 아이만큼은 걱정이 됩니다! 아니, 오늘 이야기는 다시 한 번 고맙다는 인사 말씀을 드리겠습니다. 자 그럼 오늘은 느긋하게 한번 마셔 봅시다. 하하하…」하고 크게 웃으며 아내를 돌아보고,

「여보, 당신이 세이코에게 그렇게 말하고 여기 와서 인사라도 하라고 해요. 따끈하게 술을 데워서 들고 오게 하고요. 모처럼 좋은 이야기를 가지고 오셨는데 모르는 체 틀어박혀 있으면 면목이 없으니까. 인사 정도는 해야지」하고 말했다. 임대주택을 지어서 자산을 증식시키는 데는 민첩한 것 같기도 하지만 본성이 착한 사람이다.

아쓰코 부인은 빈 술병을 들고 계단을 내려갔다. 내려가는 동안에 마음은 어두워지고 감정은 착잡해졌다. 어두운 굴 속으로 내려가듯이 발자국 하나하나마다 발치가 차가워지는 느낌이 든다. 뭔가 마음이 내키지 않는다. 세이코는 차노마(茶の間: 가족이 식사도 하고 차도 마시는 방)의 화로에서 김을 굽고 있었으며 어린아이는 중학생인 외삼촌과 둘이서 저녁을 먹고 있었다. 졸린 듯한 얼굴이다.

「세이코, 너 화장 좀 고치고 2층에 가서 인사하고 오도록 해

라. 술도 가지고 가거라」하고 선 채 말하고는 다시 허리를 굽혀 딸의 어깨너머로 「네 혼담을 가지고 오셨단다」하고 속삭였다.

세이코는 그저 턱으로만 답한 채 아무런 말도 없이 김만 굽고 있다.

부인은 부엌으로 갔다. 치과의사의 후처가 되라고 한다, 아이가 둘 있다고 한다, 재산도 일단은 있다고 한다, 미국에서 공부하고 온 사람이라고 한다. 왜 그것이 좋은 연분일까. 그것이 좋은 연분이라면 세이코는 재산과 학력과 나이와 결혼하는 꼴이 된다.

그것이 좋다면 근간에 맞선을 보자고 한다. 새침하게 차려입고 남의 말처럼 건성으로 인사하고 그 속에서 상대방의 무엇을 탐색하고 무엇을 알아내겠다는 것인가. 중매쟁이를 내세워 부모가 따라가서 만나보고 무엇을 안 것 같은 얼굴을 하고서는 결국은 아무것도 모르는 채 결혼시켜 버리는 것이 아닐까. 엉터리에다 대담하고 무모하다. 상대방 남자가 어떤 남자인가는 살을 맞대어 보지 않는 한 모른다. 그런데도 세이코에게 이 혼담을 권유해도 되는 것일까. 결혼이란 것이 이제까지 그러했듯이 앞으로도 그런 도박이어도 되는 것일까. 여자란 것은 그 정도로 자신을 소홀히 해야 하는 하는 것일까. 부인은 술 데우는 병에 술을 따르며 여성에게 주어진 생활의 윤곽을 눈꺼풀 속에 그리고 있다. 아키코 부인의 생활, 자신의 생활, 그리고 세이코에게 허용되어 있는 생활의 가능성….

그러나 이 혼담을 거절하면 세이코에게 어떠한 생활이 있을 수 있는 것일까. 답답한 마음은 재혼하는 것보다 달리 살아갈 길이 없다는 결론이 되었다.

구두를 신으면서 비틀거리고 현관문에 부딪히기도 하면서 기분이 좋은 웃음을 남기고 스기타 씨가 돌아간 것은 10시가 가까워서였다. 세이코는 전등 밑에서 아이의 양말을 깁고 어린 아이는 그 무릎 밑에서 잠들어 있다. 다카마쓰 씨는 이쑤시개를 입에 문 채 화롯가에 앉고 아쓰코 부인은 다시 차 준비를 한다.

「실제로 그 사람은 성의껏 신경을 써 준단 말이야. 그렇게 친절한 사람은 없지」 하고 아버지는 진심으로 기뻐하고 있다.

「이 혼담이 성사되면 세이코도 정말 안심이 되죠」 하고 부인도 조용히 답했다.

먼저의 시집에서 정식으로 이혼이 된 것은 불과 3개월 전의 일이므로 재혼에 대한 이야기는 다소 이른 것 같다. 그렇지만 그 남편이 전쟁에 나가서 상당히 오래되었기 때문에 사실상 헤어지고 몇 년인가가 지난 셈이 된다.

「스기타 씨 이야기 말인데, 상당히 좋은 것 같은 생각이 들지만 그것만으로 결정할 수는 없는 일이니까 내 생각에는 날짜를 잡아서 맞선 한 번 보는 것이 좋을 것 같구나」 하고 부인은 딸에게 낮은 목소리로 말했다. 40이 훨씬 넘은 부인의 관록과 경험이 충분한 자신을 가지고 있어서 딸은 말없이 듣고만 있다.

「마음이 내키지 않으면 거절해도 상관없다. 너는 어떻게 생각하니?」

 세이코는 바느질하던 손을 멈추고 깊이 잠든 아이의 얼굴에 시선을 떨구고 있다. 혼담은 동시에 모녀간의 이별 이야기이기도 한 것이다.

「그건 그렇다」 하고 아버지가 옆에서 끼어든다. 「어쨌든 맞선 한 번 보도록 하자. 스기타 씨가 너에게 시원찮은 사람을 소개할 리가 없다. 틀림없이 좋은 사람일 거다.」

「그렇게 당신처럼 성급하게 결정하려고 덤벼들어서는 안 돼요. 세이코 입장에서 보면 이번에는 실수 없이 안정을 찾아야 하니까 충분히 생각해 보아야 해요…그렇지?」 하고 말미는 딸 쪽으로 돌렸다.

「나, 아이가 둘이라면 못할 것도 없다고 생각되긴 하지만…」 하고 딸은 답했다.

 그 치과의사의 가정을 상상하고 있다. 그 가정에 들어앉은 자신의 모습을 생각하고 있는 것이다. 그렇게 해서 여자는 자신의 위치를 어림짐작해 보고 자신의 운명을 어림짐작한다. 어떻게 될 것인가 하는 약한 마음 저변에 해 나갈 수 있을 것이라는 무모한 용기가 있다. 사실상 해 나갈 수 있는 것이다. 다소의 행, 불행의 차이는 있을지언정 못할 것은 없다. 시집에서의 행, 불행의 차이는 재혼하느냐 아니냐의 차이만큼 크지는 않다. 세이코는 치과의사를 만나 볼 생각이다.

 거기까지 말을 하고 나서 아쓰코 부인은 또다시 자신의 회의

(懷疑) 속에 빠져 들어갔다.

왜 재혼하지 않으면 세이코는 살아갈 수 없는 것일까. 자신의 자유로운 생활방식을 찾아나갈 수는 없는 것일까. 육체가 안정되지 않는다는 것은 여자에게 그 정도까지 치명적인 것일까. 육체의 안정을 위해 얼마만큼 큰 자유와 기쁨이 희생되어야 하는 것일까. 가령 재혼생활이 행복하다 할지라도 세상에서는 영원히 '후처'라는 딱지가 붙어 버린다. 여자에게 주어진 좁은 생활의 폭 때문에 아쓰코 부인은 마음이 점점 더 답답해졌다.

「아직 결혼 같은 것은 진지하게 생각하고 있지는 않은 것 같아요」하고 어머니가 말하던 유키코는 사실상 어머니보다도 훨씬 진지하게 결혼이란 것을 생각하고 있었다. 눈에 뒤덮인 산속의 숙소에서 더욱 그 문제에 대한 분명한 태도가 요구되고 있기도 했다.

두서너 명의 친구와 함께 스키장에 갈 계획이었다. 그것은 학창시절의 친구여야 했다. 그러나 그 속에는 오쓰카 류키치(大塚龍吉)도 섞여 있어야 했다. 그런데 모이기로 약속한 역에는 오쓰카 류키치 한 사람밖에 없었다. 기차가 떠나기 직전이 되어서야 간다 나오코(神田尙子)가 오긴 했지만 그것은 전할 말을 전달하기 위해서였다. 「히라이(平井) 씨는 감기가 들었대요, 아오야마(靑山) 씨는 어머니가 아프셔서 나올 수가 없대요. 나는 지금 컨디션이 몹시 나빠서 안 되겠고」하고 말하는 것이었다. 그 변명하는 태도가 의미심장한 것 같기도 했다. 다카마쓰 유키코와 오쓰카 류키치를 단둘이만 여행시켜 주자는 여자끼리의 배려를 헤아려 생각하라는 식의 말투였다.

유키코 입장에서 말하면 이 스키여행이 연구극단의 주재자인 오쓰카 씨와 인연을 깊게 하게 된다는 것을 예상하였고 기대도 하고 있었지만 거기에는 친구들이라는 완충물이 필요하다고도 생각하고 있었다. 완충물이 없으면 두 사람의 마음은 직접 부딪쳐 버린다. 부딪치면 해결을 강요당하는 문제가 생긴다. 그것을 알면서 밤 기차에 탔다. 완충물이 없으면 없는 대로 그에 알맞도록 속도를 조절해서 충돌의 위험을 방지해야 한다. 유키코는 오쓰카와 결혼하고 싶지는 않았다.

멋을 모르는 복장, 수염이 더부룩하게 자라난 긴 얼굴, 고집이 센 성격, 그것들과는 어울리지 않는 맑고 아름다운 눈매, 그리고 연습할 때 힘이 넘치는 큰북 가죽처럼 강하고 엄격한 정열. 이 사람의 경박하지 않은 인품이 유키코는 좋아서 못 견디겠다. 그러나 결혼은 별개로 생각하고 있다.

아침 일찍이 온천이 있는 숙소에서 점심때까지 잠을 잤다. 오후에는 숙소의 스키를 빌려서 눈 속으로 갔다. 숲 사이의 좁은 스키연습장을 올라가서는 미끄러져 내려온다. 단둘이서만은 신명이 안 난다. 단둘이서 사방에 사람이 가득찬 눈 속에 있다는 것이 마음에 걸려 말이 고분고분 나오지 않는다.

류키치 뒤에 붙어 미끄럼 타면서 유키코는 톨스토이의 '어둠의 힘' 속에 있던 니키타의 말이 문득 떠오른다. 「만약에 발톱 하나가 덫에 걸려도 새의 목숨은 끝이다. …난 당신의 말을 듣지 않았기 때문에 결국 그렇게 되어 버렸어요!」

덫은 눈앞에 있다. 그녀는 몸서리를 친다. 그러나 몸서리는 공포 때문만이 아니라 위험한 밧줄을 교묘하게 건너가려는 스릴의 흥미이기도 하다. 발톱이 하나 걸린 것만으로 새는 목숨을 잃는다.

「아버지, 이 방탕한 저를 용서해 주소서….」

눈이 움푹 패인 데에 걸려서 깊숙이 눈 속에 나동그라진다. 목덜미와 손목에서 차갑게 눈이 녹는 감각. 반신을 일으켜 볼의 눈을 털면서 보니 류키치는 자꾸만 멀어져 솜씨 있게 허리를 뒤틀어 멈췄다. 뒤돌아보고 슈토크를 쳐든다. 그녀는 답하지 않는다.「발톱 하나가 덫에 걸려도…」 하고 마음속으로 되풀이하면서 일어나 미끄러지기 시작한다. 미끄러져 가던 앞에는 검은 모습의 덫이 기다리고 있다.

밤에 온천의 욕탕에 들어가 손발의 피로를 풀고 방으로 되돌아가자 고타쓰 위에 판자를 올려 놓고 식사 준비가 되어 있었다. 두부지짐, 닭고기조림, 토란, 생선구이, 빈약하지만 풍미 있는 산촌 숙소의 요리였다. 오쓰카는 술을 주문한다.

「선생님…」 하고 유키코는 숙소의 단젠(丹前)을 입고 고타쓰 건너편에서 말을 건다.

「응?」 하고 류키치는 젓가락을 뻗어 두부를 위태롭게 집는다.

「선생님은 신사?」

「내가 말인가…」 하고 놀란 얼굴을 돌린다. 유키코의 머리가 젖어서 목덜미에 흐트러져 있다. 도쿄에서는 보여 준 일이 없는 요염한 모습이다. 22, 3세의 처녀가 이렇게 요염하다는 데에 다소 놀랐다.

「신사죠?」

「신사라고 할 수는 없지. 나는 그냥 신파쟁이야.」

「하지만 예술가잖아요.」

「예술가라는 그런 딱딱한 게 아냐. 그냥 신파를 좋아할 뿐이지.」

「그런 말이 아니에요. 뭐라고 말해야 될까. …즉 여성에게 대해서 신사적이냐는 그 말이에요.」

「아 그래, 그걸 걱정하고 있었나.」

「그래요.」

「그렇다면 처음부터 오지 말았어야 하잖아.」

「하지만 이미 와 버린 걸요 뭐.」

「왔다는 것은 믿었기 때문인가. 아니면 믿지는 않지만 그냥 온 건가.」

「그게 분명치 않으니까 묻고 있잖아요.」

「아, 그래」 하고 류키치는 담담하게 답한다. 「글쎄, 문제는 없겠지.」

「그럼 기쁘네요. 틀림없죠?」

기쁘다고 유키코는 말했다. 그리고 안심했다는 표정이다. 실은 자신의 마음을 살짝 억제하고 싶은 것이다. 상대방을 신사라고 해 두면 현재의 불안에서 몸을 비켜 책임을 피해 있을 수가 있다. 상대방이 비신사적으로 변할지도 모른다는 것은 각오하고 그때는 그때지 하는 생각을 하고 있는 것이다. 즉 일단은 각오를 하고 그 다음의 답답함을 잊고 있겠다는 것이다. 잠시 동안의 '신사' 계약에 잠시 동안의 안심을 찾으려는 것이다.

「내 방은, 없는 건가요?」

「응, 이 방 하나뿐이야.」

「나 무서워. 남자를 어떻게 믿어.」

「괜찮아. 나는 그런 식으로 여성을 경멸하고 싶지 않아」 하고, 술을 따라 마신다. 「그것은 물론 경멸해도 되는 사람도 있겠지. 그러나 제대로 된 여성에 대해서는 경의를 표하지. 경의를 표하는 여성에게 대해서는 무례한 짓을 하지 않아. 안심하고 이 방에서 자도록 해. 상관 말고. 자면서 천천히 연극 이야기나 하지.」

「좋아요. 그럼 술도 따라 드릴게요.」

「좋아 한잔 받지. 자네는 열심히 먹어. 오늘은 배고팠지?」

「정말 배고파 죽을 뻔했어요」 하고 유키코는 진정 밝은 표정으로 웃었다.

「상당히 경계하는 것을 보니 자네는 아직 처녀가」 하고 오쓰카는 태연하게 말한다.

「물론이죠!」 하고 유키코는 반박하듯 답했다. 「하지만 나는 처녀 같은 것은 쓸데없는 것이라고 생각해요.」

「호오! 신시대 사상이군. 왜 쓸데없지?」 하고 류키치는 얼굴에 다소 주기를 띤 얼굴로 웃는다.

「너무 그런 것에만 여자가 구애받고 있다는 것은, 한마디로 말하면 봉건적이겠죠.」

「글쎄 그렇겠군. 하지만 구애받지 않으면 되잖아.」

「그건 그래요. 하지만 자신은 구애받지 않아도 세상이라든가 주위는 늘 구애받고 있거든요. 귀찮은 생각이 들어요. 난 처녀 같은 건 성가시다고 생각해요.」

「오호, 처녀가 성가신가?」

「그래요.」

「성가시면 버려.」

「버리곤 싶지만 어떻게 해서 버려야 좋을지. 그것이 어려워요. 잘못 버리면 그야말로 세상이 귀찮거든요.」

「그건 그렇군. 세상이 이해할 수 있도록 버리는 방법이라면. 아니 그건 결혼하는 것이잖아. 그것밖에 없어.」

「그런 계통이겠죠.」

「그런 계통이라. …뭐야, 장난하는 거야?」 하고 오쓰카 류키치는 소리내어 웃었다. 두부는 자꾸만 지글지글 익는다. 그는 초인종을 눌러 다시 술을 주문했다.

「바람이 부는 것 같네요」 하고 유키코가 말한다. 덧문 틈새에서 문풍 소리가 들린다. 멀리에서 바이올린을 연주하는 사람이 있다.

식사를 마치자 류키치는 잽싸게 자신의 잠자리로 들어가 엎드려 담배를 물었다.

「자네는 연극에 대해서…」 하고 큰 소리로 말한다.「단순한 연기 연습뿐만이 아니라 연극의 본질을 공부하는 것이 좋을 거야. 왜냐하면 본질을 이해해 두지 않으면 연기는 단순한 연기로 끝나 버리기 때문이지. 고전적인 종교극의 본질은 무엇인가, 아일랜드의 신극운동은 무엇을 목표로 하고 있었는가, 가부키(歌舞伎)의 성격은 어떤 것인가, 인형극의 본질은 무엇인가, …그런 것을 대충 공부하는 거지. 대강이면 돼. 그것을 알면 연기의 방침이 세워질 거야. 세세한 기교는 아무것도 아니거든. …졸음이 오나?」

「아뇨, 듣고 있어요.」

「잠이 오면 자도록 해, 내일은 일찌감치 스키 타러 가야지. 아침은 참 싱그러워.」

「좀더 이야기해 주세요….」

「글세…. 연극이란 것은 말이야, 정도가 높아지면 높아질수록 상징적인 것이 된다고 나는 생각해. 단순화(單純化)지. 단순 속에 한없이 복잡한 의미가 있거든. 표현파의 무대 등에도 그것은 있을 것이고 가장 좋은 예는 일본의 노가쿠(能樂: 일본의 대표적인 가면 음악극)가 있지, 알겠나. 그러나 그것은 관객의 교양이지.…그것이 수반되지 않으면 성립되지 않거든….」

유키코는 눈을 감고 듣고 있다. 말을 듣고 있다기보다도 느끼고 있다. 의미를 듣는 것이 아니라 그 목소리 속에서 '남성'을 느끼고 있다. 아름답다고 생각한다. 가까이에서 미혼인 처녀와 잠자리를 나란히 하고 정열이 담긴 예술을 논하고 조금도 흐트러짐이 없는 인품, 산뜻하고 세련된 아름다움을 느끼고 있었다. 그것이 무엇보다도 더욱 기쁘고 즐거웠다. 욕망은 자신의 마음속에도 있다. 그러나 육체의 욕망보다도 더 고귀한 욕망이 충만한 것처럼 생각되어서 이날 밤의 행복을 고귀한 것으로 생각했다.

「일본의 신극은 이제 위험해」 하고 오쓰카는 담배를 비벼 끄고 제대로 눕는다. 「경제적으로 몹시 안좋거든. 그래서 우리들 극단 역시 당분간은 햇빛을 못 볼 거야」 하고 말했다.

「그렇지만 말이야, 그렇다고 해서 연구극단을 그만둬 버릴 수는 없지. 그건 진짜 망하는 것이니까.」

일종의 분노가 담긴 논설이다. 그렇게 말하면서 양손으로 머리 속을 박박 긁는다. 전혀 졸리지도 않은 것 같다. 손목시계는 9시가 지나 산속의 숙소는 조용하다. 바람이 덧문을 뒤흔든다.

「선생님은 정열적이시네요」 하고 유키코는 절반은 얼굴을 가린 채 말했다.

「그건 그래」 하고 오쓰카는 간단히 답한다. 무엇을 말하거나 간단명료한 사나이다. 태도도 솔직하고 명쾌해서 시원스럽다.

「정열이 없으면 연극 같은 건 못하지. 자네도 그렇잖아」 하고 이쪽으로 돌아눕는다.

옆얼굴을 보고 있다는 것을 의식하면서 그녀는, 「나, 선생님 좋아해요」 하고 말했다.

「뭐야, 또 그건.」

「뭔지 나도 몰라요.」

「연애 같은 거 집어치워. 쓸데없으니까」 하고 말한다.

「어머머, 그게 왜 쓸데없어요?」

「물론이지, 연애는 무대 위에서 보고 있는 편이 좋아.」

「선생님은? …」

「뭘!」

「제가, 싫으세요?」

「성가시군! … 좋아해. 아주 몹시 좋아해.」

유키코는 몸이 움츠러들었다. 심장이 뛴다.

「연애!」 하고 작은 소리로 묻는다.

「그럴지도 모르지. 하지만 난 그런 건 아무래도 상관없어.」

「저도 그래요」 하고 그녀는 들뜬 목소리로 말했다. 「전 지금 이대로가 제일 좋아요」 「여자는 늘 그렇게 말하지」 하고 웃었다. 웃고 또다시 담배를 문다.

「정말 좋은 밤이군, 안 그래! 산속의 눈 덮인 숙소에서 잠자리를 나란히 하고 연애 이야기를 하다니, 아름답잖아. 난 그것만으로 충분해. 오해는 하지 마, 진짜 그것만으로 충분해. 난 독신이 좋거든. 아아 기분 좋다. 세상 사람들은 연애를 조금만 하면 즉시 결혼해 버린단 말이야. 어리석은 일이야. 서두르지 말아야지. 조용히 5년이건 10년이건 연애하고 있으면 좋잖아. 손가락 한 번 건드리지 않고 연애하는 것이 가장 어슴푸레해서 내 성격에 맞거든. 허둥지둥 할 것 없어. 안 그래. 물론 자네는 빨리 결혼하고 싶을지도 모르지만.」

「나 그렇지 않아요, 내가 그렇게 통속적으로 보여요?」

「아 그래! 미안 미안.」

「자요!」 하고 유키코는 하얀 팔을 내밀었다. 「악수해요!」

「뭐야, 또 이건」 하고 말하면서 오쓰카는 담배를 입에 문 채 손을 잡았다.

「기뻐요. 몹시 기쁘네요. 선생님, 지금 이대로 있어야 해요. 부탁이에요. 나 안심하고 좋아할 수 있게 되겠네.」

오쓰카는 웃었다. 웃음소리를 들으면서 유키코는 이불 속에 얼굴을 감춘다. 뜨거운 눈물이 볼을 흘러내렸다. 처녀 가슴속의 오래된 응어리가 지금 비로소 녹는 것 같다. 애정이 해방된 것 같은 생각이 든다. 새로운 여성의 행복이 이 길을 곧장 가면 반드시 그 앞에 나타날 것 같은 느낌이 드는 것이다.

딸의 가출

저녁식사의 수저를 놓자 아버지는 말없이 일어난다. 회사에서 귀가하고부터 계속 불쾌한 표정이었다. 아쓰코 부인은 각별히 마음에 두지도 않는다.

「유키코」 하고 미네조(峯三)는 말했다. 「2층으로 오너라.」 딸은 양손으로 찻잔을 들고 차를 마시고 있다.

「뭔데요?…」 하고 말한다.

「뭐고 간에 따라와.」 미네조는 보기 드물게 결연하게 명령했다. 혈색이 좋은 볼에 더욱 핏기를 띠고 있다.

부인은 유키코를 쳐다본다. 이 딸이 무슨 일을 저지른 것일까, 하고 의아해 한다. 딸은 태연하게 모두 마시고는, 잘 먹었습니다 하고 외치듯 말하고 나서 아버지의 발자국 소리를 뒤쫓아 계단을 올라갔다.

「무슨 하실 말씀이 있으세요?」하고 늘씬하게 쭈욱 빠진 정강이를 내놓고 기둥에 기댄다. 창 밖의 벚꽃나무에 물이 오르고 붉은 동백꽃이 피어 있다. 황혼이 우듬지를 흐른다.

「앉아라!」하고 아버지는 붉은 칠을 한 원탁을 향해 단정히 앉았다. 유키코는 몸을 약간 옆으로 틀고 앉아 책상에 팔꿈치를 짚는다. 버릇없는 자세였다. 아쓰코 부인이 살며시 복도에 나타나 문지방 옆에 단정히 앉았다. 다소 떨어진 위치에서 제3자의 입장을 취한다. 남편과 딸을 공평하게 바라보자는 입장이다.

「너는 요전에 스키장에 갔었다지?」

「네.」

「함께 갔던 남자는 누구냐?」

미네조의 질문은 처음부터 노기를 띠고 있다. 아쓰코 부인은 깜짝 놀랐다. 딸의 모습을 뚫어지게 바라본다. 완전히 성장한 여자다. 의젓한 몸매, 건강하고 하얀 피부. 입술의 매력, 매력적인 목덜미. 유키코는 눈을 내리뜬 채 답하지 않는다. 남편의 눈이 번뜩이며 돌아다본다.

「유키코는 사내와 단둘이서 스키장에 갔단 말이야. 둘이서 함께 숙박하고 왔어. 당신은 도대체 무엇을 감독하고 있는 거야!」하고 말했다.

남편의 질책에 부인은 외눈 하나 깜짝 않는다. 딸은 몸 하나

꿈쩍하지 않는다. 그 아름답게 성장한 육체가 벌써 어머니의 것이 아니며, 그녀의 것도 아니고 누군가가 소유해 버렸구나 하는 생각에 가슴이 뗀다. 뭔가 배가 뒤틀리는 분한 마음이 있었다. 질투일지도 모른다. 부모의 손을 벗어나 벌써 완전한 여자로서의 행위를 하는가, 하고 찬찬히 바라보고 놀랐다. 숨도 돌리지 않는다.

「그 사내가 누구야?」 하고 아버지는 더욱 엄격하게 다그쳐 묻는다.

딸은 완강히 답하지 않는다. 아쓰코 부인은 조금씩 다가간다. 제3자의 입장에 피해 있을 수만은 없게 되었다.

「자, 잠깐만요. 그렇게 야단만 치시면 유키코 역시 말을 못하지 않겠어요?」 하고 제지한다.

제지를 당하자 아버지의 얼굴은 불끈하고 붉어졌다. 순식간에 원탁 너머로 딸의 귀싸대기를 때렸다.

「여보!」 하고 부인은 외쳤다. 남편은 말이 없다. 딸은 얻어맞은 채 돌부처처럼 꿈쩍 않는다. 아래층의 벽시계가 7시를 치고 있었다.

딸을 때린 아버지의 손에 딸 볼의 부드러운 감촉이 남아 있다. 볼은 여자의 볼이었다. 여자의 육체였다. 딸의 육체를 발견한 느낌이다. 일종의 놀라움이 가슴을 찧는다. 그 놀라움이 다시 분노가 되기도 한다. 이제 다른 사내의 소유가 된 딸은 아버지를 배신한 딸이다. 아버지의 눈에 눈물이 떠오른다. 딸에게 손찌

검한 것은 오늘이 처음이다. 애정이 가슴에 애달프게 느껴진다. 이 아이를 안고 목욕탕에 들어가던 옛날, 이 아이를 품고 잠들었던 옛날의 기억들이 떠오른다. 억장이 무너져 내리는 것을 스스로도 알았다. 스키장에서 돌아오는 기차에 회사의 사무원이 타고 있었다. 몇 시간이고 같은 차량에 함께 타고 있었던 것이다.

「너 같은 놈은 나가!」하고 아버지는 말했다. 「요전에 있었던 그 좋은 혼담을 거절한 것도 엄연히 그 사내녀석이 있었기 때문이었지. 가문에 먹칠한 것 같으니! 나가 없어져」하고 외친다.

「여보, 잠깐만 참으세요….」 아쓰코 부인은 남편을 말렸다. 야단친다고 해서 실수한 딸이 원상으로 되돌아오는 것도 아닐 것이고, 내보낼 수도 없는 일이고, 달리 뭔가 원만히 해결할 수 있는 길은 없는 것일까, 찬찬히 이야기해 보지 않으면 안 되겠다고 생각했다.

돌부처처럼 말없이 꼼짝하지도 않았던 유키코가 고쳐 앉으며 얼굴을 쳐들었다.

「제가 무엇을 어쨌다는 거예요, 아버지?」

「뭐야? 무엇을 어쨌느냐고!」

「제가 어쨌다는 거예요, 어떤 증거가 있어서 저를 때리시는 거예요.」

「증거냐고. …그럼 너는 아무 일도 없었다는 게냐?」하고 아버지는 격분했다.

「둘이서 스키장에 간 것은 사실이에요. 숙소에서도 숙박도 했고요. 그것뿐이에요. 그게 어쨌다는 말씀이죠?」

「유키코!」 하고 어머니는 이번에는 딸을 말리지 않으면 안 되었다.

「괜찮아, 엄마. 말 좀 하게 해 주세요. 난 그런 식으로 경멸당하고 싶지 않아요. 자신이 어떻게 해야 한다는 것 정도는 알고 있어요. 남자와 함께 여행하면 어찌 된다는 말씀인가요. 저는 원래 그대로의 저예요. 조금도 달라진 게 없어요. 제가 왜 맞아야 하죠. 왜 집에서 나가야 하느냔 말이에요. 그것을 알고 싶어요.」

「그런 변명이 무슨 소용이 있느냔 말이다, 이 나쁜 놈아」 하고 아버지는 턱을 당기며 노려보았다. 「길가는 사람을 가로막고 물어봐라. 어떤 사내와 둘이서 여행하고 함께 숙박하고 그래도 세상 사람이 아무렇지 않다고 생각하는지를 말이다. 네가 백만 번 변명을 해도 그걸 믿을 것 같으냐?」

「세상 사람들이 뭐라고 생각하든 자신만 올바르면 되잖아요. 저는 그러면 된다고 생각해요. 그렇잖아요, 엄마?」

「글쎄다, 너도 좀 참아라. 좀더 찬찬히 이야기를 해 보자」 하고 아쓰코 부인은 줄곧 일을 매듭지으려고 애쓴다.

딸은 아무 흠도 없단다. 그것을 믿을 수만 있다면 문제는 간단하다. 작은 과실이다. 앞으로의 일만 훈계해 두면 족하다고 부인은 일단 안심했다. 그런데 딸 쪽에서,

「나가라고 하시니까 난 나가겠어요」 하고 말했다. 아버지에

게는 그냥 듣고 넘어갈 수 없는 말이다.

「뭐야, 나간다고!」 하고 딸을 노려본다. 「나갈 수 있으면 나가. 자신의 단정치 못한 처신은 생각지 않고 부모를 원망해, 이 못된 놈 같으니.」

「단정치 못한 거 하나도 없어요.」

「야, 이놈아, 그런 걸 보고 단정치 못하다고 하는 거야」 하고 아버지의 목소리는 점차 높아진다.

뜰은 해가 저물고 이웃집 라디오에서 노래 소리가 들려온다. 화려한 카르멘의 노래를 부른다. 딸은 어머니 쪽으로 향했다.

「엄마, 안 되겠어요. 이 이야기는 언제까지 이야기해도 결말이 나지 않겠어요. 도저히 안 되겠어요. 도무지 사고방식이 다른 걸요. 그런데 엄마는 어느편이죠?」

딸의 얼굴에 서러운 기색은 없다. 그저 곤혹스러운 미소가 있을 뿐이다. 아름다운 미소. 어머니는 갑자기 답할 수가 없었다. 부인의 상식으로는 남편과 같은 의견이다. 분명히 단정치 못한 행실이다. 그러나 유키코의 변명 속에 뭔가 진실한 것도 있다. 그것을 감지할 수 있는 예민한 신경은 가지고 있었다. 이 딸들에게는 어머니와는 다른 도덕이 있고 다른 습관이 자라고 있다. 그 새로운 것을 어디까지 허용하고 어디서부터를 금해야 되는지, 그 미묘한 경계를 갑자기 알 수가 없다.

상당히 의지가 강해졌다는 생각이 든다. 옛날의 딸과는 전혀 다른 강한 의지. 남자를 무서워하지 않는 강한 의지가 있다. 딱

버티고 한발자국도 물러서지 않는다. 그 강한 의지는 누구를 닮은 것일까, 누가 가르쳐 준 것일까, 이상하지만 뭔지 모르게 부럽다. 자신들이 갖지 못했던 자유가 이 딸에게는 있다. 있다기보다는 강인하게 자유를 쟁취하여 자신의 것으로 만들려고 하는, 그것이 부인의 마음에 새로운 흐름을 만들어 준다.

세이코(省子)가 시집에서 돌아왔을 때, 그리고 아키코(明子) 부인의 고생하는 생활을 보았을 때 부인은 마음이 아팠다. 그 석연치 않은 분노와 슬픔이 유키코를 보고 있으면 해결의 길을 찾을 수 있을 것 같은 생각도 든다.

「여보…」 부인은 온화한 목소리로 말했다. 「이 이야기는 내가 유키코에게 잘 타일러서 어떻게든지 앞으로의 방법을 모색해 보겠으니 오늘은 이 정도로 해 두는 것이 좋지 않겠어요?」

「그게 될 것 같은가. 이런 놈은 이러지도 저러지도 못해. 도대체 당신은 무엇을 감독하고 있었느냔 말이야?」

부인은 공손히 양손을 짚고,

「면목없습니다」 하고 말했다. 언제나 그런 식으로 순종하고 정숙하고, 더구나 생활 일체의 질서는 부인의 의사에 따라서 움직이고 있었다. 남편조차도 부인의 의사대로 움직이고 있었다.

「나도 조심할게요. 어쨌든 오늘밤은 이 정도로 해 두세요. 그 다음은 내가 이야기해 보고 반드시 좋은 방안을 강구할 테니까…」 하고 남편을 말리고 나서,

「애, 유키코, 아래층으로 내려가자」 하고 재촉해서 자리를 일

어났다. 딸의 등을 밀어내듯 계단을 내려간다. 딸은 어머니보다도 키가 컸다. 계단을 내려오자 딸의 어깨를 안고 유키코의 방으로 데리고 가면서,

「함께 갔다는 사람이 누구냐?」하고 말했다.

「극단 선생님」하고 딸은 내치듯 답한다.

「그 사람, 네가 좋아하니?」하고 부인은 딸의 얼굴을 들여다본다. 싫어할 이치가 없다는 생각이 들었다.

유키코의 방은 동쪽으로 향해서 허리높이의 창문이 있다. 창문에 봄 밤의 달이 떠오른다. 정원수 서향목(瑞香木)의 향기가 풍기는 밤이다. 딸은 책상에 앉아 달을 쳐다본다. 달을 향해서 뭔가를 물어본다. 어머니는 책상 옆에서 딸의 옆얼굴을 지켜본다. 딸의 옆얼굴에서 뭔가를 읽어 내려는 것이다.

「네가 만약에 그 사람을 좋아하고 있다면…」하고 아쓰코 부인은 숨을 돌린다. 「그거야 그래도 되지. 그것을 아버지가 야단치실 이치는 없는 거다. 그건 알겠지?」

어머니는 그런 데서부터 서서히 딸을 생각하는 방향으로 끌고 가려고 한다. 남편을 움직여 온 20 몇 년 이래의 노하우였다. 그런데 딸은 성질이 급하다. 어머니의 조용한 화술의 결론을 기다리고 있을 수가 없다.

「그런 건 아무래도 상관없어요」하고 말한다.

어머니는 감당하기 어렵다. 유키코는 뭔가 다른 것을 생각하고 있는 것 같다. 젊은 연대에 저항할 수 없는 자신의 나이에 어

머니는 좌절한다.

좌절한 데에서 멈춰 서는 도리밖에 없다.

「그런 것은 아무래도 상관없어요」 하고 딸은 다시 한 번 중얼거렸다. 누구를 좋아한다든가 싫어한다든가, 그런 것에 갈피를 못 잡는 유키코가 아니다. 좋아하는 사람을 좋아해서 안 된다는 전통적인 의리나 인정에 고민하는 일도 없다. 더 강한 것이다.

그녀의 고독은 자신이 생각하는 생활방식과 세상의 일반적인 관습이 서로 빗나가는 데에서 온다. 자신이 하고 싶은 것을 세상은 하지 말라고 한다. 그것에 저항하기에는 자신들에게 실력이 없는 것이다. 달을 쳐다보던 얼굴을 어머니 쪽으로 돌린다. 어머니의 얼굴을 보자 생각은 막다른 골목에 치닫는다.

「내가 다른 사람과 함께 머물고 온 일로 왜 아버지가 야단치시는지, 엄마는 아세요?」 하고 말했다. 어머니를 시험하고 있는 것이다. 시험당한 어머니는 당황한다. 왜 야단치는지, 문제는 너무나도 단순하다. 그 단순한 것을 묻자 답변이 궁색해졌다.

「왜라니, 그것은 너 당연하다. 세상의 상식이라는 것이다.」

「그러니까요!」 하고 딸은 초조해 한다. 「상식이란 게 뭐예요. 뭐가 상식이냐구요?」

아쓰코 부인은 자꾸만 추궁당했다. 상식에서부터 앞으로는 더 나아가지 못한다. 상식이란 세상의 공리(公理)다. 삼각형이 왜 삼각형인지 아무도 모른다. 딸이 다른 청년과 둘이서 숙소에 숙박하는 것은 그냥 그것만으로 야단맞을 일이다. 어머니의 길은 거기서 막혀 버린다. 그런데 딸은 어머니가 막혀 버린 문을 타고 넘어서 쉽사리 그 저편으로 넘어가는 것이다.

「아버지께서 야단치시는 건 말이에요…」 하고 딸이 해설을 가한다. 「요는 나를 무사히 좋은 곳으로 시집보내기 위해서겠죠. 딸에게 흠이 생기면 이제 좋은 혼담이 없어지기 때문이겠죠. 즉 좋은 연분을 찾아내서 결혼시키려고 하는데 내가 그런 짓을 하면 상처 입은 고물이 되어 버린다는 것이겠죠. 그러니까 나를 위해서 생각하고 야단치신다는 것이겠죠」 하고 깡그리 설명해 보였다.

「그렇단다, 당연하지. 그만큼 알고 있었으면 아버지를 화나게 하는 일은 없었을 텐데 말이다…」 하고 어머니는 받아 주는 입장에 섰다. 그러자,

「그러니까 싫은 거예요!」 하고 딸은 책상을 두들기고 옆으로 토라졌다. 책상 위의 수선화가 노랗게 흔들린다. 달그림자는 3치 정도 올라왔다.

아쓰코 부인은 딸이 왜 싫다는 것인지 이해가 안 된다. 부인은 현명하게도 모르는 것을 스스로 깨달았다. 침묵하고 들어야 할 때이다.

「유키코, 네 기분을 상세히 말해 볼래. 엄마에게 들려주렴. 나는 잘 모르겠는걸」 하고 말했다.

말을 돌리지 않고 그렇게 묻자 딸은 조금 말하기가 거북했다. 흥분된 감정이 다소 가라앉는다. 감정이 가라앉자 이야기가 사

리에 맞는다. 아름다운 옆얼굴에 한 줄기 머리카락이 흐트러져 있다. 아버지에게 맞았을 때 흐트러진 머리의 한 다발이다. 그 한 다발에 근심이 가득하다.

「즉 정조란 것이겠죠」 하고 유키코는 말한다. 「정조란 무엇을 하는 것이죠. 무슨 쓸모가 있는 것이죠?」

아쓰코 부인은 놀랐다. 생각해 보면 아버지가 딸을 야단치는 것은 정조 때문이 틀림없다. 그런 문제였느냐는 생각이 든다. 그 정조가 무슨 쓸모가 있는지 생각해 본 일도 없다. 어쨌든 정조는 지키기만 하면 되는 것이다. 그런데 딸은 '무엇 때문에'라고 말한다. '무슨 쓸모'냐고 말한다. 부인은 쩔쩔맸다. 딸은 냉담하게 말을 계속한다.

「정조란 것은 즉 시집가는 데 필요한 도구의 하나겠죠」 하고 말했다.

어머니는 깜짝 놀랐다. 어떻게 이런 식으로 말하느냐는 생각이 든다. 그러나 그렇게 말을 듣고 보면 그런 것 같은 느낌도 드는 것이다. 딸은 다시,

「시집갈 때의 선물이군요」 하고 말한다. 「요는 그것뿐이에요. 그 선물이 없으면 좋아하지 않는 거예요. 그것이 있으면 뽐내며 시집갈 수 있는 것이겠죠. 그러니까 그 선물을 시집가는 날까지 소중하게 간직해 두라는 것이겠죠. 도대체 뭡니까. 결혼이란 것이 뭐냐고요. 결혼이 몸을 파는 건 아니겠죠. 사진이다 맞선이다 하면서 불과 한두 번밖에 만난 일이 없는 사람에게 시집가는

도구인 정조를 소중하게 안고 가다니, 그건 몸 파는 거예요. 그런 것 때문에 정조를 열심히 소중하게 하고, 그 때문에 자신이 가 보고 싶은 곳에도 못 가고, 해 보고 싶은 것도 못하고, 아무것도 안 하고 좋은 인연이 맺어지기를 기다리고 있으라니, 그런 바보 같은 말이 어디에 있습니까. 그런 정조라면 나는 필요 없어요. 어디에든지 버리고 싶어요. 그 때문에 좋은 인연이 없어지는 것이라면 좋은 연분 같은 건 필요 없어요! 좋은 인연이다 좋은 연분이다 하고 아버지나 엄마가 말하지만 좋은 연분이 뭡니까, 어떤 것이 좋은 연분입니까? 회사의 총무부장 아들과 나는 아무 인연도 연고도 없어요. 아무 인연도 연고도 없는 사람에게 좋은 연분이라니 그게 있을 리가 없잖아요.

나는 정조도 필요 없고, 좋은 연분도 필요 없고, 그런 것을 소중하게 해 보았자 나는 조금도 행복해지지 않아요. 내 행복은 내가 찾아요. 어딘가 다른 곳에 있을 거예요. 어딘지는 잘 모르지만 어딘가에 있어요. 아버지나 엄마가 생각하고 있는 것 같은 그런 곳이 아니에요. 내가 단 하나만 부탁하고 싶은 것은 나를 그냥 내버려두라는 것뿐이에요. …이런 것을 말해 보았자 이해해 주시리라고는 생각지 않지만 이해하지 못해도 좋으니까 나를 그냥 내버려두세요!」

남편은 먼저 잠자리에 들어가 있었다. 아쓰코 부인은 조용히 계단을 밟고 올라가 침실 장지문을 연다. 말없이 허리끈을 푼다.

「유키코는 뭐라고 합디까?」

창문에 달빛이 하얗게 스며드는데 미네조의 목소리가 들렸다. 부인은 아무 대답도 없이 자신의 자리에 앉는다. 자신에게는 절반 정도밖에 이해되지 않지만, 남편은 전혀 이해하지 못할 것이라고 생각한다. 앉은 채 띠를 접어 다테마키(伊達卷: 부인용 좁은 띠)를 맨다. 부모라는 입장에 자신이 없어졌다. 자신의 입장이 무너지자 자신의 마음도 기운다.

「우리들은 이제 늙었네요」 하고 부인은 중얼거렸다. 「고물이 되었어요. 그 애가 말하는 것이 이해가 안 되는 걸요.」

「뭐야! 어설프게 건방진 말을 한 거로군. 그렇게 제멋대로 굴게 놓아 두면 무슨 일이 일어날지 몰라. 그래 상대방 청년은 누구래?」

「극단 선생이랍디다.」

「흥, 그렇게 될 줄 알았어」 하고 남편은 말한다. 「그래서 신파 같은 건 안 된다는 거야. 내일부터 절대로 보내서는 안 돼. 신파 같은 걸 하는 놈치고 변변한 놈 없어.」

부인은 조용히 자리에 누워서 가슴에 양손을 올려놓았다. 잔소리를 늘어놓는 남편이 왠지 먼 곳에 있는 것처럼 느껴진다. 자신과는 동떨어진 것으로 느끼는 것이었다. 이 집안의 생활에 또는 이 생활의 형식에 뭔지 모르게 근본적으로 잘못이 있는 것은 아닐까 하는 생각이 든다. 그 잘못이 어떠한 것인지 명확히는 모른다. 그러나 유키코와 같은 사고방식과 생활방식을 절대로 허용하지 않는 이 생활방식이 이대로도 괜찮은지 어떤지 모르겠다.

생각해 보면 아쓰코 부인은 처녀시절부터 무엇 하나 위험한 다리를 건너지 않고 무사히 행복하게 오늘날까지 살아왔다. 그것은 자신이 아니었던 것 같은 생각이 든다. 다카마쓰 미네조에게 시집올 때까지는 부모형제와 친척이나 친구들이 자신을 지켜주고 있었다. 전혀 위험에 접근하지 못하게 하고, 흠이 없는 그대로 시집보내는 것만 생각하고 있었다. 결혼하고 나서는 집안에 틀어박혀 있어야 하는 것이 요구되었으며 자신도 그것이 당연하다 생각하며 가구를 닦고, 의식주에 관한 일을 하고, 애를 낳아 키우며 오늘날까지 무사히 지내 왔다.

그러나 유키코는 다른 것을 원하고 있다. 자기를 그냥 내버려두라고 한다. 부모형제의 보살핌을 거절한다고 한다. 부인의 순결은 주위에서 지켜주었지만 유키코는 자신이 자신을 지킨다고 한다. 자기 혼자서 어느 누구의 간섭도 받지 않고 살아가려고 한다. 아아! 그것이 정말로 가능하다면 여자의 생활이 얼마나 평온하고 널찍하겠는가. 그러나 부인에게는 자신이 없다. 이 집과 남편에게서 별안간 해방되어 버린다면 무엇을 해야 할지 모르지 않겠는가. 아쓰코 부인의 길은 거기서 막힌다.

유키코는 도대체 무엇을 하고 일생을 지낼 생각일까. 언젠가는 아내가 되고 마침내는 엄마가 된다. 그것이 여성의 필연적인 길이라면 집을 지키는 것도 필연적인 생활방식이며 남편의 보살핌 속에 행복을 추구하는 것도 필연적임에 틀림없다. 그렇게 되었을 때 자신이 살아온 길과 얼마 만큼 차이가 생기는 것일까. 결국 그 아이가 젊기 때문에 행복의 치졸한 꿈을 꾸는 것이 아닐까 하는 생각이 드는 것이었다.

아침식사 때 아버지는 아무 일도 없었다는 듯이 말했다.
「유키코 너는 오늘부터 신파연습은 그만두어라.」 그리고 갑자기 엄격해져서 「절대로 가면 안 된다」 하고 말했다. 「회사가 끝나면 곧장 돌아와야 한다. 그것이 싫다면 회사도 그만두고 집안일이나 돕도록 할 테니까 그런 줄 알아라. 알겠니?」

유키코는 말없이 어머니의 얼굴을 보았다. 어머니는 걱정하는 눈치다. 세이코는 못 들은 척 무표정하게 아이에게 밥을 먹이고 있다.

식사가 끝난 후 그녀는 방안에 틀어박혀서 출근하지도 않았다. 어머니는 딸의 반항을 느끼면서 이 일을 어떻게 처리해야 좋을지 걱정하고 있었다. 남편의 말을 없던 것으로 하기도 어려울 것이고 딸이 따르게 하는 것도 어렵다.

유키코는 정오 가까이 되어서야 말없이 나갔다가 3시 전에 별안간 돌아왔다.

「아니, 회사에 나가지 않았니?」 하고 부인은 놀라며 현관에 서 있다. 딸은 대답하지도 않고 신발을 벗는다. 그리고 뒤도 돌아보지 않고 자기 방으로 들어간다.

어머니는 그 뒤를 따라서 딸의 방으로 들어가 본다. 바람벽 밖으로 내민 창에 앉아서 어머니를 내려다보았다.

「엄마에게 부탁이 있어요」 하고 또렷하게 말한다. 그 부탁이 무엇인지 어머니는 움찔했다.

「당분간 나를 따로 살게 해 주세요. 아버지가 허락하지 않는다는 것은 알고 있어요. 아버지에겐 엄마가 말해 주세요. 지금부터 급한 대로 친구 아파트로 가려고 해요. 가는 곳은 정확히 알려 드릴게요. 아셨죠?」

아쓰코 부인은 눈을 크게 뜨고 딸의 얼굴을 지켜본다. 위태로워서 보고만 있을 수가 없다. 가정을 떠나 아파트 생활이라는 자유로운 환경에 들어가서 그 다음부터가 위태로워 그냥 보내 줄 수가 없는 것이다.

「그래서 앞으로 너는 어떻게 하겠다는 거냐?」

「어떻게 될지 나도 몰라요. 어떻게 되든 상관없어요. 이 집안에서 매일 주눅이 들어, 하고 싶은 것도 못하고 사는 것은 나 자신이 불쌍해서 견딜 수가 없어요. 나도 좀더 자신을 소중히 하고 싶어요. 자신을 쭉쭉 키워 나가고 싶어요. 억눌려서 생활한다는 것은 정말 싫어요. 난 무슨 일을 하든 혼자서 살겠어요. 엄마가 안 된다고 하시면 난 가출하겠어요. 나의 권리예요. 당연하다고 생각해요.」

그 진지하고 분노가 내포된 아름다운 얼굴을 보고 있자니 부인은 반대하지 못할 것 같은 느낌이 든다. 찬성도 못한다. 그러나 반대하는 것도 허용되지 않는다. 그녀는 결혼한 이후 이 정도로 자신을 잃어본 일이 없다. 집안일이나 손님을 접대하는 일, 친척 친지와 교제하는 일이라면 무엇 하나 실수 없이 해치울 자신이 있었지만 인간의 일에 관해서는 이토록 당황하는 자신의 무력함이 한스러웠다.

「너는 아버지가 가엾다는 생각은 안 드니?」 하고 부인은 말한다. 무력하고 무의미한 충고라는 것은 알면서 그것밖에 달리 할 말이 떠오르지 않았다.

「아버지는 가엾어요. 엄마도 가여워요」 하고 유키코는 분명하게 말한다. 「가엾어도 어쩔 수 없어요. 나에게는 내 생활방식이 있어요. 아버지가 생각하듯 인형처럼 살 수는 없으니까요. 얌전하게 있으면서 묵묵히 맞선을 보고 말없이 시집을 가는 것…, 그런 것을 효도라고는 생각지 않아요. 아버지 역시 나에게 내가 몹시 싫어하는 생활을 시켜서 그것이 기분 좋을 리가 없잖아요. 나는 실패를 하더라도 상관없다는 생각이에요. 만약에 실패하면 제가 노력해서 보상할 거예요. 실패라는 것이 조금도 무섭지 않거든요. 아무것도 하지 않고 무의미하게 살아서, 무의미하게 결혼해서, 아이를 낳고 죽어 가는 거야말로 무서워요. 세이코 언니를 보세요. 그토록 조심스럽게 결혼했어도 실패하고 있잖아요. 실패란 어디에나 있다고 생각해요. 실패하고 친정으로 돌아와서 빈둥빈둥 지내며 좋은 연분을 또다시 찾는다는 것, 이건 정말 어리석고 못난 짓이에요.」

아쓰코 부인은 마음이 착잡해서 딸의 방을 나와 복도에 서 있다. 아버지와 의논해 보겠다고 말은 했지만 남편이 승낙하리라고는 생각지 않는다. 그렇다고 해서 유키코의 희망을 그대로 억압하는 것도 결코 좋은 결과가 되지 않는다는 것도 잘 알고 있다. 부인은 눈시울을 닦는다. 그 애를 놓아 주자. 혼자 살아가게 해 주자! 만류하는 이유는 부모의 애정에 지나지 않는다. 부모의 애정이란 독선적인 것 같기도 하다. 뱃속이 아프다. 자궁은 유키코를 잉태하고 있던 당시의 무게를 기억하고 있다. 그 혈연이 그 애를 되돌려 놓기라도 하듯 이상하게 통증을 일으키는 것이다. 혼자서 가게 해 주자. 실패할지도 모른다. 실패하면 되돌아오면 되지. 그렇게 되면 끌어안고 휴식을 주어 재기의 힘을 불어넣어 다시 또 내보내 주자. 혼자서 가거라. 내가 못했던 것, 내가 원하면서 이루지 못했던 것, 내가 동경하면서 접근할 수도 없었던 것을 너는 할 수 있을지도 모른다. 여자에게 닫힌 문을 열고 저 건너에 존재하는 사회에 들어갈 수 있을지도 모른다. 그 건너에 행복이 있는지 불행이 있는지 나도 모른다. 불행이 충만하여 있을 것 같은 느낌이 든다. 딸은 상처를 입고 되돌아올 것이다. 그러나 뜻밖에도 아름다운 행복을, 우리들이 본 일도 만져 본 일도 없는 행복을 손으로 잡아 머리에 꽂고 돌아올지도 모른다. 누군가가 가 보지 않고는 안 되는 것이다. 가거라, 너는 건강하고 똑똑한 딸이다. 가 보도록 해라. 저 제2차 세계대전 때 많은 어머니들은 두 번 다시 돌아오지 않는다는 것을 알면서도 아들들을 내보내 주었듯이 유키코를 넓고 새로운 사회 속에 내

버린다는 각오로 말없이 내보내자.

　부인은 남편이 빨리 돌아오기를 기다리고 있었다. 다카마쓰 미네조는 전과 다름이 없는 기분 좋은 안색으로 돌아왔다. 현관에 들어서자 외손녀를 안아들고 나사 천으로 만들어진 하얀 강아지 완구를 주고 웃음소리를 내며 2층으로 올라간다. 부인은 옷 갈아입는 것을 도와주면서 이 이야기가 실패로 끝나리라는 것을 헤아려 알고 있다. 그러면서도 한 번은 말하지 않으면 안 된다고 생각하고 있는 것이다.

　「당신에게 부탁이 있어요.」

　무릎을 꿇고 앉아 오비(帶: 일본 옷 띠)를 건네주면서 낮은 목소리로 말한다. 남편은 아내의 표정 속에 뭔지 모르게 압도적인 강한 의지가 가득 차 있는 것을 느꼈다.

　「유키코 말인데요…」하고 아쓰코 부인은 말을 멈추었다. 그 사이에 이야기의 순서를 생각하고 있는 것이다.

　「나는 말이에요…」하고 남편의 얼굴을 올려다보았다. 「잠시 동안 유키코를 바깥에 나가 살게 해 주려고 생각해요. 지금 이대로는 그 애도 불쌍하고 나도 어찌해야 좋을지 모르겠어요.」

　「뭐가 어렵다는 거야?」하고 남편은 오비를 감으면서 웃었다. 「아무것도 어려울 것 없어요. 신파선생과 연애를 한다는 것 말인가?」

　「그것도 있겠죠. 그런 일도 있어서 이 집안에 있는 것이 답답해 견딜 수 없다고 생각하는 것 같아요. 특히 당신을 몹시 어려

위하고 있고, 사고방식이 근본적으로 전혀 다르기 때문에 나 역시 어찌해야 좋을지 모르겠어요. 역시 요즘 시대 젊은애들의 사고방식이 따로 있는 거예요. 그것을 모두 다 무조건 안 된다고만 할 수도 없는 노릇이고요. 그래서 본인의 마음도 풀리게 잠시 동안 바깥에 내보내 주고 싶은데….」

「바보 같은 소리…」하고 남편은 코끝으로 웃는다.「그 애는 무슨 짓을 저지를지 모르는 애야. 혼자 있게 놓아 두면 어떻게 될지 뻔한 노릇이란 걸 몰라서 그래. 그야말로 결혼 같은 건 제대로 못하게 돼.」

「그래요, 바로 그 점이에요」하고 부인은 열심히 말한다.「제대로 결혼시켜 행복하게 해 주려는 우리들의 생각이 매우 못마땅하다고 생각하는 거예요. 그것은 부모가 자식을 제멋대로 휘두르는 것이라고 말하고 있어요. 자신의 행복은 자신이 생각하고 자신이 찾을 테니까 그냥 내버려두어 주었으면 좋겠다고 정면으로 들이대고 말하는지라….」

「그렇게 말하는 것이 젊은 혈기야. 그런 위험한 불장난을 시킬 수는 없으니까 부모가 감독하는 것이 아닌가?」

「나도 그렇게 생각하고 있었지만 불장난이라고만 말할 수도 없어요. 행복이 어떤 것인지 해 보지 않고서는 모르니까요. 나는 큰맘 먹고 유키코를 자유롭게 내보내려고 생각해요. 그만큼 우리에게서 떠나고 싶어하는 것을 무리하게 붙잡아두는 것도 결코 좋은 일은 아니라는 생각이 들어요.」

「당신이 그래 가지고 어떻게 해!」 하고 남편의 목소리가 날카로웠다. 「당신까지 그렇게 자신 없으니까 유키코가 투정만 부리는 거야. 부모가 이만큼 걱정해 주고 있는데도 그것을 귀찮게 생각하다니 도무지 괘씸하군.」

「여보 부탁이에요」 하고 부인은 남편 앞에 두 손을 짚었다. 「사리에 맞지 않는 말이라서 당신이 승낙하지 않을 거라는 것도 잘 알고 있지만 잠시 동안만 유키코를 내보내 주실 수 없겠습니까? 나로서는 그렇게 하는 것밖에 방법이 없어요. 제발 부탁이에요.」

「천만의 말씀」 하고 남편은 자리에서 일어났다. 「절대로 그건 안 돼」 하는 말을 남겨놓고 계단을 내려간다. 내려가면서 더욱 큰 목소리로 말하고 있다. 「홍! 자유니, 해방이니 말하고 큰소리만 치며 부모의 고마움도 모르고 제멋대로 날뛰는 것이 뭐가 자유란 말이야? 유키코! 제멋대로 투정하는 것도 웬만큼 해 둬. 자신이 제멋대로 하고 싶은 때만 자유니 뭐니 말하고, 세상은 그렇게 만만치 않아.」

아쓰코 부인은 계단 위까지 와서 남편의 목소리를 듣고 있었다. 아직 설득할 여지가 있는지 없는지 그것을 탐색하는 기분이었다.

어머니의 가출

유키코는 자기 방 창문에 걸터앉아 구두를 신었다. 달은 아직 떠오르지 않았다. 꽃향기가 저녁 어둠 속으로 풍긴다. 책상 위에 써 놓은 편지를 남겨 두고 구두를 신은 채 잔디 위로 내려선다. 작은 보스턴 백을 하나 든 채 뒷문을 열고 계단을 내려갔다. 탈출은 아주 간단했다. 오후 7시 45분, 전차가 멀리 언덕 아래를 밝은 등불을 나란히 하고 달린다. 바람은 따뜻하고 습기를 머금어 볼이 화끈거린다. 볼이 화끈거리는 것은 자신의 모험의 앞날을 생각하기 때문이다. 모험의 앞날에는 오쓰카 류키치(大塚龍吉)가 있다. 이날로, 이날 밤으로써 자신의 청춘에 한 줄 선을 긋는다. 이 선에서 뒤로는 되돌아갈 수 없다.

시대는 이 순간을 가지고 다음 페이지로 옮겨간다. 새로운 생활의 새로운 시대가 이제부터 시작된다. 그 새로운 시대가 어떠한 형태로 전개되어 갈지 아직 모른다. 모르는 것이 걱정되어 가슴이 뛴다. 어두운 길을 뒤돌아보지만 아무도 뒤쫓아 오지는 않는다. 그녀는 지친 걸음으로 시부야(澁谷)의 언덕길을 내려간다. 양쪽 번화가는 활기차다. 초저녁의 혼잡이 이어진다. 꽃씨를 파는 가게, 엿을 파는 가게, 전기기구를 파는 가게 등, 밝은 전등빛을 옆얼굴에 받으며 그녀는 시부야역으로 걸음을 재촉했다.

9시 가까이 되어서 생각에 지친 아쓰코 부인이 가정부에게 시켜 차를 가져가게 하자 유키코 씨는 방안에 없다고 가정부가 말했다. 부인은 침착했다. 세이코가 갔다가 책상 위의 편지를 발견하고 가져왔다.

"오늘밤은 돌아오지 않겠어요. 내일 오후에 돌아가겠습니다. 그때까지 제발 나를 내버려두세요. 유키코."

부인은 남편에게 종이쪽지를 넘겨주었다. 남편은 소란을 떨기 시작했다. 즉시 경찰에 전화를 걸라고 야단이다. 가정부에게도 세이코에게도 빨리 달려가서 역 근처를 찾아보라고 외쳐댔다. 니시자와(西澤) 선생에게도 도움을 요청해서 찾아보라고 말했다. 무엇을 꾸물거리고 있느냐고 아쓰코 부인에게 호통쳤다. 하지만 부인은 꼼짝않는다. 허둥대는 남편의 붉은 얼굴을 올려다보면서 역시 말없이 앉아 있다.

「여보, 경찰에 부탁하거나 하면 정말로 유키코의 흠이 세상에 소문나 버려요. 이때까지 역 근방에서 어물거리고 있을 리가 없어요. 필경 지금쯤은 친구 아파트에서 차라도 마시며 놀고 있을 거예요. 내버려두면 돼요. 내일 오후엔 돌아온다고 했으니까…」

「당신은 간 곳을 알고 있는 거야?」

「아뇨 몰라요. 하지만 어제 친구 아파트로 가고 싶다고만 말했어요. 당신이 너무 떠드시면 유키코는 돌아올 수 없게 돼요.」

새장에 친숙해진 새가 새장 밖으로 날아갔을 때 가만히 보고만 있으면 스스로 본래의 새장 속으로 되돌아가는 것이다. 그런데 사람이 소란을 피우면 멀리 날아가 버린다. 아쓰코 부인은 느긋한 심정으로 딸 마음의 움직임을 살펴보고 조용히 지켜보며 이 새의 습성을 발견하려고 한다.

남편은 아내가 하는 언행이 모두 불만이다. 모든 것이 아내의 책임이라 생각하고 자신의 잘못된 것은 조금도 생각지 않는다. 그렇게 마음이 편한 사람이었다. 아내는 남편의 방자한 마음을 알면서 앉은 채 조용히 매도당하고 있다. 자신이 승리했다는 계산에 침착해졌다. 남편과의 싸움은 자신이 승리지만 딸과의 싸움에는 패색이 짙다. 해 볼 도리가 없다. 내일 어떻게 돼서 돌아올 것인지, 본래의 모습으로는 돌아오지 못할지도 모른다. 그 생각을 하며 살며시 눈물을 닦았다.

문은 닫혀 있었지만 2층의 장지문에는 밝은 등불 빛이 보였다. 곧바로 두드리지 못하고 문 앞에서 망설인다. 이 문을 두드리면 자신의 운명은 바뀐다. 문이 열릴 때가 바로 운명이 열리는 때가 될지도 모른다. 그러나 행복을 꿈꾸는 마음보다도 불안에 떠는 감정이 강하게 작용한다. 유키코는 몸서리쳤다. 순결을 계속 지켜온 20 몇 년인가의 습관이 여기에 이르러 망설여진다. 순결을 잃는 것이 목숨을 잃는 것 같은 공포를 느낀다. 이 검은 나무문을 두드리는 것이 마지막으로 자신은 순결을 잃게 될 것이 틀림없다. 다시 한 번 자신의 육체를 되돌아본다. 육체를 과장되게 생각하는 마음과 육체를 슬피 여기는 마음이 제각기 그녀를 분열시킨다. 섹스란 무엇일까, 알고 있던 것 같기도 하지만 모르는 면도 있다. 머리가 혼란해서 지각이 둔감해지는 느낌이 든다. 육체만이 파도에 표류해서 오쓰카 류키치 쪽으로 흘러가는 것 같은 느낌이 든다. 주먹을 들어 작게 두 번 문을 두드리고 뛰는 가슴을 억누르며 귀를 기울인다. 사람의 기척이 없다. 두 번째는 조금 강하게 두드린다. 두드림으로써 결심은 이미 선 것 같다. 아니 결심은 역시 서지 않았다. 자신이 탄 기차가 움직이기 시작했다는 것과 마찬가지일 뿐 자신이 움직일 마음이 된 것은 아니다. 기차가 자신을 데리고 가는 것이다. 자신은 결심한 건 아니지만 두드린 이상 어쩔 수 없다는 생각이다. 말하자면 체념이다. 역시 인기척이 없다.

하얀 초인종이 있음을 깨닫고 살짝 누른다. 오쓰카의 어머니가 현관문을 열고, 누구세요 하고 말한다. 다카마쓰입니다만… 하고 답했다.

「어머, 어쩐 일이시지?」하고 노모는 문을 열어 주었다.

「안녕하세요, 선생님은?」

「있어요. 어서 들어오세요」하며 현관으로 안내하고, 계단 밑에서「류(龍) 짱」하고 불렀다. 류짱이라는 어렸을 때의 호칭으로 부르는 데에 어머니의 노스탤지어(nostalgia)가 넘쳐 흐르고 있다. 옛날을 그리워하는 호칭이다. 유키코는 좁은 계단을 기다시피 해서 올라갔다.

오쓰카는 털 점퍼를 입고 책상을 향해 앉아 무릎에 모포를 덮은 채 스탠드램프의 그늘에서 뒤돌아보았다.

「오호, 어떻게 된 거야. 아주 늦었군」하고 말한다. 담배 연기가 방안에 자욱하다. 유키코는 그에는 답하지 않고,

「공부하는 거예요?」하고 말했다. 책상 저쪽으로 다가간다. 메이에르홀리드(Meierkholid)의 연극 연구란 책이 펼쳐져 있었다.

오쓰카는 화로를 밀어 준다. 그 화로와 함께 자신도 다가왔다.

「오랜만에 스키를 탔기 때문에 그 다음날에는 허리가 아파서 말이야. 하루종일 잤어」하고 웃는다. 웃는 얼굴 절반은 그늘져서 어둡다.

「그랬어요?」하고 유키코는 작은 소리로 답한다.「나 이렇게 늦게 와서 방해되겠죠」하고 말했다.

방해가 된다는 것은 알고 온 것이지만 상대방이 방해가 아니라는 말을 듣기 전에는 안심이 안 되는 것이다.

「음, 무슨 일 있어?」하고 류키치는 화로 위를 들여다보듯 얼

굴을 쳐다보았다. 그 얼굴을 정면으로 마주보면서 그녀는 가쁘게 숨이 찬다. 말이 몇 번인가 출구를 찾으며 가슴속을 맴돈다. 가쁜 숨은 점차 고통스러워져 끝내는 토해내듯 말해 버렸다.

「선생님, 오늘밤 여기서 재워 주실 수 없나요?」

「글쎄, 여기서 묵어도 상관없어. 하지만 어찌 된 일이야?」 하고 류키치는 쉽사리 답했다. 별로 놀라는 기색도 없다.

「어쨌든 묵게 해 주세요. 부탁해요. 그것뿐이에요」 하고 저도 모르게 얼굴을 숙였다. 육체가 불타오른다. 섹스가 몸부림친다. 얼굴을 쳐들 수가 없다. 육체가 정신의 지배 속에서 빠져 나갈 것 같았다. 거기서 앞으론 어디로 갈지 모른다. 육체는 맹목적이고 무궤도이다. 그녀는 또한 그것을 무서워한다. 생각하는 힘을 잃고 지각이 마비되어 가는 것 같은 불안이 있었다.

「그래, …그래서 집에서는 알고 있나?」 하고 오쓰카 선생은 말한다.

「괜찮아요. …걱정 마세요.」

「그럼 자고 가도록 해. 다만 말이야, 우리 집은 좁으니까 지저분하지만 아래층 엄마 방에서 자도록 하지.」

「아뇨. 여기도 괜찮아요.」

「하지만 여긴 내 방이란 말이야.」

유키코는 잠시 침묵했다. 류키치의 손이 화로 위에 있다. 연약하고 긴 손가락, 하얀 손톱, 그 손톱에 살짝 손을 대고 호소하는 눈을 류키치의 얼굴로 돌렸다.

「선생님 싫으세요?」

「응, 싫은데」 하고 간단명료하게 말하고 웃었다.

「하지만 스키장 숙소에서는 같은 방이었잖아요.」

「음, 그랬던가.」

「그런데 도쿄(東京)에서는 싫다니, 선생님답지 않네요.」

「그도 그렇군. 좋아, 그럼 여기서 재워 주지. 성가신 아가씨로군. 도대체 어떻게 된 일이야. 내일 아침쯤이면 자네 집에서 쳐들어오는 거 아냐?」 하고 말한다.

「그게 무서우세요.」

「무섭진 않지만…아프지도 않은 배를 매만져 주는 것도 좀 성가신 일이거든」 하고 신파의 대사가 되어버렸다.

「나 부탁이 있어요」 하고 유키코는 진지하게 말한다. 컬(curl)한 머리에서 하얀 귓불이 절반쯤 보인다. 외투를 입은 채로 앞단추를 풀어 놓고 있다. 외투 칼라 사이에서 풍만한 가슴이 헐떡이는 것이 보인다.

「그게 뭔데」 하고 손목시계를 보았다. 벌써 10시가 지나고 있다.

「나중에 말하겠어요.」

「벌써 10시야.」

「자면서 말할게요.」

「그것도 괜찮겠지」 하고 방안을 돌아보고 「좁으니까 말이야, 자네는 옆방이 좋겠어」 하고 말하며 장지문을 열었다. 옆방은 다다미

3장 넓이에 장롱이 놓여 있고 작은 책상이 있다.

「여기서 자도록 하지. 장지는 열어 놓든 닫아 놓든 자네 맘대로야. 지금 곧 이부자리를 펴도록 하지…」하고 허리를 두드리며 일어나 문득 어깨에 손을 놓았다. 귓전에서 속삭인다.

「언제까지 있을 생각이지?」

「내일 아침까지요」하고 또렷하게 말한다.

그는 혼자말처럼「성가신 가시나군…」하고 중얼거리며 아래층으로 내려갔다. 그 짤막한 말이 유키코의 마음에 울렸다. 「성가신 가시나…」란 말에 절실한 애정이 담겨 있다. 이 남자에게 수고를 끼쳐 성가시게 하는 것이 그녀에게는 즐거웠다. 시계는 10시가 지나고 있다. 집에서는 소동이 일어났을지도 모른다. 그것이 뭔가 고소하고, 종기를 절개하는 것 같은 아픔이 따르는 상쾌한 기분이었다.

책장에 등을 기대고 서서 류키치는 담배 파이프를 두들긴다. 하얀 연기를 뿜으면서 보고 있자니 다카마쓰 유키코는 작은 가방을 열고 잠옷을 꺼냈다. 잠옷까지 준비한 걸 보면 계획적으로 집을 나온 것이 틀림없다. 세면도구가 든 화장 상자도 있다. 장지문 그늘에 숨어서 윗옷을 벗고 스커트를 벗는다. 여자의 냄새에서 멀어진 지 벌써 2년이 되는 류키치에게는 진풍경이다. 그는 진풍경으로서 유키코를 보고 있다. 애정은 굳이 묻지 않는다. 물을 필요가 없는 것이다.

옛날 여자라면 부끄러워하며 인사를 하고 장지문을 살그머니 닫았을 것이다. 유키코에게는 그러한 여자의 태도가 없다. 장지문을 절반쯤 열어둔 채 말없이 먼저 잠자리로 들어가 버렸다. 코까지 이불을 덮어 쓰고 눈을 감고 있다. 눈을 감은 것은 자신의 집을 생각하고 있는지도 모른다. 이쪽 방의 스탠드램프 빛이 하얀 이마를 비치고 있다. 류키치는 책장에 기댄 채 털 점퍼를 벗고 그대로 담배 파이프를 물고 천장을 쳐다보고 있다.

「선생님….」

「응.」

「부탁이 있어요.」

「뭔데?」

「말할 수 없네요.」

「무슨 소릴 하는 거야.」

「그렇게 멀리 있으면 말할 수 없잖아요.」

「그럼 이쪽으로 나오지 그래.」

「선생님이 이쪽으로….」

「내일 말해도 상관없겠지.」

「심술쟁이.」

「뭐야?…」

「심술쟁이라고요!」

「내가 그런가?」

「저기요, 이쪽으로 오세요.」

「왜 그래」하고 류키치는 담배를 물고 재떨이를 든 채 방 사이 문지방에 책상다리로 앉았다.

여자의 눈썹은 두 자 거리에 있다. 흰 베개에 머리가 흐트러지고 육체의 선이 이불 밑에 떠 있어 보인다. 그 선이 성숙해 있다. 예전 같으면, 그 같은 위치라면 그냥 무사히 넘어가지는 못했을 것이다. 오쓰카 류키치는 굳이 움직이지 않는다. 여자를 사내의 대상으로 보기보다는 아름다운 생물로 보고 있다. 그런 냉담함을 가지고 있다. 이 냉담한 태도는 극장의 분장실에서 단련되고 아내를 잃음으로써 단련되었으며 예술의 아름다움에 의해서 단련된 것이다. 서양 명화의 나체여인을 바라보듯 다카마쓰 유키코를 바라보고 있다. 마음을 움직이는 것도 나체여인상에 의해서 움직여지는 정도이다. 남성적 충동은 미술을 감상하는 태도에서는 솟아나지 않는다.

「선생님…」하고 여자는 말끝을 올려서 말한다. 살며시 속삭이는 듯한 말투였다.

「왜 그래?」

「나, 결혼은 싫어요」하고 말했다.

「음, 그래서?」

「선생님은 청혼할 생각… 있나요?」

「자네에게 말인가?」

「네.」

「싫다는 것을 어쩔 수 없지 않은가」하고 웃었다.

「하지만, 만약에 싫다고 하지 않는다면?」하고 목소리가 들뜬다. 여자는 거부할 예정인 남자에게서도 일단은 프로포즈를 받고 싶어한다. 프로포즈를 받고 거부하는 데에서 여성의 허영심이 만족하는 것이다.

「싫다고 하지 않는다면, 글쎄, 신청할지 모르지만, 자네네 집은 까다로워서, 아마 신청하지 않겠지」하고 류키치는 새로이 담배를 담는다.

「나, 집에서 말없이 빠져 나왔어요」하고 여자는 말한다.

「나오는 건 자기 맘이지만…」하고 류키치는 무책임한 태도가 된다.「…내일부터 어떻게 할 작정이지?」

「내일은 집에 돌아가요.」

「뭐야. 단 하루의 가출인가. 무엇 때문에 하루뿐인 가출을 하는 거지?」

「부모로부터 해방되고 싶어서요.」

「하루뿐인 해방이라.」

「아뇨, 영원히….」

「그렇게는 안 될 걸.」

「돼요. 부모님은 나에게 절망하셨어요. 부모님은 나에게 희망을 가지고 계시거든요. 좋은 연분을 찾아서 좋은 곳으로 시집 보내려고 생각하고 계시거든요. 그러한 부모의 고정적인 관념을 파괴해 버리고 싶어요.」

「어떻게 해서 파괴하지.」

「그러니까…정말 모르시네요」하고 여자는 개탄한다.

헐떡이는 것 같은 호흡이 들려온다. 눈을 감고 고민하는 표정이 되어서 내치듯 말해 치웠다.

「…나, 상처 받고 싶어요. 그것만으로 족해요. 부탁이에요. 선생님 나에게 상처를 주시지 않겠어요?」

「재미있군」하고 류키치는 말했다.

여자의 가쁜 듯한 숨소리가 들려온다. 구원을 청하고 있는 것은 그녀의 정신이었을 것이다. 그러나 이 순간 그것이 육체가 되어 버린 것 같다. 그녀는 정신의 해방을 찾아서 집을 빠져 나왔다. 그러나 지금은 육체가 해방을 찾고 있는지도 모른다. 아니면 육체를 해방시킴으로써 정신을 해방시키려고 하는 것이거나. 그녀는 상처 입고 싶다고 한다. 그런데, 육체는 오히려 성장과 완성을 추구하는 것처럼 보인다. 류키치는 거기서 떠난 마음이 되어서 그와 같은 여자의 심정을 탐색한다. 육체에 접촉한 것보다도 생생하게 그의 감각에 울려 퍼지는 것이 있었다.

「이제…그만하자」하고 류키치는 또다시 담배를 담았다. 여자는 그 말을 듣자 더욱 깊이 볼까지 이불을 끌어올렸다.

「이제 그만하자. 자네는 상처 받고 싶어하는데, 나는 여성을 존중하거든. 너무 자신을 함부로 하지 않는 것이 좋다고 생각해. 그것은 애정을 완성시키는 수단으로 그걸 다른 뭔가의 수단에 사용하는 것에는 난 반대야. 불순해지니까. 나는 그러한 동기에서 자네에게 상처 주고 싶지 않아. 자네는 나의 소중한 사람이

어머니의 가출 | 107

니까. …다른 날 순수한 마음으로 자네를 내 것으로 하고 싶어. 그런 때가 있을지 없을지 모르지만, 그때를 위해 후회를 남기고 싶지 않거든.」

말이 중단되자 깊은 밤의 정적이 느껴졌다. 잠자는 모습은 움직이지 않는다. 여자의 숨소리만이 가쁘게 들린다. 지금은 눈썹까지 이불이 덮여 하얀 이마만이 싱싱한 젊음을 보이고 있다. 류키치는 담배를 버리고 나서 엎드려 여자의 머리를 양손으로 쓰다듬어 안았다. 이마에 입술을 댄다. 전율이 여자의 온몸을 치닫는다. 그것을 팔뚝에 느끼면서 「알겠어?」 하고 속삭인다. 귓속에 애정을 불어넣는 것 같은 속삭임이다. 유키코의 머리가 끄덕였다.

「그럼 편히 쉬어요. …언젠가는 진짜 프로포즈를 할지도 몰라.」

이번에는 머리를 끄덕이지 않았다.

오쓰카 류키치의 애정은 잘 안다. 알지만 석연치가 않다. 그의 태도는 정당하고 훌륭했다. 그 훌륭한 것이 결점이다. 여자는 남자에게 짐승 같은 성격을 기대하고 있다. 신사이기를 원하기보다는 가끔 짐승이기를 원한다. 짐승이기를 기대했다가 신사에게 부딪쳤을 때 여자는 자신의 짐승 같은 성격을 부끄러워해야 한다. 류키치에게 얼굴을 보이고 싶지 않은 부끄러움을 느낀다. 잠에서 깨어나도 잠자리에서 나올 수 없는 기분이다.

류키치는 잠에서 깨자 즉시 잠자리 속에서 대사 연습을 시작했다. 엎드려서 책을 펴 놓고 큰소리로 지껄인다.

「그대 나를 감싸지 말라. 나 지금 아무도 무섭지 않다. 여러분 용서해 주구려.」

「저놈을 묶어라! 이 혼례는 이제 깨진 것 같구나.」

「좀더 기다려 주세요. 시간은 충분합니다. 아버지 제발 이 방탕한 나를 용서해 주십시오.」

「그 다음 해 주세요!」 그러자 류키치가 돌아다보았다. 유키코는 다음을 계속할 수 있었다.

「처음에 내가 이 더러운 일에 발을 내디뎠을 때 당신은 나를 향해서⋯.」

「당신은 나를 붙잡고서⋯야.」

「아, 참 그렇지.」⋯「당신은 나를 붙잡고서 가령 발톱 하나가 덫에 걸려도 새의 목숨은 마지막이라고 말씀하셨는데 나는 당신의 말을 듣지 않았기 때문에 결국 그렇게 되었습니다. 제발 용서해 주십시오.」

「하느님이 용서해 주실 거요」 하고 류키치가 말했다. 「아들아! 너는 내 몸을 아끼지 않고 내던졌다. 하느님이 불쌍히 여겨 주실 거다.」⋯「이제부터 즉시 심문을 시작한다.」

「아무것도 조사할 필요 없소」 하고 유키코가 말했다. 「모두 나 혼자서 한 일이오. 내가 기획하고 내가 조사한 일이오. 자 어디든 데려가구려.」

모두가 그녀 혼자 계획하고 그녀 혼자서 한 일이었다. 하지만 새의 목숨은 아직 붙어 있다. 류키치의 애정이다. 그는 어젯밤 일은 내색도 하지 않는다. 마치 10년 전의 꿈처럼 깨끗이 잊고 잠옷바람으로 무대를 걷는다. 유키코는 구출되어서 아직 이어지고 있는 참새 목숨을 바라본다. 자기 육체의 순결을 더듬어 살핀다. 류키치의 어머니는 무엇이든 꺼리거나 마음에 넣어 두는 것이 없다. 이 정도까지 아들을 신뢰하고 맡기는 그녀를 부럽게 생각했다. 이러한 어머니가 있는 집이라면 시집가도 즐거울 것이라고 생각했다. 이제 55, 6세의 체구가 작은 아름다운 할머니다.

식사를 마치고 2층의 방으로 되돌아오자 유키코는 정좌하고 앉아서 말했다.

「선생님, 돌아가겠어요. 정말 폐를 끼쳐 미안합니다.」

「오호! 그래」 하고 류키치는 웃는다. 「너무 얌전한 인사로군.」

「보통이죠, 하려고 맘만 먹으면 언제든지 할 수 있어요. 요컨대 신파죠.」

「옳거니. 그러면 난 이발소에 가니까 근처까지 바래다 주지. 집에 돌아가면 꾸중 듣겠지?」

「그것도 보통…」 하고 유키코는 미소짓는다. 「그것은 예정에 있는 일이에요. 다만 문제는 결론이죠. 매듭을 어디로 하느냐는 것이죠.」

나란히 밖으로 나오자 신록으로 거리는 푸르렀고, 봄 안개가 낀 하늘을 은빛 비행기의 편대가 날아가고 있었다.

「오늘밤은 연습하는 날이야. 올 수 있겠어?」

류키치는 털 점퍼에 담배를 문 채 자라난 볼수염을 어루만지고 있다. 유키코는 보스턴 백을 흔들거리며 걷는다. 그 속에는 잠옷이 들어 있다. 하룻밤을 지나고서도 청결한 잠옷이다. 거부당한 여자의 마음은 계단을 헛디딘 것처럼 비틀거리고 있다.

「그래요. …돌아가 보지 않고는 모르겠어요. 하지만 연습만큼은 만사 제치고라도 계속할 작정이에요.」

여자 마음이 휘청거리는 것을 오쓰카 류키치는 알고 있었다. 좀더 확실하게 해결해 두지 않으면 안 된다. 해결까지 못 가더라도 앞으로의 방침을 제시해 둘 필요가 있다. 그 앞날을 몰라 휘청거리던 여자는 손잡을 곳을 찾을 것이다.

「여행이나 하고 싶군」 하고 그는 별안간 말한다. 「봄 여행은 좋거든. 이즈(伊豆)의 남쪽은 지금이 참 좋을 때야.」

「글쎄요」 하고 여자는 말려들지 않는다.

「자네 걸을 수 있겠어?」

「걸을 수 있어요.」

「하루에 40리 정도라면 어렵지 않겠지.」

「문제없어요.」

「배낭을 짊어지고 말이야, 천천히 걷는 거야. 마음이 내키는 곳에서 숙박하고, 아무 예정도 없이 그저 여행하는 거지. 우리가 볼까?」

「가고 싶네요」 하고 가까스로 말려들었다.

「틈을 낼 수 있겠어?」

「난 오늘이나 내일 아파트로 가요. 친구 아파트에서 제멋대로 자유롭게 살 작정이기 때문에 오늘 돌아가면 일대 전쟁을 해야 할 것 같아요.」

「아니, 그건 안 돼」 하고 말했지만 그때가 되어서 류키치는 어젯밤 상처를 입은 여자가 되고 싶다고 말한 그녀의 진의를 깨달았다. 여자는 상처를 입지 않았으므로. 부모는 또 희망을 이어나갈 것이다. 그러나 하룻밤을 외박한 딸에게 부모들이 얼마만큼 엄격한 것일지 모르는 것도 아니다. 류키치는 자신에게도 상당한 책임이 생겼다는 것을 알았다.

이발소를 지나 약 100m쯤 가서 전차 정류소에서 헤어졌다.

「대전쟁의 결과는 가급적 조속히 알려 주었으면 좋겠어」 하고 오쓰카 류키치는 미소짓고 나서 등을 돌려 가로수 밑을 걸어갔다.

혼자가 되자 이대로는 돌아갈 수 없는 기분이었다. 도중에 전차에서 내려 메이지신궁(明治神宮)의 신엔(新苑)을 걸어 봄 햇빛이 내리쪼이는 거리들을 가로지른다. 고독한 생각이 들어서 보스턴 백을 흔들며 시부야로 나간다. 정오 가까이 되어서야 겨우 집에 당도하자 과감히 현관문을 열었다.

아버지의 구두가 있다. 아버지는 출근하지 않았던 것이다. 그것을 곁눈질로 보고 말없이 신발을 벗었다. 어머니가 장지문을 열고 복도로 나왔다. 긴장한 어머니는 얼굴은 뚫어지게 바라보는 것 같은 눈초리였다.

「다녀왔습니다!」 하고 외치고 어머니 곁을 빠져 나가 성큼성큼 복도를 밟으며 안쪽으로 들어가려고 하자 아버지의 날카로운 목소리가 장지문 안에서 들려왔다.

「유키코! 이리 와.」

한쪽 귀로 흘려보내면서 자신의 방으로 들어가 문을 꽉 닫아 버렸다. 어머니가 아버지를 말리고 있는 모양이다. 방안은 썰렁했으며 깨끗이 청소되어 있었다.

그대로 책상에 앉아 전면의 높은 창문을 연다. 매화나무 잎이 무성했다. 목련꽃이 피기 시작하고 있다. 이제부터 전쟁은 조용하게 해야 한다고 생각한다. 흥분해서는 길이 빗나가기 쉽다. 조용히 예정된 길을 전진해 나가야 한다. 미소짓고 당당하게 해 나가야 한다. 유키코는 거울을 향해서 천천히 화장을 고쳤다. 차노마(茶の間)에서 아버지와 어머니의 이야기 소리가 커졌다 낮아졌다 한다. 그것을 바람소리처럼 멀리 있는 기분으로 들으면서 가만히 마개를 비틀어 머리에 로션을 뿌린다. 볼에 피로가 있다. 어젯밤의 일을 생각한다. 만약에 어제 예정한 대로 자신이 상처 입은 몸이 되었다면 지금 자신은 어떤 기분일까, 하고 생각한다. 순결을 잃은 후의 자신이 아주 먼 데 있는 일처럼 생각되어서 상상이 안 되었다. 루즈를 칠한다. 이마에 닿은 남자의 입술이

생각난다. 그 기억이 또다시 전율을 불러일으킨다. 여행을 하고 싶다. 오쓰카 선생과 둘이서 배낭을 짊어지고 단둘이서 어두운 산길이나 푸른 바닷가를 걸어 보고 싶다. 조용히 머리를 빗었다. 어머니가 들어왔다.

아쓰코 부인은 말없이 창가에 앉았다. 몸을 숙이고 자신의 손바닥을 보고 있다. 지금 딸을 야단치고 싶은 생각은 조금도 없다. 문제는 자신의 일인 것처럼 새로운 것이다. 어떠한 해결을 찾아내면 좋을까. 어쨌든 출근이 늦어진 남편을 재촉해서 내보냈다. 아버지를 피해서 엄마와 딸 둘이서만 대화를 나눠 보고 싶다.

유키코는 유유히 머리를 모두 빗고 손가락 끝의 연지를 닦고 눈썹을 모두 빗어 시원스럽게 한 다음 거울 속 자신의 얼굴을 보았다.

「이제 되었죠, 엄마」 하고 침착한 소리로 말했다. 「이제 나에게 좋은 연분을 밀어붙일 생각은 없어지셨죠?」

그 말이 새롭게 어머니의 가슴을 때렸다. 어젯밤을 어떻게 지냈는지, 대충 상상이 된다. 그러나 그것을 상상하고 싶지 않은 것이다. 역시 아무것도 모르는 딸 그대로의 모습으로 생각하고 싶다. 그러나 만약에 정말로 상처를 입게 되었다면 이만큼 배짱 좋게 말하지는 못할 것이다. 처녀가 처음으로 중대한 경험을 겪고 돌아왔을 때 엄마 앞에 서서 눈부실 정도의 수치심과 일종의 죄책감 때문에 말도 제대로 못할 것이다. 아쓰코 부인은 비로소 얼굴을 들고 딸을 보았다. 맑은 옆얼굴의 아름다움을 바라보았다.

「너는 스키타러 갔을 때 아무 일도 없었구나」하고 말한다.

「아무 일도 없었어요」하고 딸은 엄숙히 말했다.

「그럼 어젯밤에도 아무 일 없었지. 그렇지?」하고 속삭이듯이 낮게, 그러나 결정적으로 말했다. 여자의 후각은 전파처럼 날카롭다. 부인은 유키코의 신변에 욕정 냄새가 없다는 것을 직감하고 있었다.

유키코는 답할 수 없다. 그렇다고 말없이 있을 수는 없는 노릇이다.

「어찌 되었든 상관없잖아요」하고 무의미한 말을 내뱉는다. 그리고 느닷없이「오늘부터 의절해 주세요. 아시겠죠?」하고 말했다.

부인은 잠시 머뭇거리고 나서「그래 좋다, 좋아」하고 말했다.

「집을 나가서 어디에 갈 작정이지?」

「친구 아파트요.」

「아버지가 돌아오시기 전에 가 버리렴. 그 뒤는 어떻게 되겠지」하고 아쓰코 부인은 딱 잘라 말했다. 매화나무 잎에 닿은 햇빛이 반사되어 푸른 그림자가 부인의 얼굴 위로 움직이고 있었다.

복도의 양지에 앉아서 세이코는 주반(襦袢: 일본의 속옷)의 바느질을 하고 있다. 주반은 흰 바탕에 화려한 모란꽃 무늬가 있으며 이것을 입은 여인의 싱싱한 피부를 생각게 한다. 세이코는 묵묵히 바늘을 움직이고 있다. 부인은 차노마의 화로 앞으로 되돌아가서 점심식사를 위해 숯을 보충하면서 세이코의 옆얼굴을 보고 있었다. 뜰에서는 어린아이가 흙장난을 하고 있다. 엄마에게 줄 흙 만두를 빚고 있는 것이다. 그 엄마는 어제 저녁때 스기타(杉田) 용도과장에게서 통지가 와 다음 월요일 오후 데이고쿠(帝國)극장에서 맞선을 본다고 한다. 어린애는 조모 곁에 있어야 하기 때문에 엄마에게 흙 만두도 만들어 줄 수 없게 될 것이 분명하다. 세이코의 태도에는 초조함과 명랑함이 섞여서 그것이 뭔지 모르게 부인의 눈에는 거슬린다.

유키코가 차노마를 가로질러 안쪽 현관으로 나갔다. 부인이 말을 건다.

「점심 먹어야지, 어디 가니?」

「차 좀 부르러 가요.」

나가는 발소리가 사라지자 아쓰코 부인은 장롱 서랍에서 한 다발의 지폐를 꺼내어 종이에 싼다. 세이코는 아무 말도 없다. 이것저것 모두 알고 있으면서 여동생 일에 대해서 한 마디도 하지 않는다. 자신의 일에만 몰두하고 있으며 어떻게든지 빨리 맞선을 마치고 조속히 재혼하는 것만 생각하고 다른 일은 전혀 생각하려고도 하지 않는다. 큰딸의 이 완강한 에고이즘이 부인의 가슴에 와 닿는다. 부모도 자식도 여동생도 생가도 모두 팽개치고 아직 본 일도 없는 사람에게 시집가려고 한다. 그것이 여자의 순수한 마음일지도 모른다. 그것이 선량한 여자일지도 모른다. 여자의 선량한 마음이란 성생활을 지킨다는 것뿐일지도 모른다.

아쓰코 부인은 석쇠 위에 자반을 올려 놓고 그 자반 냄새를 맡으면서 문득 한없는 권태를 느꼈다. 부인도 또한 젊은 처녀일 때 지금 눈앞에 있는 세이코처럼 초조한 마음으로 결혼을 기다리고 부모도 형제도 생가도 모두 팽개치고 단 한 번 만났을 뿐인 다카마쓰 미네조에게 시집을 온 것이었다. 그 후 20 몇 년 안정된 성생활의 행복을 지속하기 위해 밥을 짓고 생선을 굽고 청소도 하는 등 싫증내는 일 없이 오늘날까지 살아왔던 것이다. 그 평범하고 변화 없는 지루한 나날을 싫증내지도 않고 계속해 올 수 있었던 것은 안정된 성생활이 있었기 때문이다. 세이코를 보고 있으면 그것을 확실히 알 수 있다. 세이코가 시집에서 돌아온 것은 성생활이 무너졌기 때문이다. 지금 다시 결혼을 서두르는 것은 역시 성의 안정을 서두르는 것에 지나지 않는다.

아쓰코 부인은 생선을 뒤집으면서 유키코의 반역에 대한 의미를 알려고 한다. 그녀가 부모를 떠나려고 하는 것은 다른 형식의 성생활을 추구하고 있는 것이다. 여성의 행복은 어찌 되었든 그 범주에서 벗어나지 않는 것일지도 모른다.

여성의 자유란 도대체 무엇이란 말인가. 육체의 자유를 말하는 것일까, 아니면 육체에 속박되지 않은 정신의 자유를 말하는 것일까. 육체의 안정을 추구하는 한, 정신은 그 육체에 속박되고 따라서 남편에게 속박된다. 정신의 자유란 바로 남편으로부터 자신을 해방시키는 일이다.

　아아, 남편으로부터의 해방! …부인은 숨이 막힐 것 같은 답답함을 느끼고 머리를 흔들었다. 무엇이든 일체의 것에서 해방되고 싶은 소망이 허무하게 가슴속에서 소용돌이쳤다.

주부의 일생

일요일 아침에 아쓰코 부인은 가정부를 데리고 니시자와(西澤) 선생의 안내를 받으며 가이다시로 출발했다. 쌀 배급은 1개월 동안에 5일분밖에 안 되었다. 옥수수가루 때문에 외손녀가 배탈이 났다. 콩만으로 하루를 지내지는 못한다. 부인은 메이센(銘仙: 거칠게 짠 비단) 몸뻬를 입었고 니시자와 요지(西澤陽二)는 군복 바지에 군용 각반을 두르고 있었다.

오쓰키(大月)역에서 내려 시골길을 40분이나 걸어 토란 5관, 쌀 1말 2되을 사 가지고 셋이서 짊어졌다. 부인은 수건을 머리에 쓰고 묵묵히 앞장선 니시자와 뒤를 따랐다. 이것으로 며칠간 버틸 수 있다. 그러나 불과 며칠 분밖에 안 된다. 주부의 고난은 이번 가을까지 지속될 전망이다.

귀가하는 기차에 올라타자 오후의 해는 벌써 상당히 기울어서 견딜 수 없는 공복을 느꼈다. 니시자와는 담배꽁초를 담뱃대에 담아 연기를 내뿜는다. 기차에 탈 때에는 차창 문으로 기어서 들어갔다. 요행히 좌석을 발견하기는 했지만 수치심으로 얼굴을 쳐들 수가 없었다. 니시자와는 부인 옆에서 짐 보따리에 걸터앉아 있다.

「…그날 밤에는 몹시 야단맞았어요」하고 부인은 미소짓는다.「하지만 그 양반은 결국 딸의 마음을 모르는 거예요. 모르고서는 아무리 야단쳐 보아도 소용없는 거죠. 가장 괴로웠던 것은 나였어요. 나는 중간에 끼어 있었으니까요. 유키코도 그 양반도 양쪽이 서로 고집만 피우고 있으니, 그래서는 아무것도 되는 게 없잖아요. 하지만 친구 아파트에 안주해서 그런 대로 어떻게 살아나가겠죠. 어쨌든 요즘 여자 애들은 어째서 고집이 그렇게 센지 모르겠어요. 누구에게도 의존하려고 하질 않아요.」

큰 짐을 가진 사람들로 기차는 가득 찼다. 숯가마, 장작, 감자, 쌀, 파 한 다발, 모두 도시생활의 빈곤을 보충하려는 필사적인 노력이다. 머지않아 총선거가 실시된다고 한다. 새 정부가 생긴다는 것이다. 새 헌법도 제정된다고 한다. 그러나 누구도 정치에 기대하지 않는 모양이다.

아침부터의 피로에 부인은 꾸벅꾸벅 졸았다. 차창 밖의 산과 들은 황혼빛이 뚜렷하다. 부인과 말상대를 할 수 없게 되자 니시자와 선생도 턱을 괴고 눈을 감았다. 그 무렵 자기 집에서 무슨 일이 일어나고 있었는지는 아무도 모른다. 토란을 가지고 돌아가 어린아이가 오랜만에 배불리 먹고 기뻐하는 모습을 상상하고 있다.

이윽고 부인은 문득 잠에서 깼다. 차 안이 웅성거리기 시작했다. 어딘가 큰 역에 도착한 것으로 처음에는 생각했다. 그러나 웅성거림이 순간적으로 차 전체로 퍼져 일종의 살기 띤 느낌이 더해간다. 창문에서 얼굴을 내밀고 외치는 사람, 짐 꾸러미를 선반에서 내리며 아우성치는 사람, 새파래져서 차가운 미소를 띠는 사람 등. 니시자와 요지도 눈을 떴다.

「뭡니까?」하고 말한다.

부인도 모른다. 앉은 채 이상한 얼굴을 했다. 기차는 서행하기 시작한다. 전철기(轉轍機)를 여러 개 넘어가는 차륜 소리가 들린다. 점차 속력이 떨어진다. 군대에서 돌아온 것 같은 청년이 창문으로 배낭을 내던졌다. 이어서 자신도 몸을 절반 내밀더니 창문 밖에 매달린다. 기차는 아직 움직이고 있다. 청년은 뛰어내렸다. 차례차례로 창문에서 뛰어내리는 사람이 있었다. 아쓰코 부인도 그때서야 겨우 알아차렸다. 식료품 가이다시에 대한 일제 검사가 실시된다는 것이다.

기차는 승객용 플랫폼에 들어가지 않고 훨씬 옆쪽의 화물차 선로의 플랫폼에 미끄러져 들어간다. 모자의 턱거리 끈을 내린 경찰의 검은 옷이 3, 40명이나 나란히 그곳에 대기하고 있다. 하치오지(八王子)역이었다.

　기차는 화물 플랫폼에 정차했다. 지금은 승객이 아무도 움직이지 않는다. 수백 개의 창백한 눈이 한쪽 창문으로 향했다. 경관의 얼굴이 그 창문에서 들여다본다.

「수화물의 일제 검사가 있습니다. 번거롭지만 여러분은 일단 플랫폼으로 내려주십시오. 짐 보따리는 각자가 가지고 내리세요.」

　말은 정중하지만 용서 없는 엄격함이 내배인다. 늙은 여자들의 한탄하는 소리가 조용히 입술을 새어나온다. 양쪽 출입구에서 천천히 사람들이 내려갔다. 부인은 가만히 앉아 있었다. 옆에서 가정부가 다급한 목소리로 말한다.

「마님, 어떻게 해야 합니까?」

　니시자와 선생은 아직 짐 보따리 위에 걸터앉아 있다.

「어떻게 할까요, 처형?」

「어쩔 수 없잖아요」 하고 아쓰코 부인은 조용히 답했다. 무엇이 어쩔 수 없는 것인지. 이것을 먹지 않으면 살아나갈 수 없는 것이 아닌가. 어쩔 수 없다는 것은 산다는 것을 포기한다는 뜻이란 말인가.

「내립시다」 하고 부인은 말했다. 지금 마음은 순수하다. 의심하지 말아야지. 화내지 말아야지. 살기 어려운 세상이라는 것을 알고 있다. 살기 어려운 규칙이 있다는 것도 알고 있다. 그러나 저항은 무의미하다. 몇 백 엔인가의 손실과 하루 온종일 애쓴 노력이 허무하다고 체념하면 되는 것이다. 체념은 전쟁을 통해 훈련되어 있다. 일본 전체의 모든 인간이 체념함으로써 평정을 유지하고 있는 것이다. 밖의 플랫폼에서는 짐 보따리를 든 승객이 줄을 이루고 서 있다. 경찰 두 사람이 들어와서 빨리 내리라고 독촉한다.

부인은 짐 보따리를 등에 짊어지고 일어섰다.

「마님, 이걸 모두 빼앗기는 겁니까?」하고 가정부가 호소한다.

「입 다물고 있어요」하고 부인은 차갑게 말했다.

역 주위는 벌써 밤이었다. 플랫폼의 전주에 밝은 등불이 켜졌고 건너편 거리에는 밤의 흥청거림이 있다. 경찰은 짐 보따리를 조사하여 무게를 달고 쌀과 감자와 계란을 큰 상자에 쌓아 올리고 있다.

「빨리 빨리!」하고 경관이 니시자와 요지의 어깨를 두드렸다. 세 사람은 한 덩어리가 되어 짐 보따리의 끈을 풀었다. 부인은 말없이 가만히 있다.

「3인조인가?」하고 젊은 경찰이 큰 소리로 말했다. 보따리를 밖에서 두들겨보고 쌀이라는 것을 확인하자 이번에는 부인을 향해서,

「당신은 어디서 장사하고 있지?」하고 물었다.

부인은 답하지 않는다. 경찰의 말을 못 들은 척 한쪽 귀로 흘려보내고 시치미 뗀 얼굴을 돌리고 있다. 경찰은 미소지었다. 그 미소 속에 잔혹한 것이 번뜩였다.

「쌀은 얼마나 가지고 있나?」 하고 니시자와에게 물었다.

니시자와 요지는 수학교사다. 선생으로서의 긍지와 부끄러움이 그의 입을 다물게 했다. 말 대신 이마에 푸른 혈관이 굵게 떠올랐다. 그의 분노는 속에서 맺혀 불타오르지 않는다. 불태워 보았자 규칙은 그를 용서하지 않는 것이다.

「쌀은 얼마나 가지고 있지?」 하고 상대방은 반복한다.

「1되 2말」 하고 선생은 세 사람의 합계를 말했다.

「흠.…짐을 들고 이쪽으로 따라와.」

세 사람은 다시 짐 끈을 조여 매고 짐을 들쳐 메고서 경찰의 뒤를 따른다. 밤하늘에 우기(雨氣)가 있다. 눈구름에 거리의 등불이 비쳐 하늘은 희미하게 붉은 빛이 돈다. 부인은 가슴을 펴고 걸으면서 딱 바라진 경찰의 어깨를 본다. 그 어깨가 국가를 상징하고 있다.

이른바 (악질?) 가이다시에 섞여서 아쓰코 부인은 경찰서로 연행되어 갔다. 니시자와 선생은 묵묵히 고개 숙이고 있었다. 경찰서의 앞뜰에 세워져 소지한 쌀이나 감자는 거의 압수당하여 가벼워진 배낭을 발치에 놓고 경찰관의 엄중한 훈시를 듣고 있는 것이다. 밤하늘에서는 안개 같은 비가 내리기 시작하여 부인의 머리가 젖어서 반짝인다.

부인은 선 채로 눈을 감았다. 경찰관은 부인이든 니시자와 선생이든 모두 한통속으로 암시장 장사꾼으로 취급한다.

「이 봐!」 하고 불렀다. 눈을 뜨니 깡마르고 눈이 날카로운 경찰관이다.

「당신은 10일쯤 전에도 이곳에 왔었지. 상습범이군. …이 여자는 하룻밤 재우는 것이 좋겠어」 하고 동료를 향해서 말한다.

부인은 또 그 말을 한쪽 귀로 흘려보내고 다시 눈을 감았다. 저항은 모두 체념하고 받을 수 있는 만큼의 모욕에 견디고 있다. 본 일조차 없는 처음인 손님에게 알몸을 드러내는 창녀와도 같은 인내심이다. 모든 감정을 죽이고 우둔해져서 생각을 억제하고 그저 조용히 눈을 감는다.

「아닙니다, 그렇지 않아요」 하고 니시자와 요지가 말했다. 「우리들은 장사를 하는 사람이 아닙니다. 이 경찰서에 온 일이 한 번도 없어요. 몹시 생활이 어렵습니다. 아이들이 많아서 도무지 힘들어요. 이제는 오지 않겠으니 제발 용서해 주십시오.」

수학교사는 자꾸 머리를 숙이며 사정을 변명한다. 이제 분노가 그의 얼굴에는 없다. 그저 어떻게든지 도망치고 싶다는 마음 약한 생각뿐이다. 아쓰코 부인은 희미하게 눈을 뜨고 니시자와가 변명하는 모습을 냉담하게 지켜보고 있다. 모자를 벗은 그의 볼에 미세한 빗방울이 반짝인다. 경찰관의 모자가 반짝인다.

생활이 어렵다고 말하고 아이들이 많다고 말했다. 그 아이들은 아버지가 가지고 돌아오는 쌀과 감자를 기다리고 있을 것이 틀림없다. 앞으로 수개월 후에는 8명이 되는 아이들! 선량하고 우둔한 이 아버지에게 무슨 죄가 있으랴. 죄가 있다면 그가 아이를 많이 낳았다는 데에 있지 쌀을 사러온 데에는 없는 것이다. 많이 낳은 죄는 책하지 않고 쌀을 사러온 죄만 책한다. 그것이 국가의 규칙이라는 것이다.

석방된 것은 9시가 가까워서였다. 세 사람은 가벼워진 보따리를 짊어지고 경찰서에서 역으로 향한다. 걸으면서 니시자와는,

「처형 미안하게 되었습니다」 하고 머리를 숙였다.

「아니에요, 어쩔 수 없는 일이죠」 하고 부인은 냉정하게 답한다.「남은 것은 모두 드리겠어요. 아이들이 기다리고 있을 텐데….」

그 아이들이 어떤 모습으로 아버지를 기다리고 있었는지, 그의 아내가 어떤 모습으로 남편을 기다리고 있었는지, 그들은 아무도 몰랐다.

전차 속에서 부인은 얼마 남지 않은 물건을 모두 니시자와 선생의 배낭에 옮겨 주었다. 고생하고 있는 여동생에게 조금이나마 이 물건을 모두 주고 싶다. 영락(零落)한 기분이다. 40여 년 이제까지의 생애에 오늘만큼 모욕당하고 비참한 마음이 되었던 일은 없었다.

남편은 오늘밤 연회가 있다. 술을 마시고 게이기오도리(藝妓踊り: 일본 기생의 노래와 춤)를 술잔 너머로 구경하며 취해서 담소를 하고 있을 것이 틀림없다. 그런데 그의 아내는 쌀과 감자를 사러 가서 심한 모욕을 당하고 맥없이 밤 전차에 흔들리고 있다. 아쓰코 부인은 이 같은 자신의 모습을 조용히 반성해 본다. 아키코(明子) 부인의 생활 모습을 생각해 본다. 내일 맞선본

다는 세이코를 생각하고 아파트로 간 유키코를 생각한다. 유키코가 가장 현명한 생활방식으로 살고 있는 것 같은 느낌이 자꾸만 들었다.

시부야의 집에 도착한 것은 10시 반이 되어서였다. 가랑비가 계속 내려 옷이 흥건히 젖었다. 문 앞에서 니시자와와 작별하고 안쪽 현관으로 들어서자 어린아이의 더러워진 작은 게타가 세 켤레나 나동그라져 있었다. 부인은 머리를 갸웃 했다.

「세이코, 세이코, 어떻게 된 거냐?」하고 외쳐 본다.

「아, 지금 오세요, 큰일났어요」하고 방안에서 딸이 외친다.

중학생인 아들과 함께 어린 여자아이가 잠옷바람으로 복도로 나왔다. 니시자와의 애였다. 남편은 아직 돌아와 있지 않다.

놀란 부인은 차노마로 들어간다. 그곳에는 이부자리를 깔고 니시자와의 아이들이 잠들어 있다. 세이코는 화로 옆에 앉아서 기모노(着物: 일본 전통 의상)에 다리미질을 하고 있다. 내일 맞선 보러 입고 갈 옷이다.

「니시자와 이모부는?…」

「지금 돌아오셨다. 무슨 일 있었니?」하고 부인은 선 채로 묻는다.

세이코의 설명에 따르면, 오늘 아침 그들이 가이다시로 떠난 후 아키코 부인은 평소와 다름없이 더러워진 아이들의 옷을 세탁하고 비가 오기 전에 말려야겠다는 생각에서 지붕 위의 빨래

건조대에 올라갔다. 무거운 몸으로 젖은 빨래를 가득히 담은 바구니를 들고 하늘 아래에 나서자 까치발을 디디고 대나무장대를 잡으려고 했다. 그때 체중이 가해져 발밑의 썩은 나무판자가 부러져서 2자쯤 아래로 떨어져 허리를 세게 다치고 발을 삐었다. 사람을 부르려고 해도 아이들뿐이다. 부인은 기어 내려와서 이부자리도 깔지 못하고 차노마의 방석 위에 누웠다.

뭔가 불길한 예감이 있었다. 식은땀이 흐르고 정신이 혼미했다. 부인은 가장 큰딸을 산파에게 달려가게 하고 두 번째인 아들에게는 동생들을 모두 데리고 다카마쓰 미네조의 집으로 가게 하였다. 남편은 밤이 되어야 돌아온다.

산파는 파출부를 불러 아키코 부인을 이부자리에 눕히고 만반의 준비를 시켰다. 오후 4시경에 조산이 끝났다. 여덟 번째 아이는 햇빛을 못 보고 죽어 버렸다. 출혈이 심하여 산모의 안색은 창백해졌다. 산파는 의사를 불렀지만 조속히 수혈할 방법이 없었다. 아키코 부인은 오후 7시경부터 거의 혼수상태에 빠졌다.

거기까지 이야기를 듣자 아쓰코 부인은 또다시 가정부를 데리고 빗속을 달리기 시작했다. 부인은 길에 물이 고인 곳 같은 것은 아랑곳없이 마구 밟고 울타리 사이를 달렸다. 한순간 뭔가 이유를 알 수 없는 분노가 치밀었다. 그것이 무엇 때문인지 생각해 볼 틈도 없다. 죽으면 안 돼, 살아 있어 다오. 내 피를, 내 피를 …하고 생각했다. 일곱 명 아이들의 얼굴이 70명 정도의 아이들 얼굴이 되어서 눈앞에 아물거린다. 남편은 돌아오지 않는다. 유키코는 없다.

안내도 없이 들어서자 니시자와 선생은 아직 각반도 풀지 못한 채 아내의 머리맡에 앉아 있었다. 뚱뚱한 중년 의사가 앉아 있다. 산파도 있고 파출부도 있었다. 위 아이들 둘이 옆방에서 걱정스러운 듯 들여다보고 있다. 아키코 부인은 오늘 아침부터 14, 5시간 동안에 놀랄 만큼 홀쭉해져 보였다. 창백한 이마, 윤기가 반들반들하던 볼에는 핏기가 없다. 시계가 11시를 쳤다. 입술 사이로 하얀 이가 보인다. 혼수상태인 채 호흡이 빠르다. 들리는 것 같은 호흡이다.

말없이 니시자와의 얼굴을 본다. 무언의 질문에 답하듯 그는 속삭였다.

「위험하답니다.」

「선생님 수혈해 주세요. 제가 같은 혈액형이니까…」 하고 부인은 냉정히 말했다.

의사는 아쓰코 부인의 얼굴을 보았다. 청진기를 꺼낸다. 일단 건강상태를 조사하고 그런 연후에 조치하려는 것 같았다.

동생의 옆자리에 이부자리를 깔고 아쓰코 부인은 조용히 눕는다. 그의 팔뚝에 고무줄이 감긴다. 의사는 알코올 냄새를 풍기며 피부를 소독하고 있다. 부인은 베개 위에서 얼굴을 옆으로 돌리고 동생의 호흡을 헤아렸다. 아직 살아 있다. 그러나 그 생명의 연약함이 손에 잡힐 듯 느껴진다. 바짝 마른 입술, 흐트러진 머리, 그 머리카락에는 이제 생기가 통하지 않고 있는 것처럼 보인다. 경동맥의 경련, 콧구멍의 가쁜 숨. 이제 살 힘을 잃은 육체 속에서 폐만이 어렵게 호흡하고, 심장만이 비슬거리며 필사적으로 움직이고 있는 것으로밖에 보이지 않는다.

다카마쓰 미네조가 들어왔다. 양복을 입은 채 지금 연회에서 돌아온 모양이다. 취해서 새빨개진 얼굴이다. 발치로 위태롭게 걸어오더니 니시자와 옆에 털썩 다리를 포개고 앉았다. 아쓰코 부인은 말없이 눈을 감는다. 팔뚝을 찌르는 바늘의 통증. 그곳에서 혈액이 빼앗겨 흘러나간다. '내 피를…' 두뇌가 마비되는 것 같은 감각. 머리속에서 혈액이 줄어드는 것 같은 가벼운 마비를 느낀다.

「어처구니없는 일이 벌어지고 말았구려」 하고 남편은 니시자와 선생을 향해서 큰소리로 말한다. 조심성 없는 말이다.

「운이 나빴던 게야, 하필이면 아무도 없는 날을 골라서 말이야. 뭐 괜찮겠지. 괜찮겠죠, 선생님!」 하고 의사를 향해서 말한다. 의사는 답하지 않는다. 조용히 혈액을 채취한다. 아쓰코 부인의 검붉은 피가 유리관을 채우고 빨려 들어간다.

「여보게 너무 걱정할 것 없네」 하고 다카마쓰는 니시자와의 어깨를 두들긴다. 「아이들은 우리 집에서 맡아두겠네. 조급히 생각 말게. 아무튼 처제는 지나치게 일을 많이 해. 정말 대단한 사람이야. 혼자서 일곱 명을 돌본다는 것은 쉬운 일이 아니니까 말이네. 이 기회에 요양 좀 해야겠지.」

작은 소리를 내고 웃었다. 늘 웃는 호인웃음이 이때만은 무지

하고 냉혹한 것으로 들렸다.

부인은 눈을 감은 채로 말한다.

「당신 이제 돌아가 쉬세요.」

낮은 소리지만 엄연히 남편에게 명령하는 느낌이 있었다. 남편은 자신의 취기를 의식하고 당황한 말투로,

「그럼 그렇게 할까. 내일 아침에 또 오도록 하지」 하고 말하며 다다미(疊)에 양손을 짚고 위태롭게 일어났다.

아키코 부인의 팔에 주사바늘을 찌른다. 그 통증에 답하는 근육의 전율이 없었다. 근육은 이제 깊은 잠에 빠져들어 있는지도 모른다. 언니는 얼굴을 돌려 동생의 몸속으로 빨려 들어가는 자신의 피를 바라본다. 자신의 혈액에 작별을 고한다.

살찐 하얀 팔, 아직 젊고 건강한 팔뚝. 세탁을 하였고, 밥을 지었고, 청소를 하였고, 젖먹이를 안았고, 그리고 남편의 목을 끌어안았던 팔, 많은 일을 해낸 하얀 팔이다. 여자의 팔이다. 이 팔이 여자의 생활을 살아왔다. 이 팔이 여성의 행위를 하였고 여성의 일을 해 왔다. 지금 그 생명은 완전히 쇠약해져 새로이 혈육인 언니의 생명력을 불어넣는다.

의사는 세심한 주의를 바늘 끝에 기울이고 조용히 혈액을 밀어 넣는다. 조용히 빨려 들어간다. 누르고 있는 의사의 손가락에 혈압의 저항이 있다. 그 저항이 점차로 강해진다. 의사는 바꿔 들고 기계를 누른다. 혈액은 들어가고 있지 않다. 오히려 혈관 밖으로 넘쳐 나오려고 한다. 의사는 깜짝 놀라서 환자의 얼굴을

보았다. 그와 동시에 니시자와가 아내의 얼굴 위에 웅크렸다.
 의사는 주사기의 한쪽을 놓고 손목의 맥을 누른다.
「아키코, 아키코!」 하고 날카롭게 니시자와 선생이 외쳤다.
 아쓰코 부인은 상반신을 일으킨다. 의사는 주사기를 뽑았다. 혈액은 검게 동생의 팔에 흐른다. 순식간에 시트가 붉게 물들었다. 의사는 당황해서 캠퍼의 앰플을 자른다. 가느다란 주사기에 빨려 들어간다.
「아키코!」
 니시자와는 아내의 어깨를 흔든다. 머리칼이 흐트러진 머리가 베개 위에서 흔들흔들 움직인다. 마치 싫어 싫어 하고 머리를 흔들고 있는 것 같다. 남편의 애무를 거부하고 있는 것 같다. 의사는 소독도 하지 않고 주사바늘을 아키코 부인의 다른 팔에 찌른다. 언니는 동생의 손목을 누르고 그 얼굴을 뚫어지게 본다. 의사는 주사기를 잡은 채 상황을 지켜보고 있다. 맥은 움직이지 않는다. 모처럼인 언니 혈액을 거부하였고, 강심제도 거부하고 움직이려고도 하지 않는다. 생명의 지속을 거부하고 죽으려고 하는 것이다. 여성의 생활을 거부하고 아내의 생활을 거부하고 죽음을 택한다는 것이다. 시계가 12시를 쳤다.
「아키코!」 하고 남편이 외친다. 맥박이 끊긴 하얀 팔을 쥐고 말한다. 「당신을 고생만 시켜서….」
 아쓰코 부인은 빈혈의 현기증을 느끼고 베개에 누웠다. 왼팔로 동생의 한쪽 손을 꼭 쥔 채 눈을 감는다.

"당신을 고생만 시켜서…." 그 말이 뻔뻔스럽게 들렸다. 그것이 10여 년을 함께 살던 아내에게 대한 작별의 인사란 말인가. 그것밖에 없는 것일까. 여자는, 아내는, 남편에게서 그 말만을 듣고 그것으로 만족하고 죽어야 한단 말인가.

자신의 손안에 있는 동생의 손을 마치 불행덩어리를 쥐고 있는 것처럼 생각했다. 이것이 동생의 생애였다. …그녀는 결혼을 하기 위해서 태어났다. 결혼하여 아이를 낳기 위해서. …그녀는 마음껏 낳았다, 쥐처럼, 물고기처럼, 남편의 애무에 보답하기 위해 그 능력을 다하여 일곱 명의 아이를 낳고 여덟 번째를 잉태했다. 여덟 번째에 이르러 자신의 생명이 다한다는 것도 모르고 있었던 것이다. 고치에서 나온 나방이 노란 알을 낳고 또 낳고 낳는 것이 끝나자 땅에 툭 떨어져 죽는 그것과 무엇이 다르랴.

아쓰코 부인은 세이코의 일을 생각한다. 내일은 맞선을 볼 예정이었다. 불행한 딸 하나를 낳았으면서 멀미내지 않고 다시 남편을 구하여 다시 아이를 낳으려고 한다. 그 결과는 늦든 빠르든 아키코와 같은 경로를 걷는 것이 아닐까. 급격하게 오거나 완만하게 오거나 하는 차이뿐이 아닌가. 부인은 다시 자신을 돌이켜본다. 여자에게는 이런 생활밖에 없는 것일까. 이 이외의 생활은 있을 수 없는 것일까.

손안에 쥐고 있는 동생의 손이 점차 식어 간다. 의사는 인사를 하고 돌아갔다. 아버지는 다른 방에서 잠자고 있던 큰 아이들을 깨워 엄마의 죽은 얼굴에 작별을 고하게 하기 위해 데려왔다.

「엄마는 돌아가셨단다」하고 선생은 침통한 목소리로 아이들에게 말한다. 장녀가 흐느껴 운다.

이 엄마를 죽인 것이 누구야. 이 아내를 죽게 한 것이 누구야. 여자는 이렇게 죽는 것일까. 아쓰코 부인은 눈을 감은 채 많은 것을 생각한다. 세이코의 일, 유키코의 일, 자신의 일, 경찰서에서 오늘 밤 모욕당한 일, 일곱 명의 아이들, 동생의 죽은 모습.…… 부인은 베개에 엎드려 차가워지는 동생의 손을 쥔 채 소리높이 울었다. 이것이 지옥이다. 그리고 여자란 지옥 속에서만 행복을 찾을 수 있는 것이 아닐까. 부인은 짐승처럼 몸부림쳐 울었다.

다음날 아침, 아쓰코 부인은 다소의 빈혈을 느끼며 천천히 걸어서 집으로 돌아왔다. 니시자와의 아이들이 복도에서 뜰로 넘쳐 나와 놀고 있다. 싸우고, 뛰어다니고, 아우성친다. 엄마를 잃은 것이 얼마나 큰일인지 아직 모르고 있는 것이다. 그들의 놀고 싶은 본능은 오늘의 슬픔을 초월한다. 몇 년인가 세월이 흘러야 비로소 오늘의 슬픔을 절실하게 맛볼 때가 올 것이 틀림없다.

복도는 더러워진 발자국으로 검어지고 문지방에는 흙가루가 고여 있다. 이제까지 매일 아침 부인의 손으로 닦았던 황색 노송나무 복도다. 부인은 그것을 보고 오늘 아침은 마음이 내키지 않았다. 말없이 거실로 들어가 상복(喪服)으로 갈아입었다.

부인은 자신의 마음속에 하나의 파탄이 생겼다는 것을 느끼고 있었다. 그 터진 것을 꼼짝않고 맛보고 있다. 그 터진 데에서 찬바람이 마음속으로 흘러 들어온다. 몸서리 쳐지는 차가운 바람이다. 그러나 늠연(凜然)하게 몸이 긴장되는 것이 있다.

부인은 팽팽하게 구로주스(黑襦子)의 띠를 맨다. 오비히모(帶紐)를 감으면서,「여보…」하고 말했다.

「오늘 맞선은 사정을 말하고 연기해야겠죠?」

「그래야겠지…」하고 미네조는 말을 우물거린다. 신문을 펼쳐든 위로 세이코를 돌아본다. 세이코는 아이에게 식사를 시키고 있었다. 차가운 옆얼굴이 묵묵히 부모의 대화를 듣고 있다.

「그러는 게 어떻겠니, 세이코…?」하고 아버지는 말한다.「장례식이 끝날 때까지 연기해 달라고 하자.」

「그건 안 돼요」하고 젊은 미망인은 즉석에서 답했다.「데이게키(帝劇)의 티켓을 애써 사 보냈는데 그렇게 마음대로 할 순 없잖아요.」

「그렇지만 이모의 불행이니까 말이다.」

「이모는 이모예요. 우리 집 식구가 아니잖아요.」

「그렇지만 말이다…」하고 남편은 아내에게 신경 쓰고 있다.

「됐어요, 나 혼자 가겠어요」하고 세이코는 냉정하게 말했다.

아쓰코 부인은 구부리고 흰 버선을 신고 있다. 터진 마음속으로 일진의 바람이 불어 들어온다. 세이코는 무슨 일이 있어도 맞선을 보고 재혼하겠다는 것이다. 은빛 스푼으로 딸의 입술에 계란프라이 한 덩어리를 넣어 주면서, 하루라도 빨리 이 아이와 헤어지려고 하고 있다. 이 어미의 에고이즘, 이 어미의 차가움.

육체의 욕망에 비교하면 모성애란 것은 문제도 되지 않는단 말인가. 애정의 한 조각도 느껴지지 않는 세이코의 에고이즘을 조용히 악물어 본다. 이 더러움, 이 무반성, 용렬함… 그러나 그것과 같은 것이 자신에게도 있고 아키코에게도 있었다. 여자는 그러한 곳에서 살고 그 진흙구덩이를 기어 다니며 살고 있던 것은 아닐까. 유키코는 이 일을 알고 있었는지도 모른다.

부인은 가볍게 식사를 마치자 즉시 니시자와의 집으로 갔다. 입관은 오전 10시, 고별식은 오후 1시, 출상은 내일 아침 9시이다.

세이코는 고별식 때 불과 1분 정도 얼굴을 내밀었다. 그대로 지체 없이 돌아간다. 자신 이외의 일에는 전혀 마음이 동하지 않는 것이다. 그때 미네조가 아내에게 속삭였다.

「어쨌든 데이게키(帝劇)에 갔다 오겠소. 세이코만 혼자 보낼 수는 없으니까.」

부인은 입을 다물고 있었다. 그리고 남편과의 사이에 먼 거리를 느끼고 있었다.

미망인의 재혼

다음날 아침 출상 때에는 연락을 받고 유키코도 참석하였다. 집을 나가고 며칠 만에 만나는 딸의 모습을 어머니는 마음을 찌푸리고 바라보았다. 어떠한 변화가 일어났는지 그것이 알고 싶다. 가장 큰 걱정은 그녀의 신상에 '붕괴'가 나타나지는 않았느냐는 것이다. 마음의 붕괴, 또는 육체의 붕괴.

유키코는 회색 복장에 상장(喪章)을 달고 의젓하게 있다. 볼의 빛깔은 건강하고 눈동자는 맑다. 붕괴는 없다. 오히려 발랄한 활기가 넘쳐 보였다. 스님의 독경이 끝나고 최후의 분향을 하는 동안에 아쓰코 부인은 유키코를 복도 끝으로 불러냈다.

「그래 어떻게 지내니?」

「응, 그런데 말이야」 하고 딸은 명랑하게 답한다. 「어제까지 친구 방에 있었어요. 그런데 다른 방이 비어서 오늘부터 그쪽으로 갈 수 있게 되었거든요. 그 방에 있던 사람이 신경쇠약으로 조금 미쳐서 고향에서 부모가 올라와 어제 저녁에 데리고 내려갔대요. 미친 사람이 있던 방이라서 들어가기가 조금 꺼림칙하지만 그건 전염되는 것이 아니니까 괜찮다며 친구와 웃었어요. 혼자라서 속 편해요. 엄마도 가끔 놀러 오세요….」

「그러냐. 돈은?」

「두둑해요. 월급도 받고 해서요.」

「극단은?」

「연습 날에는 나가고 있어요. …참, 나 아까 아버지에게 눈총 맞았어요.」

딸은 코를 찡그리고 웃었다. 아버지는 바깥쪽에서 관을 운반해 나오는 순서라든가, 화장터로 가는 자동차의 지시 등 바쁘게 움직이고 있다. 향 연기가 복도 천장을 하얗게 흐른다. 니시자와의 장남과 장녀는 성장(盛裝)시켜 자동차에 태웠기 때문에 신기해서 떠들고 있었다. 다른 아이들은 니시자와 선생의 곁에 나란히 줄서 있다. 니시자와는 유치원 선생처럼 보였다.

절차를 따라 의식을 마치고 오후가 되어서 아쓰코 부인은 집으로 돌아갔다. 자신의 집이 오랜만인 것 같았다. 들어가자마자 2층에 자리를 깔고 잤다. 이틀 밤 계속된 밤샘과 빈혈로 쓰러지듯 자리에 들어간 채 해질 때까지 잤다.

가정부가 식사하라고 왔다. 아래층에서는 미네조도 회사에서 돌아온 것 같았다. 부인은 이부자리 속에서 천장을 물끄러미 바라보고 있었다.

아름다운 오동나무 천장 판, 찢긴 곳 없는 하얀 장지문, 꽃이 장식된 도코노마(床の間), 장식품이 나열된 지가이다나(違い棚), 이 집안에 무엇 하나 흐트러짐이 없다. 반들거리는 도코바시라(床柱)가 황혼 속에 빛나고, 침구는 새하얀 천으로 씌워져 있다. 부인은 일어서서 기모노(着物)로 갈아입고 오비(帶)를 매면서 복도로 나왔다.

정원의 잔디는 푸르게 싹이 트고 소나무가지는 아름답게 손질되어 있으며 종려나무 잎은 동그랗게 깎여져 있다. 이 집은 안팎으로, 이 집 생활의 아무리 사소한 곳에라도, 추호의 실수도 없이 주의가 기울여져 있다. 니시자와 집의 어지럽게 흐트러진 모습과 비교하면 놀라울 만큼 정연하게 정돈된 집이다. 모조리 둘러보고 나서 부인은 기둥에 기대자 무너져 내리는 듯한 무료함을 느낀다. 빈혈이 아직 가시지 않았고 요 며칠간의 피로가 아직 회복되지 않은 것이라고 생각했다. 4, 5일은 느긋하게 휴식을 취해야겠다고 생각했다.

아래층에서는 식사가 시작되고 있었다. 남편은 반주를 데워서 마시며 외손녀와 말장난을 하고 있다. 부인은 조용히 남편 곁에 앉는다.

「피로는 가셨나?」 하고 남편이 말을 건다.

「아뇨, 아직.」

「갑자기는 가시지 않겠지. 니시자와는 어찌해야 좋을지 모르겠군. 당신, 남자 혼자의 손으로는 도저히 키울 수 없는 일이야. 큰 문제로군」 하고 말한다.

그것이 전혀 걱정하는 것 같지도 않은 명랑한 말투이다. 슬픔을 표현하는 방법도 모르는 것 같은 명랑한 인품이다.

부인은 답하지도 않고 조용히 가쁜 숨을 내쉬고 있다. 니시자와 집안이 어렵게 되었다는 것을 알고는 있지만 지금은 왠지 모르게 도무지 앞으로 어떻게 해야 할지 생각해 볼 마음이 들지 않는다. 이상하게도 흥미가 없었다.

「죽은 사람에게는 안되었지만 어떻게든 빨리 뒷일도 생각해야겠지」 하고 상식대로 남편은 말했다.

옳은 말이다. 세상의 보통 사람들은 모두 같은 말을 할 것이다. 남편의 상식도 같다. 그러나 지금 부인은 자신의 상식에 대한 신뢰를 잃고 있었다. 자신의 상식에 의심을 갖기 시작했다.

재취를 하면 니시자와 일가는 형편이 좋아질 것이다. 후처로 오는 여자는 도대체 어떻게 되는 것이냐. 그녀는 아키코 부인이 짊어지고 있던 그 커다란 부담과 그 큰 고생을 인계받는 것이다. 어느 한 여성의 희생에 의해 니시자와 일가의 생활을 고쳐 세운다는 사고방식에 부인은 찬성할 수 없다. 가족의 책임은 니시자와 요지 자기 혼자서 짊어져야 하는 것이 아닌가. 사람을 고용해서 가사를 맡기고 자신은 수입을 올려 가족인 니시자와 일가를 보증하면 되는 것이다. 니시자와는 아직 노인이 아니다. 재혼은 그의 자유다. 그러나 그 새로운 아내가 일곱 명의 아이를 양육할 의무를 책임져야 한다고는 생각되지 않는다.

그때 부인은 지난날 유키코가 말한 심한 언사가 생각났다. "언니도 역시 가정부 생활을 하고 온 것이잖아요. 남편이 있기 때문에 가정부가 아니라고 생각하고 있는 거죠. 그건 거짓말이에요.…즉 성생활이 수반된 가정부 생활이잖아요."

니시자와의 집에 후처가 들어온다면 그녀의 생활은 유키코의 말을 그대로 실현하는 결과가 되는 것이다. 이것은 놀라운 일이다. 그 정도로까지 큰 희생을 하고서라도 육체의 안정이 필요한 것인지는 모르겠다.

이 사고방식은 추상적인 것이 아니다. 눈앞에 세이코가 앉아 있다. 뭔지 모르게 불행한 옆얼굴을 보이고, 뭔지 모르게 안정감이 없는 안색을 하고, 어린애의 접시 속의 생선뼈를 발라 주고 있다. 어린애를 다루는 모습에 가시 돋친 것을 느끼는 것은 부인만의 느낌이었을까. 세이코는 어쩌면 이 아이를 낳은 것에 후회와 분노를 느끼고 있는지도 모른다. 그녀에게는 지금은 불필요한 아이다. 이 아이가 없다면 세이코의 재혼조건은 훨씬 좋아질지도 모른다.

그녀는 맞선을 보고 왔다. 두 아이가 있는 치과의사다. 그녀도 또한 스스로 택해서 성생활이 수반된 가정부 생활을 추구하고 있는 것이다. 부인은 뭔지 모르게 참을 수 없는 나태를 느끼고 수저를 집을 생각도 나지 않는다.

「맞선은 어찌 되었나요?」 하고 한숨짓듯 남편에게 물었다. 맞선 결과를 이제까지 물어볼 틈도 없었던 것이다.

「맞선은 말이야…」 하고 남편은 술잔을 비운다. 「스기타(杉田) 씨의 주선으로 만사가 잘되었소. 인사를 하고 극장은 1막만 구경한 다음 차를 타고 쓰키지(築地)로 가서 저녁을 먹었지. 내일쯤 해서 스기타 씨가 그쪽 의향을 알려줄 것이고 그때 이쪽 의향을 전해 주게 되었어요.」

「이쪽 의향은 어떻다고 하던가요?」 하고 부인은 흥미 없는 듯 물었다.

「세이코는 좋다고 하더군. 그럼 그것으로 된 거 아냐. OK지」 하고 남편은 영어를 사용해 보았다.

딸의 재혼이 성사될 것 같은 것이 꽤나 기쁜 모양이다. 세이코는 무관심한 척하고 아이와 둘이서 식사를 계속하고 있다.

「그 치과의사란 사람이 말이야, 그 무엇인가, 뭐라고 말했지」 하고 세이코를 돌아본다.

「시노자키 나오지(篠崎直二)」 하고 세이코는 얼굴도 들지 않는다. 그러나 한 번밖에 듣지 않은 이름을 줄줄 말한 것은 그 사람의 일만을 생각하고 있었기 때문일 것이다. 잊어서는 안 되는 이름인 것이다.

「그래, 시노자키였지. 36세라는데 32, 3세 정도로 보이던데. 아주 남의 비위를 잘 맞춰 주는 사람이더군. 미국에서 공부하고 온 만큼 몸차림도 단정하고 말이야. 자신이 직접 소형차 다트선을 운전하고 다니더군. 그 집은 45,6평 남짓으로 별로 넓지 않기 때문에 혼담이 결정되면 급히 별채를 증축한다고 했어. 그런 대로 좋은 연분에는 틀림없지. 그러므로 스기타 씨에게는 후하게 사례해야 돼.」

아쓰코 부인은 말없이 수저를 집었다. 그것이 과연 틀림없이 좋은 연분일까.

「어린아이가 둘 있다고 했죠?」

「응, 다섯 살과 일곱 살이라던가. 그 정도 되면 이제 잔손이 덜 가겠지」 하고 남편은 가볍게 생각해 버린다. 계모라는 위치가 여자에게 얼마만큼 불유쾌한지를 미네조는 생각하지 못하고 있다.

도대체 '좋은 연분'이란 무엇이란 말인가. 부인은 입맛이 떨어져 수저를 놓았다. 식사가 끝나자 남편은 라디오를 켠다. 아들은 옆방에서 영어를 읽는다. 세이코는 침실로 어린애를 데리고 간다. 유키코가 없는 것이 부인의 마음을 아프게 한다.

도대체 '좋은 연분'이란 무엇이란 말인가. 부인은 꼬박 하룻밤을 생각하고 있었다. 결과는 다음날 아침까지도 나오지 않았다. 나태한 기분으로 부인은 잠자리에서 일어나 앉는다. 오늘은 스기타 씨가 그쪽의 의향을 전해온다고 한다.

「여보…」 하고 아쓰코 부인은 아직도 자고 있는 남편에게 말했다. 「세이코에 대한 말인데, 우리 대답은 조금만 기다려 달라고 합시다.」

「어째서…」 미네조가 부인에게 향한다.

책망하는 말투다. 부인은 몸단장을 마치고 잠시 망설이고 나서,

「너무 급하잖아요」 하고 말했다.

「그래, 그것으로 되잖았어」 하고 남편은 말한다.

「이런 이야기는 빠를수록 좋지. 쇠뿔은 단김에 빼라고 했어. 어물거리다간 될 것도 깨진단 말이야. 빠른 것은 아무 상관없어요.」

세상에서 흔히 그렇게들 말한다. 그것이 상식이다. 그러나 부인은 납득할 수 없다. 체념만 하면 그것으로 되지 않았느냐고 할 수 있는 것이 아니다. 성사될 것 같던 이야기도 깨버려야 하는 때도 있는 것이다.

아침 식탁에 앉았을 때 부인은 왠지 수저를 들고 싶은 생각이 없었다. 매일 아침 식사조차도 무료함을 느끼는 것이다. 정해진 방의 정해진 위치에 앉아서 똑같은 남편의 얼굴을 보면서 식사하는 것에 왠지 흥미가 솟지 않는다. 피로가 아직 회복되지 않았는지도 모른다. 여동생의 죽음이 부인을 혼란스럽게 했다.

「세이코. 네 이야기인데 말이야…」 하고 부인은 말했다. 「답변을 좀더 기다려 달라고 하는 것이 좋을 것 같은데, 어떻겠니?」

세이코는 화장이 진해진 것 같다. 평소보다 공들여 루즈를 칠하고 분을 바른 것 같다. 화장이 짙은 얼굴은 어머니의 말에 답

하려고 하지 않는다.

「기다릴 것 없잖아」 하고 남편이 말했다. 「당신은 뭔가 마음에 들지 않는 일이라도 있다는 건가. 모처럼의 혼담을 이상하게 만들면 스기타 씨에게도 좋지 않지. 뭘 기다린다는 거야?」

이 남편에게 부인은 따분한 이상의 것을, 다소의 혐오까지도 느꼈다. 자신이 경찰서에 연행되어 갔을 때 연회장에서 술을 마시고 있던 남편. 아키코의 죽음 직전에 만취해서 문병하러 왔던 남편. 유키코의 마음을 전혀 이해하지 못했던 남편. 세이코에 대해서는 시집보내기만 하면 일이 끝난다고 생각하고 있는 남편. 이 무반성, 이 무이해. 그를 지배하는 것은 낡고도 낡은 상식과 습관뿐이다. 이와 같은 남편에게 봉사하여, 부인은 성심 성의껏 충실하게 20여 년을 살아왔다. 후회 비슷한 언짢은 추억이 가슴을 답답하게 한다. 질서정연한 이 가정, 완벽하게 손질된 가구집물, 정리된 부엌, 객실, 부인의 노력이 여기에 하나하나 빛나고 있다. 그 노력의 흔적에조차도 후회가 솟아나고 있다. 내가 해온 일은 도대체 무엇이었을까. 자신의 생활에 대한 혐오와 나태가 부인의 감정을 무겁게 했다.

「당신이 꼭 그래야 한다면 나는 더 이상 아무 말도 하지 않겠어요」 하고 부인은 조용히 말한다. 「하지만 나는 서두르지 않는 것이 좋다고 생각해요.」

「서둘러서 나쁠 것 없지 않은가, 아니면 사립탐정이라도 고용해서 상대를 조사라도 하겠다는 건가. 그런 것은, 당신 스기타 씨에게 실례가 되는 거야.」

「네, 됐어요」 하고 부인은 끄덕였다. 「나는 아무 말도 하지 않겠어요. 이제 내 책임은 아니니까요.」

「바보 같은 소리, 딸을 시집보내는 건 어머니의 책임이야.」

「그럴까요. 내가 하는 말은 무엇 하나 들으려고도 하지 않고서, 그래도 나에게 책임이 있다는 건가요. 나는 모르겠어요.」

「당신은, 자신이 억지를 쓰고 있잖아. 그럼 이 혼담이 어디가 나쁘다는 거야.」

「그럼 어디가 좋다는 거죠.」

「모두가 좋지 않은가. 이런 좋은 연분은 눈을 씻고 찾아보아도 좀처럼 발견되는 게 아냐. 그건 불감청(不敢請)이언정 고소원(固所願)이야. 세이코도 간다고 하고 있잖아. 그게 뭐가 나쁘다는 거지?」

무사히 결혼시키기만 하면 된다는 사고방식에 근본적으로 잘못이 있다. 그것은 남편에게 아무리 말해도 모른다. 문제는 결혼이 아니라 그 후에 이어지는 생활이다. 세이코가 가려고 하는 길은 뻔한 길이다. 그곳으로 가면 세이코가 어떠한 생애를 보내게 될지 부인은 너무나 잘 알고 있다. 그것을 시키고 싶지 않다. 그곳에는 행복이 없다. 다른 행복을 찾아주고 싶은 것이다.

이야기가 끝나기도 전에 출근시간이 되어서 미네조는 나갔다. 부인은 평소와 다름없이 현관까지 남편을 배웅하고 그 길로 니시자와 요지를 방문한다. 잡다한 일이 산처럼 쌓였고, 세탁물이 쌓였고, 부엌의 식량은 바닥나 버렸다. 수학 선생은 학교에 가지도 못한다.

아쓰코 부인은 부엌을 치우고, 세탁물을 빨래 그릇에 담고, 거리로 시장 보러 나갔다. 그리고 청소를 하고서 점심식사 준비를 한다. 아키코 부인이 없어지자 이 집은 즉시 무너져 버리는 것이다. 그녀가 부담하고 있던 임무가 얼마만큼 대단한 것이었는가를 선생은 이제야 알았을 것이다. 니시자와는 재혼을 생각하고 있을 것이 분명하다, 주부가 없어서는 하루도 유지해 나갈 수 없는 것이다. 그리고 이 집에 시집올 여자의 입장은 성생활을 수반한 가정부일 것이 분명하다.

집으로 돌아오자 세이코가 어머니에게 말했다.

「지금 회사에서 전화가 왔었는데요, 저녁 6시경에 스기타 씨가 오시니까 저녁식사 준비를 하래요.」

「아버지에게서?」

「네.」

술은 있다. 생선을 보고 와야 하겠군. 고기도 사야겠고. 시장에 양배추가 있었다. 우니(雲丹: 성게 젓) 병조림도 있었다. …부인은 머릿속에서 식단을 짜 본다. 식단이 완성되자 따분한 생각이 들어 책상 앞에 앉는다. 이제까지의 오랜 세월, 몇 백 명의 손님을 맞이하여 식사를 만들었던가. 그 끊임없는 노력이 자신의 몸에 무슨 보탬이 되었던가. 다소의 숙련, 오직 그것뿐이다. 뭔가 심하게 쓸데없는 낭비를 해 온 것 같은 기분이다.

오늘 손님은 혼담을 성사시키기 위해서 찾아온다. 부인은 그 혼담을 거절해 버리고 싶다. 그러나 세이코는 시집갈 생각이 있고 남편은 보낼 작정이다. 반대 의견을 가진 부인은 할 말을 못하고 부엌에 서서 그저 요리만 만든다. 싸워 보아도 소용없다. 싸우면 남편은 굽힐지도 모른다. 굽히게 해 봤자 또 다른 좋은 연분을 찾을 따름인 것이다. 부인은 유키코를 만나 보고 싶었다.

저녁때까지 완전히 준비를 갖추었고, 머리를 고쳐 빗고 옷을 갈아입고서 기다린다. 세이코에게도 몸치장을 갖추게 한다. 중요한 중매인이 중요한 이야기를 가지고 오는 것이다. 객실의 꽃을 바꿔 꽂고 향을 피우고 족자를 바꿔 건다. 이 충실함은 오랜 습관이다. 지금은 마음에도 없는 충실성이지만 이렇게 해야 하는 자신의 습관이 오히려 따분하게 느껴졌다.

남편이 귀가하고 나서 10분이 지나자 스기타 씨가 빙글빙글 웃으면서 찾아왔다. 현관에 마중 나가서 아쓰코 부인은 상대방의 의향을 알았다.

치과의사는 얻고 싶다고 말할 것이 분명하다. 혼담은 정해졌다. 객실에 안내하고 정중한 인사를 한 다음 부엌으로 물러가서 술을 데우고 요리접시를 갖춘다. 생선이 익을 동안 일손을 멈추고 있는데, 부인은 이도 저도 모두 집어 던져 버리고 싶은 피로감을 느낀다. 이 집안에, 이 부엌에, 이러한 일 속에, 자신의 기쁨도 행복도 의욕도 무엇 하나 있는 것이 없다. 그저 오랜 타성(惰性)이 자신을 움직이게 하고 있을 뿐이 아닌가. 참을 수 없는 후회가 밀어닥쳐 부인은 머리가 축 늘어진다. 생선 기름으로 풍로 불이 타오른다. 그 빨간 불꽃에 부인의 눈물이 반짝인다.

남편은 특별히 기분이 좋았다. 술을 연이어 재촉하고 아래층에 울릴 만큼 큰소리로 웃었다. 자리에 나간 세이코에게 시켜서 부인에게도 자리에 오도록 말했지만 부인은 일이 바쁘다는 것을 이유로 끝내 2층에 가려고 하지 않았다. 이야기는 듣지 않아도 알고 있다. 2층으로 가면 마음에도 없는 사례 인사를 해야 한다. 그 노력을 오늘 밤은 참을 수 없다는 생각이 들었다.

스기타 씨가 돌아간 것은 10시가 되어서였다. 연달아 쾌활한 인사치레를 늘어놓는 남편의 뒤에서 손님을 보내고, 게타를 신고 문까지 나가자 밖은 봄밤의 으스름달이었다. 아쓰코 부인은 달을 바라보고 문득 길에 멈춰 선다. 뒤돌아보니 오래 살아서 정든 이 집이 지금은 왠지 모르게 따분하기만 하다. 남편은 잔소리를 준비하고 자신을 기다리고 있을 것이 분명하다. 또 세이코의 일에 대해서 언쟁하는 것도 귀찮다. 부인은 어슬렁어슬렁 걸었다. 한바퀴 돌아서 돌아갈 생각으로 길모퉁이까지 가 보았지만, 생각이 바뀌어 그대로 역 쪽으로 서둘러 갔다. 지금부터 잠깐이라도 좋으니 유키코를 만나 보고 싶다. 그녀의 아파트는 전차로 다음 역이다. 다비(足袋: 일본 버선)도 신지 않은 채로 부인은 길을 재촉했다. 집에서는 기다리고 있을 것이 분명하다. 내가 알게 뭐냐는 기분이었다.

아파트를 방문하자 유키코의 방은 즉시 알 수 있었다. 그녀는 잠자리에 들어가서 책을 읽고 있다가 문을 두드리자 잠옷바람으로 일어나서 문을 열었다.

「어머, 어쩐 일이야 엄마가.」

「그냥 와 봤다」 하고 부인은 미소지었다. 「네가 어떻게 지내는지 한 번 와 보려고 생각은 하면서도 바빠서 못 왔다. 지금도 손님을 치르고 가까스로 나온 거다.」

생각보다 정리정돈이 잘되어 있고, 6조(疊) 넓이와 3조 2칸이 살기 좋은 구조로 만들어져 있었다. 꽃을 꽂고 차 도구를 갖춰 놓은 것이 여자다웠다.

「제법 근사하구나」 하고 부인은 창가에 앉았다. 딸은 잠옷 위에 외투를 걸친다.

「홍차라도 내올까요」 하고 미소짓는다.

「아니다, 괜찮아. 다음 번에 천천히 얻어 먹자. 너 담배 피우니?」

「어머 몰랐어요? 회사에서는 전부터 피우고 있었어요」 하고 말한다.

붉은 침구, 하얀 베개, 천장 판자도 청결하고 창문 커튼도 가볍고 밝다. 정리되지 않은 곳은 많지만 뭔지 모르게 자유롭고 경쾌한 분위기다. 부인은 신기한 듯 둘러보고,

「아파트도 의외로 좋은 것 같구나」 하고 말했다. 그대로 일어선다.

「그럼 푹 쉬어라.」

「아니, 벌써 가시려고요?」

「늦었구나. 잠깐 와 보고 싶었던 것뿐이다.」

유키코는 복도까지 배웅하고 나서 문을 닫았다.

유키코에게 하고 싶은 말이 많았지만 부인은 한마디도 말하지 않았다. 경솔하게 말할 수 없다. 그러나 그녀가 사는 모습을 잠깐 보고 뭔가 마음에 와 닿는 것이 있었다. 저 방안에서는 누구의 의사에도 따를 것 없이 어디까지나 자신의 뜻대로 살아갈 수 있을 것 같다. 고독하지만, 그러나 의외로 마음이 풍요로운 일상생활이 가능할 것처럼 생각된다. 그곳에서는 여자에게도 자유로운 생활이 있는 것 같다. 그것을 생각하면 오히려 지금 생활이 답답한 것을 확실히 알 수 있을 것 같은 생각이 들었다.

집에 돌아오자 남편은 아직 차노마에 앉아 차를 마시고 있었다. 세이코는 2층을 치우고 있다. 평소에 없이 열심인 것은 자신의 혼담에 대해서 부모들의 마음을 좋게 해 두자는 계산일지도 모른다. 계산이라기보다도 본능적인 아부일지도 모른다. 부인은 말없이 남편의 옆에 앉았다.

「상대방은 말이야…」 하고 미네조는 즐거운 듯 말하기 시작한다. 술 취한 얼굴에 기쁨의 미소가 밝다. 「아무튼 대단히 마음이 내키는 모양이야. 조속히 오늘부터 목수를 불러 집을 증축하고 있다는 거야. 그러므로 이쪽에서 어떠한 조건을 내걸어도 승낙할 것이니 꼭 좀 부탁한다는 게야. 스기타 씨도 매우 기뻐하며 중매선 보람이 있다고 하더군. 당신도 불만이 있을지 모르지만 이 정도의 좋은 연분은 그리 흔치 않아. 너무 욕심만 부린다고 되는 것도 아니니까 우리 신분에 상응한 것이 가장 좋다 이 말이지.」

아쓰코 부인은 남편의 얼굴을 곰곰이 바라본다. 이것이 30년 가까이 함께 살아온 남편이었느냐고 다시 보는 기분이다. 그러고 보면 둘 사이에 전혀 피의 연결이란 것은 없는 것처럼 보인다. 낯익은 얼굴, 귀익은 목소리. 그저 그것뿐이었단 말인가. 이 건강한 욕망의 애무 속에서 밤마다 살을 맞대어 온 오랜 생활의 역사, 세 아이를 임신하고, 낳고, 키워온 깊은 육체의 연결. 그들은 육체의 연결에 지나지 않을 뿐 마음과 마음이 서로 맞닿은 일은 없었단 말인가.

부인은 어이없는 듯한 고독을 느꼈다. 황야의 한복판에 혼자 멈춰 서서 하늘을 바라보고 있는 것 같은 허전한 기분이었다. 육체가 의존할 곳은 이곳에 있다. 마음이 의존할 곳은 없다. 세이코의 혼담에 반대하는 마음이 욕심쟁이라고 한다. 더욱 조건이 좋은 연분을 찾고 있는 것이라고 말한다. 거기까지 이해를 못해 주는 것이라면 더 이상 아무것도 할 말이 없다. 부인은 남편에게 절망감을 느꼈다.

찻잔을 쟁반에 담아 찻장에 넣어 두려고 세이코가 왔다. 바쁜 듯 소매를 걷어붙인 손이 젖어 있었다.

「세이코, 잠깐만.」 부인은 말했다.

「뭔데요?」

「잠깐만 앉으렴.…넌 시노자키(篠崎) 씨에게 갈 생각이로구나.」

「네」 하고 세이코의 대답은 어머니의 말을 경계하고 있다.

「그래. 아버지가 그게 좋다고 하셨으니까 가는 게 좋겠지」 하고 조용히 말한다. 「가는 것은 네 자유다. 이제 부모의 승낙 같은 건 없어도 자유결혼할 수 있는 시대가 되었으니까 말이다. 난 절대 반대는 하지 않는다. 네 의사에 맡긴다. 다만 말이다, 자신의 의사로 자유로이 결혼하기 위해서는 자신의 일은 자신이 책임지지 않으면 안 된다. 알고 있겠지?」

「알고 있어요.」

「그래, 그럼 됐다. 게이코(敬子)는 네 자신이 적당히 알아서 해라. 네가 낳은 자식은 네가 스스로 책임져야 할 것이다. 알았지! 나에게 떠맡기고 제멋대로 시집가겠다는 생각은 잘못된 것이다. 나는 이제부터 외손녀를 키우는 것은 못하겠다. 내 말은 그뿐이다.」

이것은 준엄한 선언이었다. 세이코는 답을 할 수가 없다. 아쓰코 부인은 남편의 힐책을 각오하고 돌부처처럼 미동도 하지 않았다.

오랜 침묵이 있은 후 남편은 조용한 말투로 입을 열었다.

「도대체 어떻게 하라는 게야. 세이코에게 스스로 알아서 하라고 하지만 어떻게 하면 된다는 거지. 저쪽으로 자식을 데리고 들어갈 수는 없는 노릇이고. 미스지마(水島)에게서는 일단 이쪽으로 데리고 와 버렸으니 이제 와서 되돌려준다고 할 수도 없는 일이잖아. 어떻게 조치하면 되는 거야?」

「그것은 세이코에게 물어볼 말이죠. 나에게 물으면 그걸 어떻게 알아요?」

「세이코는 대책이 없잖아」 하고 미네조의 목소리에 비로소 노기가 띠었다.

「세이코에게 대책이 없으면 그럼 내가 키워야 한다는 거예요?」 하고 부인은 어디까지나 냉정하다.

「바로 그거야, 당연하지 않은가」 하고 남편은 세상의 상식대로 나온다. 아내는 그 상식과 싸우고 있는 것이다.

「그것이 당연하다구요?」

「당연하지! 그렇게 하지 않으면 재혼 못하잖아.」

「그럼 재혼하지 않으면 되잖아요. 자신이 낳은 자식에 대한 책임까지 내던지고 재혼하는 것은 잘못이예요. 무슨 일이 있어도 가야겠다면 데리고 들어갈 수 있는 곳을 찾는다든가, 양녀로 보내고 양육비를 보낸다든가, 어쨌든 자신이 책임을 져야 하는 거죠. 부모가 있으니까 부모에게 의존한다는 그런 제멋대로의 말을 하지만 부모가 없었다면 모두 세이코가 해야 하는 일이죠. 그러는 쪽이 훨씬 당연하죠. 우리들은 자식에게는 책임이 있어요. 그러나 손녀에게까지는 책임이 없습니다.」

「그런 말을 하다니, 당신은 세이코가 불쌍하다고 생각지 않소」 하고 남편은 점점 더 성낸다. 이론보다는 감정론으로 아내에게 대항한다. 세이코는 찻장 앞에 앉은 채 미동도 하지 않는다.

「불쌍하고 말고요.」 부인은 온순하게 끄덕였다. 「불쌍하게, 운이 나쁜 딸이라고 생각해요. 도와주고 싶다고도 생각하죠. 하지만…당신은 이해할 수 없을 거예요.」

「무엇을 이해 못해」 하고 남편은 캐묻는다.

더 이상은 말해도 소용없다. 남편은 부인의 답답한 심정을 이해 못하는 것이다. 남편은 이 가정 생활을 행복한 것이라고 믿고 있다. 이 가정의 불행을 말해 보아도 남편에게는 이해가 안 된다. 부인은 참을 수 없는 고독감을 느끼고 두 손으로 얼굴을 가렸다. 뭔가 넓은 세계가 있었으면 한다. 자유롭고 평온한 세계가. 습관이나 규칙이나 정리나 책임이나 애정이나, 그러한 것에 둘러싸인 답답한 장소에서 도피하여 아무것도 없는 곳으로 가고 싶다.

이 몇 개월 동안 가슴속에 쌓이고 쌓여온 의혹과 불만과 불쾌감 등이 소용돌이쳐 토할 것 같은 기분이었다. 지금 말을 하면 냉엄한 말이 되어 버릴 것이다. 추궁하는 말이 되어서 돌이킬 수 없는 것을 말해 버릴 것이다. 부인은 이를 악물다시피 해서 참았다.

「좋아!」 하고 남편은 취한 얼굴로 말했다. 「당신이 끝까지 싫다고 한다면 게이코는 내가 키우지. 그게 당연하지.」

얼굴을 가린 부인의 손가락 사이로 눈물이 흘러내렸다. 헤어지자. 이 남편과 헤어지자! 별안간 그 말이 부인의 가슴에 떠올랐다. 헤어질 수밖에 달리 살길은 없다. …그 생각에 부인은 스스로 깜짝 놀랐다. 헤어져? …그런 일이 있을 수 있을까 하고 생각할 만큼 멀리 있는 것으로만 느껴졌다.

헤어진다? …그런 일이 있을 수 있을까, 하고 부인은 생각한다. 평소와 다름없이 잠자리를 나란히 하고 남편은 옆에서 잠들어 있다. 술 마신 후의 코고는 소리가 요란하다. 귀에 익은 코고는 소리다. 이 남편과 헤어진다는 것이 있을 수 있을까. …남편은 타인이 아니었다. 벌써 같은 방에서 밤에 함께 자는 것도 30년에 가깝다. 그 골격의 하나하나, 그 손가락의 감촉, 그 근육의 하나하나까지도 부인의 몸은 모두 다 기억하고 있다. 이 남편의 옆에서 자야만 자신은 완전했던 것처럼 생각한다. 남편이 없는 집에서 잤을 때 얼마만큼 고독하고 맥없는 사람이 될까. 헤어질 수가 없다고 생각한다.

육체의 연결도 지금에 와서는 생명의 연결과 같다. 갈라낼 수 없는 것이다. 육체의 의리라는 것도 있을 것이 틀림없다. 낡고 낡은 부부생활의 공통된 역사를 많이 축적하고 있는 두 사람의 육체는 그 역사와 함께 공통된 것이다. 남편은 남편 혼자가 아니고, 아내도 아내 혼자가 아니다. 그 융합 속에 생활의 행복이 걸려 있다. 여자의 행복도 거기에 하나의 한계를 가지고 있다.

그렇다면 이 남편과 절대로 헤어질 수는 없는 것일까. 육체의 행복은 그 자신이 한계를 가지고 있는 것 같다. 아키코 부인은 7

명의 아이를 낳았고 8명째를 잉태할 정도로 육체적으로는 완전한 행복을 가지고 있었던 것처럼 생각된다. 그녀의 행복의 한계는 거기까지밖에 없었다. 그 한계는, 즉 그녀의 생명의 한계이기도 했다.

육체의 조건만을 분리해서 생각한다면 확실히 부인은 완전한 행복이고 평화였던 것처럼 생각된다. 그러나 그와 같은 행복을 유지하기 위해서 부인이 얼마만큼의 희생을 20여 년에 걸쳐서 지불해 왔는지. 그것을 합쳐 생각한다면 지불하는 쪽이 훨씬 많았던 것처럼 생각한다. 기타 일체의 것을 버리고 육체의 행복에만 봉사해 온 것처럼 생각한다. 그렇기 때문에 지금에 와서는 육체를 버리기가 어려운 것이 아닐까.

헤어져서는 안 되는 이유는 그 밖에도 또 있다. 세상에 대한 겸손, 자신에 대한 세평(世評), 아이에 대한 책임, 남편에 대한 의리. 그러나 그러한 것들은 일단 극복해 버리면 그 후는 어떻게든지 해결할 수 있는 일인 것이다. 육체의 행복은 그것을 내버릴 작정이라면 헤어질 수 없는 것은 아니다.

헤어지려고 생각하면 헤어질 수 있다. …아쓰코 부인은 두 손을 가슴 위에 놓고 심장의 움직임을 세고 있었다. 헤어질 수는 있다. 이제 자신의 육체는 남편의 애무를 필요로 하지 않는다. 그런 본능적인 요구보다도 더욱 강한 희구는 자기 마음의 자유, 자기 자신이 이 속박에서 해방되고 싶은 마음이다. 남편은 코를 골고 잠들어 있다. 어둠 속에서 그걸 들으면서 아내는 이 남자와 헤어지는 것을 생각하고 있었다. 자기 혼자가 되어서 그 후의 생활이란 것은 상상할 수도 없다. 무엇이 있을까. 무엇을 하면서 날마다 살면 좋을까. 그러나 그러한 의혹을 초월해서 어쨌든 이 집을 떠나야 한다는 생각이 있었다. 세이코를 재혼시키고, 손녀를 떠맡고, 니시자와 일가를 돌본다. …부인의 생활은 그 속에서 짓이겨져 버릴 것은 뻔하다. 이대로 생애를 끝내고 싶지 않다. …부인은 구원을 청하면서 무덤구덩이에서 기어오르려고 하는 사람처럼 애타게 가쁜 숨을 내쉬었다.

다음날 아침 미네조는 아내에게 말했다.

「당신 오늘밤 스기타 씨 댁에 인사차 다녀오구려. 뭔가 선물을 가지고 말이야. 모처럼 그만큼 애써 주었는데 아무 인사도 안하면 안 될 테니까.」

아쓰코 부인은 오후에 과자 상자를 사서 준비하고 상자에 든 손수건까지 사서 저녁때 인사하러 갔다. 한 마디도 반항하는 일 없이 이제까지의 충실한 아내의 모습으로 되돌아가서 인사치레를 마치고 돌아왔다.

그 다음날은 세이코의 상대방인 시노자키 나오지(篠崎直二)가 방문한다는 스기타 씨의 통지로 또다시 저녁 준비를 갖추고 술을 사다 놓고 부엌에 섰다. 이제까지의 관례와 조금도 다름없이 온갖 방법을 다한 응대였다. 남편은 그와 같은 아내에게 만족하고 지난 밤의 언쟁을 잊고 있었다. 이야기는 결정됐다. 결국 세이코도 무사히 재혼하고 그 딸은 집에서 떠맡게 되는 것으로 남편은 믿고 있었다.

다음날 아침에 그가 출근할 때도 부인은 평소와 마찬가지로 현관까지 배웅했다. 아키코 부인의 죽음과 수혈로 인한 피로는 완전히 회복되어 생활은 본래의 궤도에 오른 것처럼 보였다.

다카마쓰 미네조는 저녁때 평소와 다름없이 돌아왔다. 저녁 준비를 하고 있던 세이코를 향해서,

「엄마는 나가셨니?」 하는 말을 하고 그대로 2층으로 올라갔다.

책상 위에 하얀 봉투가 놓여 있다. 봉투에는 아무것도 쓰여 있지 않았다. 그는 손에 들고 속 편지지를 꺼내 보았다. 생각지도 않은 아내가 써 놓은 편지였다.

"여러 가지로 생각한 것이 있어서 잠시 별거해야 하겠습니다. 급한 대로 유키코가 있는 곳으로 갑니다. 그 후의 일은 따로 생각하고 있지는 않습니다. 오랫동안의 은혜는 깊이 감사하고 있습니다. 더 이상의 부탁은, 제발 나를 잠시 동안 자유로이 내버려두셨으면 합니다. 만류하지 말아 주십시오. 여러 날을 생각한 끝에 이렇게 할 수밖에 없었던 것입니다. 이대로 그냥 헤어진다는 것은 난 생각하고 있지 않습니다. 세상에 대해서, 자식에게 대해서, 또 당신에게 대해서도 그것은 도저히 할 수 없는 일입니다. 다만 이대로 잠시 별거해 주십시오. 그것만이 소원입니다. 또한 가끔 방문도 하겠습니다. 부디 제멋대로의 행동을 용서해 주십시오…."

미네조는 이해가 안 되었다. 그는 편지를 펴든 채 책상 위에 걸터앉았다. 어떻게 된 일인가 하고 생각한다. 세이코의 혼담에 반대하고 게이코를 떠맡는 것에 반대했다. 단지 그만한 일로 아쓰코가 집을 나간다는 것은 이유가 너무 박약하다. 그 밖에 무엇이 있었단 말인가. 생각에 짚이는 일이 없다. 가정은 행복하고 수입은 생활하는 데 충분하고, 자신은 충실한 남편이다.

  정원에는 해가 지고 있다. 벚꽃이 진다. 그는 망연자실해서 책상에 걸터앉은 채 바라보고 있었다. 이 집안에서 아쓰코가 없어진다. …그런 바보 같은 일이 있나! 하고 생각하며 욱 하고 화가 치밀었다. 좋은 나이가 되어서 여자란 도대체 무엇을 생각하고 있는지 모르겠다는 생각이 들었다. 심한 배신감이 느껴진다. 바람 한 번 피우지 않고, 외박하는 일이 있는 것도 아니고, 자신이 충직한 남편이라고 확신하고 있는 만큼 아내의 배신이 느껴진다. 용서할 수 없다는 것이 미련이다. 미련이라기보다도 한쪽 팔을 잃은 것 같은 아픔과 고독을 느꼈다.

육체의 경험

자동차에서 내려 경사진 좁은 언덕길을 내려가자 바다 냄새가 코를 찌르고 하얀 파도가 건물 초석에 밀려온다. 뒷산에는 귤꽃이 향기롭고, 숲 속에서 꾀꼬리가 운다. 미나미이즈(南伊豆)는 벌써 초여름의 화창한 날씨다. 배낭을 등에 메고 앞 바다 멀리 망망한 대해에 이즈(伊豆)의 큰 섬이 있고 미야케지마(三宅島), 시키네지마(式根島) 등이 보인다. 아타가와(熱川)온천에서 목욕하고 나서 점심은 유카타(浴衣) 바람으로 테이블에 앉았다.

「되게 한산해졌구먼. 이제 걷기도 싫어지고」 하고 발을 뻗고 팔베개를 한다.

「안 돼요 선생님. 난 예정대로 행동하는 주의예요」하고 유키코가 말한다.

「그것이 자네의 나쁜 버릇이야. 자네는 무엇 때문에 건뜻 하면 예정을 세우지. 그 앞의 앞까지 예정을 세우고 정확히 하는 편이지. 그런데 말이야 인생이란 놈은 예정대로 가지는 않아. 예정대로 안 가기 때문에 재미있는 것이지.」

「설마 예정대로 안 가니까 예정이 필요 없다는 것은 아니겠죠. 예정대로 안 가니까 더한층 예정이 필요한 거죠. 아무튼 걸읍시다」하고 유키코는 고쳐 앉는다.

「곤란한 사람이군. 이번 여행은 예정이 없어. 며칠간 묵어도 상관없고 어디를 가도 상관없단 말이야. 어때 오늘은 여기서 묵도록 하지」하고 류키치는 담배연기로 동그라미를 만들어 뿜어낸다. 유카타가 짧아서 옷자락에서 정강이 털이 나와 있다.

유키코는 그 정강이 털을 보지 않으려고 창 밖으로 바다를 바라본다. 바닷가의 바위에 무성한 동백나무가 꽃을 피우고 있다. 그 꽃이 질 때에는 밀려오는 하얀 파도 위에 질 것이 틀림없다. 건조 때 같으면 물가의 모래 위에 사쿠라가이(櫻貝: 꽃조개)와 나란히 빨갛게 흐트러져 있을 것이다.

「걸어요. 숙소에 있어 봤자 아무 소용 없어요」하고 유키코는 자꾸만 걷기를 주장한다.

숙소에서 류키치와 마주보고 있으니 답답해서 견딜 수 없는 것이다. 하얀 먼지 나는 길을 걷고 있으면 답답한 심정에서 잠시 동안 피해 있을 수 있다.

「왜 자꾸 그렇게 걷고 싶어하지? 느긋하게 편안히 누워 있으면 좋잖아.」

「안 돼요. 위험⋯.」

「위험하다는 건 뭐야?」

「선생님이 위험해요」 하고 솔직하게 말했다.

「어째서?」

「결혼하자고 말씀하실 테니까.」

「뭐야. 그런 거였나. 청혼하면 안 되나?」

「사양하겠요. 난 아직 당분간 혼자 있고 싶어요. 아파트에서의 독신 생활이 즐겁거든요」 하고 미소짓는다.

어제 밤늦게 어머니가 느닷없이 찾아온 것이 생각났다. 와서 즉시 돌아갔지만 그때 어머니의 안색이 왠지 모르게 쓸쓸해 보였다. 자신이 집을 나왔기 때문에 어머니가 아버지에게 책망듣고 마음 아파하시는 것 같아서 미안하게 생각하고 있었다.

일어나서 회색바지를 입었다. 칸막이 그늘에서 블라우스를 입는다.

「어서 출발합시다」 하고 조용히 말했다.

「잔혹한 사람이군.」 류키치도 일어난다. 「사람이 기분 좋게 잠이 오고 있는 것을⋯.」

성큼 가까이 오더니 뒤에서 어깨를 끌어안았다. 그러자 쏙 빠져 도망친다. 뒤돌아보며 웃었다.

「위험, 위험. 빨리 나갑시다」하고 벨을 누른다.

류키치는 버티어 선 채 태평하게 웃고 있다.

하얀 먼지가 나는 길이 길게 이어진다. 왼쪽에 바다가 푸르게 펼쳐지고 오른쪽은 낮은 산기슭의 구릉이 기복을 이루고 있다. 길 양쪽에 띄엄띄엄 집이 흩어져 있다. 말은 마른 해초를 등 가득히 싣고 걸어가고 있다. 비료를 만들기 위한 것이다. 말이 보이지 않을 만큼 하늘 높이 짙어지고 있다. 말발굽 소리에 섞여서 꾀꼬리가 운다. 길가의 숲 속 가까이에서 운다. 류키치는 오른손에 지팡이를 들고 왼손을 유키코의 팔에 끼웠다.

「즐거운가」하고 말한다.

「물론 즐겁죠」하고 솔직하게 답한다. 하얀 운동모자 밑에 표시 안 나게 가벼운 약간의 화장을 한 얼굴이 땀에 젖었고 입술은 산의 동백꽃처럼 빨갛다. 밤색으로 반짝이는 눈동자가 아주 청결하고 어린애의 눈처럼 맑다. 벌어진 옷깃 사이로 하얀 가슴이 보인다.

히가시이즈(東伊豆)의 해안에서 이마이하마(今井濱)만큼 아름다운 곳은 없다. 그림처럼 정돈된 아오마쓰(青松) 백사장의 작은 만(灣)이 두 개 나란히 있고 물가의 바위는 파래가 선명한 녹색(鮮綠色)으로 반짝이고 있다. 해변의 젊은 여자가 김을 긁어 내고 있다. 그 하얀 발을 파도가 핥듯이 씻고 지나간다. 미하라(三原)산에서 뿜어내는 연기가 희미하게 먼 하늘로 피어오른다.

발이 빨갛고 작은 게가 기어다니는 모래에 두 사람은 앉아서

쉬었다. 류키치는 담배를 피워 물고,

「마치 무대의 배경 같은 백사장이로군」 하고 말했다.

「그렇군요. 여기에 달이 뜨면 곤지키야샤(金色夜叉: 오자키 고요〈尾崎紅葉〉의 소설로 근대화된 메이지 시대의 출세주의와 문명개화의 분위기를 드러낸 작품)가 되겠네.」

「난 그런 끈질긴 연애는 싫거든. 애정이란 것은 자연히 성장해서 자연히 맺어지는 것이 아름답지. 간이치(貫一) 같은 남자는 그로테스크하다 이 말이지. 상대방이 싫다는데 잔소리해도 소용없지 않은가.」

「내가 싫다고 말한다면?」

「그것으로 끝나는 거지 뭐!」 하고 오쓰카 선생은 내뱉듯이 말했다. 「이제 그만 걸을까?」 하고 일어섰다.

뭔가 마음에 남는 것이 있었다. 잊을 수 없는 말이다. 「그것으로 끝나는 거지 뭐.」 그렇게 담담하게 애정을 간단히 해치워 버려도 되는 것일까. 유키코는 약간 피로해서 배낭을 짊어졌다. 류키치는 휘파람을 불며 앞장선다. 이 사람과 좀더 많이 이야기를 해 보고 싶은 생각이 든다. 결혼하고 싶다고는 생각지 않는다, 그러나 애정의 연결은 잃고 싶지 않은 것이다. 그 마음의 모순은 자신도 잘 알고 있다. 알고 있지만 어머니처럼, 언니처럼, 아키코 이모처럼 결혼의 비극을 경험하고 싶지는 않은 것이다.

모래를 밟고 류키치의 어깨가 눈앞을 지나간다. 유키코는 그 어깨넓이를 보면서 뒤따른다. 이 어깨에 자신의 몸이 끌려가는 것 같은 느낌이 들었다. 뒤에서 바닷바람이 뒤쫓아온다. 소나무 가지가 바람소리를 낸다.

큰길로 나와 버스를 타고 그날 밤은 미네(峯)온천에 숙박하기로 했다. 창포(菖蒲)의 명산지로 논에 보랏빛 꽃이 많이 피어 있다. 숙소는 낮은 언덕 아래며 이 작은 마을에 황혼의 등불이 켜지기 시작하고 있었다.

유카타로 갈아입고 하루의 땀을 욕조에서 씻고 활작 열린 창가에 놓인 식탁에 자리잡자 오쓰카 류키치는 느긋하게 맥주를 마신다. 침착한 사내의 모습이다. 그 사내의 압도적인 크기를 유키코는 느끼면서 조용히 수저를 움직여 푸른 누에콩(잠두콩)을 하나씩 집는다. 자신의 육체에 충만해 있어야 할 저항력이, 자위의 본능이 지금은 이상하게 어쩐지 불안한 마음이었다.

식사를 마치자 류키치는 밖을 거닐어 보자고 말했다. 밖에는 볼 만한 것도 없고 번화한 거리도 없다. 오직 개구리 울음소리와 시원한 밤바람이 있을 뿐이다. 그러나 두 사람에게는 오히려 그 편이 좋았다. 숙소의 게타 끈이 아픈데도 걸치고 밖으로 나가자 바로 앞에 논두렁길이 있었다. 유키코는 들고 나온 숙소의 부채로 가슴 근처를 부친다.

「길이 나쁜데」 하고 말하며 류키치는 그녀의 팔을 잡았다. 따뜻한 팔이다.

「나, 무서워요.」

「뭐가?」

「하지만 어두운 걸요.」

「그래, 어두워서 무섭다는 건가?」

「그럼 뭐라고 생각했어요.」

「내가 무섭다는 것으로 알았지.」

「선생님은 전혀 무섭지 않아요.」

「거짓말하지 마.」

「정말이에요.」

「그럼 왜 떨고 있는 거지?」

「싫어요, 그런 말.」

「사실은 무서운 거지.」

「하기야 남자는 무섭죠. 능글맞은 걸요.」

「능글맞아? 내가 그런가.」

「그럼요, 능글맞죠. 난 어쩐지 속고 있는 듯한 기분이에요.」

「무엇을 속는다는 거지?」

「여행에 가자고 하구, 무슨 속셈이 있었던 거예요.」

「물론이지. 자넨 그 속셈을 눈치채지 못했나?」

「눈치챘어요. 당연하죠.」

「눈치채고 왜 따라나섰지?」

「하지만, 오고 싶었는 걸요.」

「그럼 됐잖아.」

「안 돼요, 선생님 능구렁이.」

「그래 능구렁이라고 해 두지. 그게 어떻다는 거야?」

육체의 경험 | 167

「미워….」

「미우니까 어떻다는 거지?」

「싫어. …나, 피곤해요. 쉬고 싶어요.」

개울의 다리 난간에 두 사람은 나란히 기댔다. 류키치의 팔이 유키코의 어깨를 안고 있다. 안긴 어깨가 남자의 팔 안에서 수축되는 것 같은 기분이었다. 머리카락이 남자의 볼에 닿는다. 귓불에 닿는다. 유키코는 눈을 감고 난간을 붙잡고 있었다. 붙잡고 있지 않으면 쓰러질 것만 같은 느낌이 들었다. 남자의 수염 난 얼굴이 볼에 닿는다. 개구리가 자꾸만 울어댄다. 그 소리가 먼 것인지 가까운 것인지 분간할 수가 없었다. 그가 어깨를 격렬하게 끌어안았다. 무엇을 당했는지, 무엇을 했는지 도무지 알 수가 없었다. 다만 숨이 가빠서 눈앞이 캄캄했다. 눈앞이 캄캄해서 쓰러져 갔고 그렇게 가만히 있었다.

제정신이 들자 완전히 남자의 품속에 자신이 안겨 있었다. 그녀는 가슴을 펴고 그 답답함 속에서 빠져 나왔다. 자신의 입술이 무엇을 했는지, 무엇을 당했는지 생각나지 않았다. 망막한 먼 추억을 더듬듯이 어설픈 심정이었다. 열병에 걸려 신음하듯이 이성을 잃고 있었다. 하얀 부채가 손에서 미끄러져 땅에 떨어졌다. 유키코는 몸의 안정을 잃고 또다시 쓰러져 갔다. 류키치의 팔이 조임목처럼 그녀를 조여 받쳤다. 입술에서 온몸의 혈액이 빨려 들어가는 것처럼 느끼면서 유키코는 죽은 사람처럼 남자의 팔 안에서 정신을 잃고 있었다.

숙소에 돌아오자 방에는 모기장이 처져 있었다. 4월인데도 이곳에는 벌써 모기가 나타나는 것이다. 모기장 안에 이부자리가 두 채 나란히 펴져 있다. 모기장이 너무 작아서 이부자리 두 채 사이엔 틈이 거의 없었다. 방안의 분재에는 보랏빛 창포 꽃이 두 송이 보기 좋게 피어 있다. 멀리서 개구리 울음소리가 2층 창문까지 흘러온다. 류키치는 말없이 모기장 안으로 들어가자 벌렁 눕더니 얼굴 위에 부채를 올려 놓았다. 잘 작정인 것 같다.

유키코는 창문에 걸터앉아 거리의 노란 등불이 반짝이는 것을 바라보았다. 지금 여기서 도쿄는 멀다. 이곳엔 오쓰카 류키치뿐이다. 후회해야 하는 것인지, 후회하지 않아도 되는 것인지 모르겠다. 믿었던 이성이 이상하게 약해져 버려서 자신을 믿을 수가 없었다. 자신의 약한 마음을 깨닫는다. 그것이 최초의 발견이었다. 자신이 약하다고 깨달았을 때 자신이 여자라는 것을 깨달았다. 여자라는 것이 슬프고 그 슬픔이 오히려 기쁜 것이다. 이 약한 것에 의존하고 약한 것에 응석부려 보고 싶다. 돌아다보니 류키치는 가만히 있었다. 벌써 잠든 것 같다. 안도의 숨을 내쉰다. 그대로 잠들면 무사할 거라고 생각했다.

모기장 자락을 돌아서 살그머니 자신의 잠자리에 들어갔다. 방안은 희미하게 어둡고 하얀 모기가 창유리에 부딪히고 있다. 베개에 한쪽 팔꿈치를 짚고 남자의 자는 모습을 들여다본다. 잠들어 있는 것 같다. 잠든 것이 틀림없다고 생각한다. 그렇게 생각하면서 왠지 확인하지 않고는 있을 수 없었다.

「잠드셨어요?」

얼굴에 올려놓은 부채 밑에서,

「잠이 오질 않아」 하고 괴로운 듯한 목소리가 들렸다.

「나도 잠이 올 것 같지 않아요.」

「어째서?」

「선생님이 다른 방으로 가세요.」

「싫은데」 하고 류키치는 튕기듯 답했다. 동시에 그의 팔이 유키코의 어깨에 엉켜 왔다.

「이쪽으로 와요.」

그녀는 머리를 저었다. 머리를 저으면서 끌려가는 자신이 이상하게 고분고분해진 것을 느꼈다. 저항력이 없어진 자신을 확실하게 의식하면서도 저항할 힘이 나오지 않았다. 그녀는 소리도 내지 않고 울었다. 그 젖은 볼에 닿자 오쓰카는 어둠 속에서 여자의 하얀 얼굴을 물끄러미 내려다보았다.

「울고 있는 거야?」

「싫어요. 선생님. 난 결혼 같은 것은 하지 않아요. 결혼은 싫어요.」

「내가 싫은 건가?」 하고 류키치는 냉정하게 말했다.

「그게 아니에요. 선생님을 몹시 좋아해요. 선생님을 사랑하고 있는 걸요. 내가 무슨 일을 당해도 괜찮아요. 기쁜 걸요. 하지만 결혼 같은 건 싫어요. 선생님은 결혼하고 싶은 거죠?」

「사랑하고 있다면 결혼해도 되잖아.」

「싫어, 싫어, 싫어요! 결혼하지 않겠다고 약속해 주세요. 빨리, 약속해요!」

「약속하면 어찌 되나?」

「약속하시면 돼요, 그러기만 하면 돼요. 꼭요! 나 선생님 사랑하고 있어요.」

여자의 두 팔이 류키치의 목에 감겨 왔다. 류키치는 여자의 복잡한 감정에 말려들어 가슴이 답답한 느낌이었다. 유키코는 복잡한 의식 속에서 눈물을 흘리며 남자의 가슴에 하얀 피부를 댔다.

아침이 왔다. 두 사람은 또다시 배낭을 등에 지고 이틀째 여정에 들어섰다. 오늘은 시모다(下田)에서 숙박할 예정이다.

미나미이즈(南伊豆)의 밝은 햇빛 때문만이 아니라 다카마쓰 유키코에게는 눈부신 날이었다. 눈에 비치는 것은 모두가 눈부셨다. 길에서 만나는 사람들, 스쳐 가는 생판 타인까지도, 모두가 어젯밤 자신의 행동을 알고 있는 듯한 느낌이 들었다. 스치며 흘깃 쳐다보는 눈초리는 분명히 두 사람의 관계를 보통 사이가 아니라고 생각하는 것 같았다. 유키코는 얼굴을 들 수가 없다. 하얀 먼지가 나는 길에 시선을 떨군 채 묵묵히 류키치의 뒤를 따라갔다. 마치 수갑이라도 채워져 끌려가는 죄인이 된 것 같은 심정이었다. 마음은 어둡지 않다. 밝은 것인지 어두운 것인지 짐작이 가지 않았다. 혼란하고 거친 파도에 휘말리면서 뭔가

육체의 경험 | **171**

붙잡을 것을 찾고 있는 듯한 심정이었다.

　잘 처지기 쉬운 그녀를 생각한 류키치는 발걸음을 늦추고 살며시 다가가서 속삭였다.

「후회하고 있는 건가?」

　유키코는 모자 밑에서 살짝 머리를 옆으로 저었다. 후회는 하지 않는다. 오히려 어제보다 더한층 오쓰카 선생을 사랑하고 있는 것처럼 생각한다. 그를 뒤따라가면서 길가는 사람들이 쳐다보는 부끄러움 속에서조차 일종의 기쁨, 간지러운 듯한 기쁨을 느끼지 않는 것은 아니었다.

　그녀는 어떤 것을 잃었다. 그토록 소중하게 여기던 것을. 그러나 그 잃은 것을 아깝다고는 생각지 않았다. 오히려 잃었다기보다는 졸업한 것 같은 기분이었다. 어린이 시절에서 어른 시절로 느닷없이 뛰어든 것 같았다. 렌다이지(蓮台寺) 거리에 들어서자 정오가 가까운 한낮의 길을 상인의 아내나, 게이샤(藝者: 일본 기생)나, 검정 깃을 단 나카이(仲居: 요릿집 하녀) 같은 여자들이 스쳐 지나갔다. 그런 '어른' 여자들을 보자, 그녀들의 밤 생활이 어떠한 거라는 것을 갑자기 이해할 수 있었다. 유키코는 인간 사회를 비로소 알게 되었다고 생각했다. 그리고 '여자'의 정체를 찾아냈다. 어머니에게도 그와 같은 생활이 있다. 언니인 세이코에게도 그것이 있다. 전날 죽은 니시자와의 이모에게도 그런 생활이 있다. 그것을 중심으로 여자의 생활이 있는 것이었다.

　예민한 감수성과 직감으로 그녀는 많은 것을 느끼고 모든 장래를 더듬어 보았다. 그녀는 어떤 것을 잃고 그 대신에 어떤 것을 얻었다. 이 얻은 것은 중대한 것이었다. 오늘까지의 유키코는 하나의 막다른 골목에 서 있었다. 처녀의 길의 막다른 골목이다. 그대로는 뚫고 나갈 길은 없었다. 그리고 지금 새로운 길의 출발점에 서 있다. 이 길은 영원한 미래로 통한다. 새로운 그녀의 인생이 여기서부터 전개되어 나가는 것이다. 그와 같은 인생의 출발점에 서서 어떻게 걸어 나가면 되는지 짐작이 안 되었다. 경솔하게는 걸어 나갈 수 없는 일종의 공포가 있었다.

그날 밤 시모다(下田)의 숙소에 도착했을 때 그녀는 얼굴을 돌린 채 류키치에게 말했다.

「오늘은 다른 방을 쓰겠어요.」

류키치는 반대하지 않았다. 그는 흠 있는 것으로 해 달라고 말했던 유키코의 감정과 결혼하지 않는다고 약속하게 했던 그녀의 말을 생각해 보고 있었다. 애정의 책임을 지키려고 하는 그의 성의가 배신당한 것 같은 따분한 생각이었다.

시모다항(下田港)에서는 배로 오지마(大島)를 돌아서 도쿄로 향했다. 동쪽의 맞바람으로 배의 속도가 느리고 파도가 높았다. 다소의 배 멀미에 식욕을 잃고 유키코는 거의 선실에 누워만 있을 뿐이었다. 배는 파도가 강한 모도무라(元村)를 피해서 오카다무라(岡田村)에 당도하여 오지마에서 돌아가는 손님을 태우고 다시 출항했다.

오쓰카 류키치는 시모다에서 귤을 사 갖고 와서 껍질을 까 주기도 하고 사이다도 가져오기도 하며 애오라지 애정의 책임을 지키려는 친절함을 보여 주고 있었다. 그러나 유키코는 오히려 그의 친절을 귀찮게까지 생각하고 있었다. 남자가 애정의 책임을 진다는 것은 결혼을 추구한다는 것일지도 모른다. 그 결혼을 유키코는 희망하고 있지 않은 것이다. 오히려 혼자 선실에 있게 내버려두었으면 좋겠다는 생각이었다.

그녀는 소파에 누워 흔들리는 배에 몸을 맡기면서 여러 가지 생각에 잠겨 있었다. 처음으로 열린 육체의 문전에 서서 장래를 생각해 보는 것이었다. 그때 그녀는 문득 큰 의혹을 느꼈다.

니시자와 이모의 생활을 여성의 지옥이라 부르고 언니나 어머니의 결혼생활을 가리켜 '성생활이 수반된 가정부 생활'로 단정하고 이들의 불행에서 여성을 해방시켜야 한다고 믿고 있었다. 그 일에 대해 큰 의혹이 생겨난 것이다.

니시자와 이모의 일곱 아이들에게 둘러싸여 가난하고 바쁘고 마음의 휴식을 취할 틈도 없는 생활. 만약에 그것이 진짜 불행이라면 왜 이모는 그같이 밝고 태연하게 일상을 지낼 수 있었을까. 그리고 이모와 같은 입장인 수많은 여성들은 왜 당연한 얼굴을 하고 살아가는 것일까. 거기에 비밀이 있었던 것이다. 거기에 육체라는 것의 큰 비밀이 있었다. 아아! 육체의 쾌락을 안 여자에게 일상생활상의 행복이라든가 불행이라든가 하는 것은 이제 존재하지 않는 것은 아닐까. 육체란 그와 같이 행, 불행을 초월한 강렬하고 무참한 것은 아닐까.

거기에 비밀이 있었다. 처녀 시절에는 아무리 생각해 보아도 찾아낼 수 없는 비밀이 있었다. 그리고 이 비밀 속에 바로 진짜 복잡한 인생의 모습이 있었던 것이다. 그녀는 구약성서 창세기의 구절을 생각해 내고 그 깊은 뜻을 비로소 깨달을 수 있었다.

— 아담이 가로되 「그대가 주셔서 나와 함께하게 하신 여자 그가 그 나무 열매를 내게 주므로 내가 먹었나이다」 하고,

— 내가 너에게 잉태하는 고통을 크게 더 하리니 네가 수고하고 자식을 낳으리라. 또 그대는 남편을 사모하고 남편은 그대를 다스릴 것이니라.

— 땅은 그대 때문에 저주를 받으리. 그대는 일생 동안 고생해야 그 산물을 먹으리라. 땅은 가시덤불과 엉겅퀴를 그대를 위해 살릴 것이니라.

— 아담이 그 아내의 이름을 이브라 이름하였느니라. 그는 모든 살아 있는 것의 어미가 됨이더라.

— 아담이 그의 아내 이브를 알게 되니 그가 잉태하여 카인을 낳으리다.

신은 에덴 동산의 두 사람이 알게 된 육체의 쾌락을 또다시 금하려고 하지는 않았다. 금할 수 없는 것이었던 것이다. 그 쾌락을 인간에게 허용하고 또한 대상(代償)으로서 많은 저주를 내리셨다. 인간은 신의 저주에 고통을 받으면서도 결코 육체의 쾌락을 버리려고는 하지 않았다. 이것이 인생이란 것이었다.

지금 그녀는 이브처럼 지혜의 나무열매를 먹고 그 벌거숭이임을 알았다. 이브가 신을 피하여 동산의 숲 속에 몸을 숨긴 것과 마찬가지로 그녀는 손수건을 머리 위에 올려 놓아 사람들의 시선을 피하려고 하는 것이었다.

오쓰카 선생은 먼 길을 돌아서 역까지 배웅해 주었다. 헤어져서 역을 나오자 벌써 거리는 밤이 깊어가고 있었다.

혼자가 되자 유키코는 무거운 한숨을 내쉬었다. 지금 자신이 혼자라는 것을 가슴이 아플 만큼 절실히 느꼈다. 오늘까지 그녀는 그러한 여자는 아니었다. 어떠한 고독 속에 있어도 고독을 괴롭게 생각하는 일은 없었다. 오히려 고독을 즐기는 편이었던 것이다. 그녀는 배낭을 짊어지고 어두운 길을 조용히 걸어갔다. 이유는 확실치 않지만 어쨌든 자신이 뭔지 모르게 비참한 것으로 느껴졌다. 잃은 것은 이것이었던 것이다. 육체적으로 뭔가를 잃었다기보다도 진짜 잃은 중대한 것은 마음의 독립이었다. 마음의 독립을 잃고 고독의 즐거움을 잃었다. 이거야말로 가장 큰 타격이었다. 그리고 이러한 감정이 '여자'였다. 그녀는 처음으로 '여자의 감정'을 알 수 있었다. 그리고 자신의 속에서 솟아난 여자의 감정에 자기 자신이 놀라는 기분이었다. 자신이 이러한 식으로 변하는 것이라고는 생각해 본 일도 없었다. 그리고 이와 같은 식으로 변하는 자신이 칠칠치 못한 것으로 생각되어 분했다.

아파트에 도착하자 2층 자신의 방에 불이 켜져 있었다. 자물쇠를 잠근 빈방에 아무도 있을 리가 없다. 그녀는 서둘러서 계단을 올라가 문을 열었다. 문에 자물쇠가 잠겨져 있지 않았다.

「어머, 누군가 왔어요.」

어머니가 와 있었다. 어머니는 유키코의 책상 앞에 앉아 두 손 속에 얼굴을 묻고 뭔가의 생각에 잠겨 있는 모양이었다.

「지금 오니?」하고 아쓰코 부인은 조용히 말하고 돌아다보았다. 「네가 없는 사이에 들어와서 미안하게 됐구나.」

출입문 앞에 중형 가방 1개와 보따리 1개가 놓여 있었다.

「무슨 급한 일이라도 있으세요」하고 유키코는 등의 배낭을 내리고 모자를 벗었다. 손목시계는 이제 11시에 가까웠다.

「어디 갔다 왔니?」하고 어머니가 물었다.

「잠깐, 이즈(伊豆) 쪽을 다녀왔어요. 엄마 이렇게 늦게 어떻게 된 거예요?」

아쓰코 부인은 다소 까칠해 보였다. 침울한 안색으로 딸의 얼굴을 들여다보면서 숨을 죽이고 있는 것 같았다. 창문으로 날아든 모기가 부인의 무릎 옆에서 날갯짓하고 있었다. 부인은 그 모기에 시선을 떨구고,

「잠시 동안 여기서 너와 함께 있고 싶은데, 괜찮겠니?」하고 말했다.

자못 마음 약한 말투였다. 평소 아쓰코 부인의 활기차게 척척 해내는 성격을 보아온 딸에게 거의 처음 보는 어머니의 나약한

모습이었다.

「어떻게 된 거야, 엄마?」하고 유키코는 열린 창문에 옆으로 앉은 자세로 눈썹을 찌푸렸다.

「도저히 한마디로는 말하기 어렵구나.」

유키코는 자신이 떠나온 아버지의 집을 생각하고 있었다. 자신이 없어지고 어머니가 없어진 후 어떤 식으로 변해 갈 것인가 하는 생각을 해 보았다. 어머니가, 그만큼 그 집에 정들이고 살아온 어머니가, 그 집과 떼어서 생각할 수 없는 어머니가, 왜 집을 나와 이 아파트에서 살려고 하는지, 딸에게는 이해할 수 없는 일이었다. 부인은 문득 엷은 미소를 입술에 띠우고 중얼대듯이 말했다.

「앞일은 나도 모르겠다. 하지만, 어쨌든 잠시 동안만이라도 집을 떠나 있고 싶다.」

「엄마 피곤하시겠네.」

하고 딸이 말했다.

「아아, 오랜 피로구나.」

「나도 여행으로 피로했어요. 오늘은 그만 쉬고 내일 또 천천히 이야기를 듣겠어요. 엄마가 있고 싶을 때까지 계셔도 돼요.」

부인은 눈에 눈물을 글썽이고 있었다.

이부자리는 하나밖에 없다. 유키코는 어머니와 나란히 하나의 잠자리에 누웠다. 이틀 밤을 여행에서 지내고 모처럼 자는 잠자리였다. 그러나 이 이부자리는 알고 있는 것은 아닐까, 자신의 육체에 뭔가 다른 체취가 있다는 것을.

좁은 잠자리 속에서 그녀는 가급적 어머니의 몸에 닿지 않도록 노력하고 있었다. 사소한 뭔가의 기회에 어머니가 눈치채지 않을까 해서 경계하는 심정이었다.

아쓰코 부인은 등불을 끄고 딸의 잠자리에 들어가자 등을 돌리고 작은 한숨을 내쉬었다. 어머니와 자식이 같은 잠자리에 누웠어도 마음은 완전히 따로따로 자신의 신상에 일어난 큰 변화를 반성하고 있는 것이었다.

정들어 살던 집이었다. 30년 가까이 살아온 가정이었다. 이 가정을 떠나서 하룻밤을 지낸다는 것의 중대함이 새롭게 무서웠다. 지금 여기에 남편은 없다. 그리고 혹은 영원히 없게 될지도 모른다. 남편이 없는 밤의 고독을 부인은 조용히 피부로 맛보았다. 자기 몸의 윤곽을 눈으로 살펴보는 것 같은 심정이었다. 그 가정에서 틀어박혀 있던 위치에서 부인은 도망쳐 나왔다. 그러나 승리의 기쁨은 느껴지지 않는다. 해방의 기쁨도 솟아나지 않는다. 부인은 새로이 큰 것을 얻으려다 오래된 큰 것을 잃었다는 것을 알았다. 그 오래된 생활은 안정된 행복한 위치였는지도 모른다. 그러나 그 때문에 지불된 희생의 크기를 부인은 잊지는 않는다.

이제부터 앞으로 어떻게 해서 살고 무엇을 목표로 해서 살아갈 것인지 아직 잘은 모른다. 모르지만 어떻게든지 해야 한다. 부인은 자신이 위험한 벼랑 가장자리에 서 있다는 것을 느꼈다.

그러나 지금은 되돌아가고 싶지 않았다. 유키코에게는 애인이 있는 것 같다. 머지않아 딸은 그 사람과 결혼할지도 모른다. 그렇게 되면 부인은 아파트에 혼자만 남게 될 것이다. 전쟁이나 그 밖의 불행 때문에 고독하게 된 나이 든 여자가 홀로 아파트에 살고 있는 것을 부인은 본 일이 있다. 자신도 그러한 고립무원(孤立無援)에 떨어져 들어갈지도 모른다. 그 정도의 위험을 무릅쓰고까지 오래된 가정을 버리고 남편을 떠나갈 필요가 있는 것일까. 부인은 결심이 둔감해지는 것을 느꼈다.

다음날 아침 좁은 방안에서 조촐한 아침식사를 준비했다. 아쓰코 부인에게는 이것저것 모두가 불편하고 빈약하고 옹색해서 견딜 수 없는 심정이었다. 이것이 자유를 위해 지불된 생활의 희생이었다. 여성의 자유란 항상 육체적인 안정이나 물질적인 풍요나 그녀를 보호하는 힘이나 사회적인 신용이나 그러한 여러 가지 큰 것을 뿌리치고 희생한 후에나 얻어지는 것일까. 그리고 그 같은 많은 희생을 지불하고서라도 추구해야 할 만큼 자유란 존귀한 것일까.

식사를 마치고 수저를 놓은 단계에서 문을 두드리는 소리가 들렸다. 부인은 싹 긴장하는 표정이 되어 딸의 얼굴을 바라본다.

「누굴까?」

「아버지겠지」 하고 부인은 조용히 말했다.

유키코가 문을 열자 복도에 아버지가 서 있었다. 아버지는 출근 도중에 들른 모습으로 가죽 가방을 왼손에 들고 있었다.

「뭐야, 이 꼴들이!」 미네조는 소리를 내어 웃었다. 웃으면서 구두를 벗고 들어와 모자를 다다미 위에 떨구고 다리를 포개고 앉았다.

「둘이서 차례차례로 집을 도망쳐 나와 어쩔 작정들이신가, 마나님.」

마치 어린애의 장난을 상냥하게 꾸중하는 식의 명랑함과 온후함이 넘쳐 있었다. 이 아버지는 어디까지나 명랑하다. 맺힌 구석이나 그늘진 곳이 없는 사람이었다. 그 밝은 성격이 지금에는 가장 강한 힘이었다. 아쓰코 부인은 자세를 고쳐 앉고 고분고분 꾸중 듣는 어린이처럼 시선을 무릎에 떨구었다.

「이것이 네 방이냐?」 하고 아버지는 미소짓고 천장에서부터 책장까지 둘러보고 「이 방에서 혼자 무엇을 하고 있었냐?」 하고 웃어 보였다. 그 명랑함에 유키코도 구원받은 것 같은 기분이 되어 아버지에게 차를 내왔다.

「너는 이제부터 근무 아니냐?」

「네.」

「그럼 너는 먼저 출근해라」 하고 아버지는 주머니에서 담배를 꺼내며 부인에게 향해서,

「어제 저녁에 세이코가 울고 있었소」 하고 말했다.

「무엇 때문에요?」

「몰라.」

이유는 듣지 않았지만 알고 있을 것 아니냐는 식의 말투였다.

어머니가 나가 버려서는 아버지의 거북한 입장을 모른 체하고 세이코는 재혼하기 어려울 것이다. 부인도 그것을 알 수 있을 것 같은 생각이 들었다.

　유키코가 준비를 끝내고 회사에 출근하자 부부만이 이 방에 남았다. 이 이상한 위치가 부인의 마음에 자극을 주었다. 늘 자택의 차노마에서 마주보고 앉았었고 침실에 베개를 나란히 하고 잠잤던 그 부부가 지금은 정들었던 집이 아니라 작은 아파트의 한 방에서 거북한 기분으로 마주하고 있다는 것이 이상스레 생각되었다.

　「도무지 나는 당신의 생각을 잘 모르겠어…」 하고 남편은 상담을 할 때처럼 웃는 표정이었다. 「당신은 도무지 자신의 생각을 나에게 조금도 말하지 않는 편이고, 어제의 일도 그렇지, 사전에 자신의 생각을 조금도 말해 주지 않았고, 당신 그러면 안 돼요. 아이들을 보더라도 불쌍하지, 아버지와 어머니가 별거하고 있다는 것은 좋은 일이 아니잖소. 첫째 이상한 소문이 귀찮게 나돌 것이고, 그럼 그것은 다음의 다음 일이라 칩시다. 당신이 무슨 일이 있어도 집에서 나와야겠다는 이유 말이야, 그것을 좀 상세하게 듣고 싶어요. 이제 와서 우리가 젊은 부부도 아닐진대 나오느니 들어가느니 할 수 있는 의리도 아니잖소. 하지만 당신이 보름이나 한달 정도 이곳에 있고 싶다면 그것도 좋겠지. 온천에 휴양이라도 가면 어떻겠소. 더욱 한가해서 피로가 풀릴지도 모르지. 그렇게 해요, 그러는 게 좋겠소. 이즈(伊豆) 방면이면 마음이 편한 숙박업소도 두서너 군데 있으니까 언제든지 갈 수 있어요. 물론 요즘은 쌀을 가지고 가야 하지만. 하하하하.」

그야말로 남 이야기라도 하듯이 평온하고 속 편한 이야기였다. 남편은 못 당해 낼 것 같은 기분이 들었다. 진지하게 한 가지 일에 신경 써서 생각하지 못하는 남편이다. 이것저것 세상 이야기나 잡담 같은 가벼운 것으로 만들어 버리거나, 아니면 상담처럼 사무적이 되어 버리는 것이다. 역시 이 사람에게는 이해가 불가능한 것이다. 하지만 저항하기 어려운 것은 남편의 선량한 마음과 조금도 의심할 줄 모르는 믿음이다. 자기 혼자서 심각한 얼굴을 하고 있는 표정이 일인 쇼가 아닐까 하는 생각도 해 본다.

「나는 말이야」 하고 말하면서 남편은 다다미에서 모자를 집어 들고 썼다. 「이제 출근해야 하겠는데 어때, 오늘 저녁 잠깐 다니러 와요. 나도 6시까지는 귀가할 테니까. 그런 다음 당신의 생각도 자세히 들어 봅시다. 그래도 당신이 역시 이곳이 좋다고 한다면 되돌아와도 되고, 온천이 좋겠다면 그래도 되고! 그건 또 다음의 의논이지만 말이야.」

가방을 들고 일어선다. 용무를 마쳤으니 돌아간다는 태도였다. 슬픔도 없고 한탄도 없고 불안도 없다. 도대체 이 사람은 아내란 것을 무엇으로 생각하고 있는지 의심하고 싶어질 만큼 담담한 뒷모습이었다. 부인도 배웅하려고 일어서자 상대방은 구두를 신으면서 뒤돌아보고,

「어때, 유키코는…」 하고 말했다. 「착실하게 하고 있는 건가.

신파 선생은 어떻게 됐어?」

「틀림없이 머지않아 결혼하게 될 것 같은 생각이 드네요. 이제 우리들이 무슨 말을 하든 들어먹지 않을 것 같고요. 반대해 봤자 소용없을 거고, 첫째 상대방을 우리가 모르니까 반대할 수만은 없는 노릇이죠.」

「그럼 당신이라도 한 번 만나 보구려. 아무리 법률이 새로 생겨서 결혼은 자유라 하더라도 내버려둘 수도 없으니까, 에잇 못된 놈. 그럼 저녁에 일단 돌아와요.」

최후의 말은 복도를 걸어가면서 어깨너머로 말했다. 그대로 계단을 내려간다. 부인은 문을 닫고 혼자가 되었다. 오늘밤은 가지 않겠다는 생각을 하고 있었다.

본래의 집으로 돌아가 본들 그게 무슨 소용이 있으랴. 가정이라는 형식은 지극히 보수적이고 완강하다. 그 집은 남편과 자신이 둘이서 만든 것이다. 그 집이 지금은 자신을 속박한다. 그 집을 바꾼다는 것은 우선 절망이다. 그것은 첫째로 남편과 아내라는 입장부터 개선하고 난 후가 아니면 안 될 것이다.

다카마쓰 미네조는 선량한 남편이다. 성실하고 명랑하고, 그에 한해서는 얼마든지 신뢰할 수 있는 남편이다. 그렇지만 그의 선량한 것도 성실한 것도 그 이면에 올바른 이해의 힘이 작용하고 있어야 한다. 그에게 결여된 것은 그러한 이해와 현명한 사고력이었다.

현명한 사고력의 뒷받침이 없는 성실성은 그 성실로써 상대를 구속한다. 아쓰코 부인은 남편의 성실성에 묶여 있었다. 배신할 수 없는 상대방의 성실성 때문에 질식당해 왔던 것이다.

이혼하고 싶다고는 하지 않겠다. 자신이 만든 집에는 자신의 책임이 있다. 자신이 낳은 아이들에게도 자신의 책임이 있다. 자신의 불행에까지도 자기 자신의 책임인 것이다. 누구를 책하려고도 생각지 않는다. 자신의 불민함과 태만을 책할 따름이다.

다만 지금은 다소의 자유가 주어져서—자유를 쟁취해서 그리고 자신의 진짜 행복이 어디에 있는지 그 소재를 찾아보고 싶다는 생각이다. 이제 오십이 가까운 나이가 되어서는 새로운 완전한 행복을 잡아야겠다고는 말하지 않겠다. 다만 그 최대의 행복이 어디에 있었는지 그 소재를 추적만이라도 해 보고 싶은 것이다. 남은 생애는 5, 6년에 지나지 않을지도 모른다. 이 5, 6년의 남은 목숨을 사용해서 청춘시대에 구하지도 얻지도 못했던 것을 더듬어 찾고 알지도 못했던 것에 접근해 보고 싶다. 여성에게 허용된 생활의 극한(極限)을 확인하고 그 윤곽을 그려 보고 싶다. …그러기 위해서는 이제부터 어떻게 해야 되는지. 그 문제 앞에 그녀는 멈춰 서서 갈피를 못 잡는 것이었다. 부인은 자신이 허무한 꿈을 꾸고 있는 것이 틀림없다고 마음 한구석에서는 제대로 생각하고 있었다.

여자의 함정

그날 오후에 아쓰코 부인은 갑자기 생각나서 아파트를 나왔다. 남편은 저녁때부터 집에서 기다리고 있겠다고 했다. 그러나 남편은 만나지 않고 저녁때는 되돌아올 작정이었다.

하룻밤을 지내고 정든 집으로 돌아가는 것이 마치 여행에서 돌아온 것 같은 기분이었다. 이 집을 나오고 나서 벌써 한달이나 된 것처럼 느껴졌다. 세이코와 가정부 얼굴이 낯 간지러워 돌아가기 싫은 생각도 들었다. 그러나 그녀는 이러한 경우 어떻게 하면 가장 좋은가를 오랜 세월의 경험으로 잘 알고 있었다.

안쪽 현관으로 들어가는 문은 열려 있었다. 자갈이 깔린 근방은 깨끗이 청소되어 있었고, 안으로 들어가자 가정부가 즐거운 듯한 목소리로 영화 주제가를 부르고 있는 것이 들렸다. 노래는 욕실의 물소리에 섞여서 채신없이 고성을 지르고 있다. 부인이 집에 있었을 때는 이렇게 채신없이 고성방가 하는 일이 없었다. 욕조를 씻으면서 팔을 걷어붙이고 발을 무릎까지 적시면서 노래하고 있는 것이다. 아무도 없나 하고 부인은 생각했다. 현관문을 열고 신발을 벗자마자 부인은 가정부를 불렀다. 두서너 번 계속 불렀다. 부르면서 복도를 밟고 차노마에 들어간다. 아무도 없었다. 손녀가 혼자 정원에서 흰나비를 쫓고 있었다.

가정부가 당황해서 욕실로부터 달려나왔다. 문지방 앞에 무릎 꿇고 인사하려는 것을 머리 위에서,

「너 잠깐 역전에 가서 인력거 좀 한 대 불러오너라」하고 시켰다.

「네.」

「세이코는 어디 나갔니?」

「네, 저는 잘 모르겠지만, 조금 전에 시노자키(篠崎)라는 분에게 전화가 와서…」

「시노자키. …아아, 그 사람이구나. 그래서?」

「함께 쇼핑한다든가 하며 나가셨습니다. 귀가는 밤이 될 거라고 말씀하셨는데….」

가정부가 나간 후 부인은 정든 화로 앞 자신의 방석 위에 앉아서 정원에 있는 손녀의 모습을 바라보고 있었다. 이 정든 방

석과 위치. 이것은 안주(安住)의 땅이었다. 주위는 지옥이다. 더구나 이 지옥 속에 안주의 위치가 정해져 있다는 것은 도대체 무엇이란 말인가. 그리고 이 지옥에서 탈출하면 그와 동시에 이 안주의 위치까지도 잃는 것이다. 닦고 문지르고 해서 윤기가 흐르는 화로, 검은 빛 반짝이는 철 주전자에서는 끊임없이 물이 펄펄 끓고 있다. 오른쪽 찻장에는 비젠야키(備前燒)의 차도구가 갖추어져 있고, 향기 그윽한 차가 있다. 붉은 과자 그릇에는 전통 과자가 손님을 대비해서 반드시 준비되어 있다. 뒤의 옷장에는 여름과 겨울 의류가 여러 벌 꽉 차 있고, 기둥에서는 시계가 맑은 소리로 시간을 알린다. 초인종을 누르면 부엌에서 가정부가 쏜살같이 달려온다. 다다미는 푸릇푸릇하고 새로우며 장지문은 희고 청결하다. 정원에는 창포꽃이 피고, 진달래가 피고, 석류의 진분홍 꽃이 푸르름 속에 띄엄띄엄 등불을 켠다. 이것이 안주의 땅이 아니고 무엇이랴. 그리고 이 같은 위치에 틀어박힌 채 여기서부터 한 발자국도 나가는 것이 허용되지 않고 여인은 그의 생애를 보내는 것이 아닌가. 안주의 땅이 즉 지옥일지도 모른다.

부인은 일어나 2층으로 가서 한 세트의 침구를 꺼내어 큰 보자기에 쌌다. 눈앞이 캄캄한 것 같은 후회를 느끼면서 진심으로 이 집을 떠나려고 하는 것이다.

일이 끝나자 그녀는 2층의 난간에서 정원을 내려다보고 서 있었다. 세이코가 남겨 놓고 나간 손녀는 흙을 빚으며 놀고 있다. 세이코는 결국 이 아이를 남겨 놓고 시노자키의 아내가 되는 것이다. 오늘은 약혼반지라도 사러 갔을 것이다. 이제 그녀의 마음은 이 아이에게는 남아 있지 않다. 이 아이는 도대체 누가 어떻게 해서 양육한단 말인가. 여자가 사랑에 눈이 멀어서 자신의 행복만을 추구해 나가는 모습의 추함…. 부인은 문득 미간을 찌푸렸다. 이제 부인의 머릿속에는 여성생활의 지옥도(地獄圖)가 하나의 뚜렷한 윤곽을 가지고 그려져 있었다. 지옥의 모습은 대충 알 수 있었던 것 같다. 더구나 천국의 모습은 모르는 것이다. 지옥 속에만 안주의 위치가 있고 천국은 알 수 없는 것이다.

가정부가 인력거를 데리고 돌아왔다. 부인은 침구 보따리를 현관에 운반케 하고 유키코의 아파트 위치를 인력거꾼에게 가르쳐 주고 출발시켰다.

부인은 그대로 집을 나왔다. 생각해 보아야 할 일이 많았다. 그러나 아무것도 생각해 보고 싶지 않은 기분이 되어 밖으로 나왔다. 그리고 울타리 길을 따라 니시자와 선생의 집을 찾아갔다. 아키코 부인의 장례식이 끝나고, 벌써 초이레다. 잠깐 들러서 동생의 불쌍한 영혼에 분향이라도 하고 싶은 심정이었다.

현관에 서서 두서너 번 소리쳐 보았지만 답하는 사람이 없었다. 토방에는 흙투성이가 된 작은 게타와 운동화가 여러 개 흐트러져 있고 시든 클로버 꽃 한 다발이 떨어져 있었다. 여자아이가 꺾어 왔을 것이다. 부인은 말없이 방으로 들어갔다. 복도 밖의 뜰에는 감자 꽃이 하얗게 무수히 피어 있었다.

안쪽 방의 6조짜리 방에 이부자리가 2채 펴져 있다. 일곱 살인 딸과 다섯 살인 아들이 이부자리 속에서 벌겋게 열이 오른 얼굴을 내놓고 있었다.

「어머, 어떻게 된 거냐?」하고 부인은 선 채로 물었다. 딸이,

「홍역…」하고 답하며 소리 없이 웃었다.

「홍역을 앓고 있니. 아빠는?」

「학교….」

부인은 눈물이 핑 돌았다. 엄마를 잃고 두 아이는 병에 걸리고 게다가 아버지는 학교에 가서 중학생에게 수학을 가르쳐야 한다. 옆방의 불단에 죽은 엄마의 위패가 있지만 등불 빛은 꺼지고 선향(線香)은 재가 되어 있다. 계단의 삐걱거리는 소리와 함께 니시자와 선생의 노모가 내려왔다. 곤도(近藤)의 형 집에서 어머니가 도와주려고 와 있었던 것이다. 그 어머니는 이제 칠십이 가까워 허리가 완전히 구부러졌다. 구부러진 허리를 두들기면서 일곱 명의 아이들을 위해 밥을 짓고 청소를 하고 세탁을 해서 지금 지붕 위의 건조대에 널고 오는 길이었다. 아키코 부인의 갑작스런 죽음의 원인이 된 그 건조대의 썩은 나무판을 밟고 허리를 펴 까치발로 대나무 봉을 잡아 위태로운 솜씨로 빨래를 널고 내려오는 길이었던 것이다. 남편을 받들고 자식을 키우고 칠십 고령에 이르러 다시 손자들을 위해 고생해야 하는 것이다. 이 노모의 생애란 도대체 무엇이란 말인가. 부인은 다다미에 양손을 짚고 인사를 하는데 자꾸만 솟아나오는 눈물을 막을

수가 없었다. 아아 이 같은 지옥에서 여자는 어떻게 하면 탈출할 수 있단 말인가. 그녀가 답답한 가슴을 누르고 불단에 서서 죽은 동생을 위해 양초를 하나 밝히고 분향을 하였다. 일곱 명의 아이들에게 둘러싸여 늘 밝고 건강하게 닥치는 대로 가리지 않고 일만 해 오던 여동생의 그 바보 같고, 그 생각 없고, 그 행복스럽고, 하얀 피부의 아름다운 얼굴을 생각하면 화가 나고 불쌍해서 견딜 수가 없었다. 니시자와의 노모는 부엌에서 가늘고 뼈가 앙상한 가느다란 손으로 잡목가지를 꺾어 불을 피워서 아쓰코 부인을 위해 차를 끓이려고 하고 있었다. 그 뒷모습을 보고 있으면 부인은 일종의 미움 같은 것조차 느끼는 것이었다.

어머니가 집을 나온 이유를 유키코는 상세하게 듣지는 못했다. 어머니는 그런 것을 딸에게 고스란히 말하는 사람이 아니다. 어머니는 조심성이 많은 사람이다. 그 어머니가 왜 집을 나왔을까. 유키코에게는 짐작할 수 없는 일이었다. 언니의 재혼에 반대했지만 단지 그것만으로 어머니가 집을 나올 리는 없다. 아버지는 성실하고 온화하고 어머니를 배신하는 그런 사람이 아니다. 따라서 원인이 아버지에게 있다고는 생각되지 않았다. 오늘 아침 아파트에 찾아왔을 때의 명랑한 아버지의 태도로 보아서도 짐작할 수 있다.

그녀는 혼잡한 전차의 손잡이를 잡고 오랫동안 눈을 감고 있었다. 이상하게도 가정을 떠나려고 하는 어머니에게 일종의 매력을 느끼고 있었다. 어머니는 그 남편에게서 떠나려고 한다. 아버지가 어머니의 뒤를 쫓아 아파트에 찾아온다. 아버지는 어머니를 다시 되돌아오게 하려고 한다. 어머니는 되돌아가지 않으려고 저항한다. 그러한 남성과 여성 사이의 곡절 속에 '어른'의 생활을 짐작할 수가 있다. 아버지와 어머니 그 두 사람의 연결은 20 몇 년인가의 밤을 통해서 맺어져 온 것이다. 그것은 빛나는 결합이고 생명과 생명의 결합이다. 이 결합에 파탄이 생긴다고 할 때 두 사람의 위치는 어떠한 것일까. 언니인 세이코를 낳고 자신도 낳고 남동생을 낳은 어머니의 육체의 역사는 그 자체가 한 사람의 완성된 여성의 모습을 느끼게 한다.

유키코는 이즈(伊豆)의 남쪽 온천 여관에서 지낸 하룻밤을 잊을 수 없다. 그녀의 육체의 역사는 그때부터 시작되었다. 문은 열렸다. 그러나 이 문에 이어지는 깊숙한 동산 안에 어떠한 샘물이 솟아나고, 어떠한 식탁이 준비되어 있고, 어떠한 꽃이 장식되어 있는지 그녀는 모른다. 그것이 얼마만큼 매력이 풍부한 것이었을까. 한 번 열린 육체의 문은 다시 닫히는 일은 없는 것이다. 그녀는 이제 이 문을 들어섰다. 동산을 찾아야만 한다. 그녀는 낙원의 모습만을 상상하고 있었다. 꽃이 피고 새가 노래하는 동산만을 그리고 있었다. 그리고 이 동산의 깊숙한 곳에 숨겨져 있는 수렁이나 화염의 강이나 연옥(煉獄)의 모습을 생각할 수는 없었다. 육체에 숨겨진 천국은 알고 지옥을 몰랐다. 눈앞에서 육체의 채찍에 쫓기고 있는 언니와 육체에서 탈출하려고 고민하는 어머니의 모습을 보고 있으면서 자기 앞에 있는 육체의 동산에는 오직 천국밖에 생각할 수 없었다. 그녀는 이성적으로 생각하지 못하고 있었다. 그리고 이러한 경우에는 누구든지 그러하듯 이성을 잃고 있는 자신을 알아차리지 못했다.

그녀는 결혼을 하고 싶다고는 생각하지 않고 있었다. 그러나 결혼을 하지 않겠다는 자신의 결의에 대하여 이것이 얼마만큼 큰 희생을 지불하는 것인가를 점차 알게 되었다. 새로운 결의가 필요했다. 나는 언니와 같은 이모와 같은 그런 바보 같은 결혼은 절대로 하지 않는다. 이 결정적인 의지를 오쓰카(大塚) 선생에게 전해야 한다고 생각했다. 그는 오해하고 있을지도 모른다. 오해를 받는다는 것은 견딜 수 없는 일이다. 그 사람은 내가 배신했다고 생각할지도 모른다. 나는 무슨 일이 있어도 자신의 의지를, 결혼하지 않는다는 의지를 다시 한 번 확실하게 전해 두지 않으면 안 된다. 그 사람은 이즈의 숙소에서 한 번은 약속해 주었다. 그러나 그것은 그 장소에만 국한된 약속이었던 것 같은 생각도 든다. 나에게는 생애의 약속인 것이다. 오쓰카 선생을 만나자.…

그녀는 오후가 되자 회사에서 전화를 걸어 오쓰카 류키치를 호출했다.

「선생님? 저예요. 아시겠어요?」

「응, 알고 있어」 하고 류키치의 정감 있는 목소리가 조용하게 들려왔다.

「선생님, 나 꼭 할 이야기가 있어요」하고 유키코는 힘을 주어 말했다.

「알았어. 급한 건가?」

「그래요. 오늘중으로.…만나 주시는 거죠?」

「그러지, 우리 집으로 와 주겠나?」하고 전화의 목소리는 기다리고 있었다는 듯이 들렸다.

「밖에서는 안 돼요? 긴자(銀座) 쪽에서….」

「글쎄. 오늘은 나가고 싶지 않아. 급한 각본을 쓰고 있어서 말이야. 우리 집으로 오지 그래. 우리 집으로 오는 것이 좋을 것 같은데 …」

「그래요? 그럼 그렇게 하죠. 6시쯤 가겠어요.」

「알았어, 기다리지.」

수화기를 놓았을 때 그녀는 땀을 흘리고 있다는 것을 알았다. 더구나 이상한 기쁨으로 가슴이 떨리고 있었다. 그럴 리가 없다. 오늘 만나려고 하는 목적은 결혼하지 않는다는 것을 선언하기 위해서이다. 그는 일각이라도 빨리 그를 만나서 딱 잘라 선언해 버리고 싶은 생각이다. 만날 시간이 기다려진다. 헤어진 것은 어젯밤이다. 그로부터 아직 20시간도 지나지 않았는데도 벌써 10일이나 만나지 않은 것 같은 느낌이 들었다.

절대로 결혼하지 않는다는 약속이 맺어지면 나는 열심히 연극 공부를 해야겠다. 무대 위에 인생을 표현하는 그 깊은 예술에 금후 10년간은 정진해 볼 생각이다. 오쓰카 선생은 이제까지

보다도 더한층 성심껏 지도해 줄 것이 분명하다. 나는 노래를 배울 필요가 있다. 발성법을 기초에서부터 공부해야겠다. 그리고 이사도라 던컨(Isadora Duncan)의 전기를 읽어 보자. 그것은 선생님의 책장의 2단째에 꽂혀 있었을 것이다. 근육의 조정과 건강을 위해 달크로즈(Dalcroze)를 배우자. 나의 애정은 무대 위에서 표현되는 것이다. 나는 한 사람의 인간을 사랑하는 대신에 미(美)를 사랑한다. 나는 예술 속에 개성을 살리는 것이다.

근무시간이 끝나기를 기다리다 못해 그녀는 사무실을 뛰쳐나가 버스를 탔다. 아직 거리의 하늘에는 황혼의 밝기가 있어서 개울 위를 제비가 날고 있었다. 가로수 잎에 저녁바람이 충만하여 부드러운 밤의 발자국 소리가 들리는 것 같았다. 그녀는 자신이 무엇을 생각하고 있는지 무엇을 하려고 하고 있는지 거의 반성할 수가 없었다. 오직 류키치를 만나야 한다, 그 생각만으로 가득 차 있었다.

현관에는 선생의 어머니가 나왔다.

「어머, 어서 오세요. 올라가시죠. 2층에 있어요.」

어머니는 전보다 더한층 친근하게 미소지으며 유키코를 맞이해 주었다. 그녀는 가파른 계단을 올라가면서 거의 가쁜 숨을 내쉬고 있었다. 숨이 막힐 만큼 고통스러워서 머리가 깨질 것 같았다.

류키치는 스탠드램프 밑에 원고용지를 펴놓고 열심히 각본을 쓰고 있었다.

「미안해요. 일 하시는데.」

「아, 잠깐만 기다려요…」

류키치는 머리도 들지 않고 답했다. 깊은 생각이 머릿속에 가득 차 있는 얼굴. 엄숙한, 접근하기 어려운 뭔가가 그의 눈에도 눈썹에도 나타나 있어서 맑은 고뇌의 아름다움이 그의 온몸에 충만해 있었다. 오른손 손가락 사이에서 담배가 거의 재가 되어 있다. 그 재가 떨어질 정도로 길어져 있다. 류키치는 그걸 모르고 있다. 유키코는 입구의 장지문 앞에 앉은 채 거부당하고 떠밀려 나서 초라하게 위축되어 가는 자신을 느꼈다. 그녀는 '남성'의 아름다움과 무서움을 느끼고 가슴이 떨렸다.

한쪽 벽을 메우고 있는 책들. 심각한 웃음을 띠고 천장 가까이에 걸려 있는 하얀 탈. 무릎 좌우에 쌓여 있는 잡지나 참고서. 꽁초가 가득 차 있는 재떨이, 란마(欄間: 높은 창문)의 현관에 걸어 놓은 안톤 체홉의 초상. 작업실에서 일하는 남자의 생활방식을 유키코는 물끄러미 바라보았다. 그녀는 입구의 장지문 앞에 앉아서 벌써 15분 정도나 류키치의 모습을 보고 있다. 그의 표정에 나타나는 고뇌는 점점 심각한 그림자를 띠고 무의식중에 입술을 움직이고 머리칼을 긁어 올리고, 다 쓴 원고를 다시 반복해 읽고 책의 페이지를 넘기고 펜을 들어 10행 정도 쓴다. 쓴 문장을 지우고, 그 옆에 다시 써서 첨가한다. 머릿속은 연극으로 가득 차 있다. 그가 창조한 극중의 한 장면이 지금 기록되고 있다. 문자로 표기되어서 이것은 영원히 없어지지 않는 무대가 된다. 예술이 산출되어 가고 있는 것이다.

유키코는 숨을 죽이고 류키치의 모습을 응시하고 있었다. 수염이 더부룩하게 자라난 볼, 길고 깨끗한 손가락, 흐트러진 검은 머리칼, 어머니와 단둘만의 고독한 생활. 지금까지도 일에 대한 그의 깊은 정열을 모르는 건 아니었다. 고독한 생활을 모르는 것도 아니었다. 그러나 오늘만큼 절실히 가슴에 스며들듯이 느껴본 일은 없었다. 그녀는 문득 이제까지 생각해 본 일도 없는 하나의 감정을 맛보았다.「이 사람의 일을 완성시켜 주고 싶다. 좀더 혜택받을 기회를 주어서 충분히 그리고 마음껏 일하게 해 주고 싶다.」

그녀는 오늘날까지 류키치에 대해서 한 번도 그런 생각을 가져본 일은 없었다. 그리고 오늘밤은 자연히 이 생각이 머리에 떠올랐다. 그녀는 왜 그런 생각이 들었는지 자신은 모른다. 그러나 거기에 '육체'의 힘이 있었다. 그때만의 약속이었는지도 모르는 이즈(伊豆)의 숙소에서의 하룻밤은, 그러나 여자에게는 결코 그때만의 것은 아니었다. 육체는 발견한다, 육체는 정신을 성장시킨다. 그녀는 '여자'란 무엇인가를 이해하고 거기서 처음으로 '여자의 감정'을 키웠다. 오쓰카 선생의 일을 완성시켜 주고 싶다. …그 애정은 동시에 희생정신이었다.「선생의 일을 위해 유용하게 쓰이는 몸이 되었으면 나는 그것만으로 만족할 수 있을 것 같다.」…그녀는 이 생각 속에 빛나는 기쁨을 느꼈다. 그리고 이 기쁨 속에 여성의 지옥이 있다는 것을 깨닫지 못했다.

류키치는 소리를 내어 펜을 내쳐 버렸다. 양팔을 뻗으며 힘차게 하품을 한다. 스탠드의 빛을 얼굴 반면에 받고 미소짓는다.

「야아, 이거 오래 기다리게 했군. 자 이쪽으로 와요.」

「네」 하고 작은 소리로 답한 채 유키코는 일어나려고도 하지 않았다. 자신의 마음속에 일어난 새로운 변화, 새로운 감동 때문에 갑자기 몸을 움직일 수가 없는 것이었다.

「왜 그래. 이쪽으로 오라고.」

그녀는 그림자처럼 간신히 일어났다. 책상을 돌아서 류키치의 앞에 미끄러져 들어가듯 앉아 두 손을 그의 무릎에 놓고 말없이 그의 어깨에 얼굴을 묻었다. 류키치는 왼팔로 여자의 몸을 끌어안고 그의 볼에 수염투성이의 볼을 대고,

「어떻게 된 거야?」 하고 상냥하게 말했다.

「아무것도 아니에요」 하고 유키코는 답했다. 아무런 이유도 없는 것이다. 그저 만나고 싶었다. 그리고 그의 애무를 원했던 것이다.

「나에게 할 말이라니, 뭐지?」

류키치는 여자의 손등을 가만히 쓰다듬어 주면서 말했다.

「네?」 하고 유키코는 모르는 듯한 얼굴을 했다. 그녀는 류키치를 만나러 온 용건을 잊어버리고 있었다.

「오늘중으로 할 말이 있다고 했잖아.」

그것은 결혼하지 않겠다는 약속을 확인시키기 위한 것이었다. 그녀의 의사를 선언시키기 위한 것이었다. 지금은 그런 생각

이 왠지 바보 같은 것으로 생각되었다. 그녀는 자신의 유방 속이나 등줄기나 허리나 손가락 끝 언저리가 자신의 의사를 떠나서 제멋대로 움직이거나 떨거나 뛰거나 하는 것 같은 느낌이 들었다. 이 통제하기 어려운 힘은 23일 전날 밤의 기억을 그대로 외우고 있어서 그때의 환희를 또다시 요구하고 있었다. 그녀는 호흡의 혼란을 의식하고 숨을 진정시키려고 노력하면서,

「선생님…」 하고 말했다. 「저기요, 만약에…만약에요. 선생님이 만약에 결혼한다고 하면 어떠한 결혼을 원하시죠?」

말을 마치고 나서 그녀는 자신의 실수를 깨달았다. 그녀는 그런 것을 물어볼 생각은 조금도 없었던 것이다. 하지만 이것은 가정상(假定上)의 질문이지 나에 대한 일은 아니라고 생각했다.

「내가 말인가?」 하고 류키치는 느긋한 자세가 되어서 책상에 팔꿈치를 짚었다.

「나는 그냥 평범해. 나는 특별한 이상도 갖지 않았고 공상도 하지 않거든. 나 같은 사람의 일은 어차피 한평생 가난한 생활이니까 현란한 꿈을 그려 보아도 소용없지. 옛말로 말하면 뒷일을 걱정할 염려가 없는 그런 마누라를 원해. 가정사 모든 것을 잘 알고 있어서, 나는 나대로 자유자재로 자신의 일에 전념해 나가고 싶거든. 그만한 신뢰를 할 수 있는 마누라라면 다른 것은 별 이의 없지. 봉건적인가?」

「봉건적?」 하고 그녀는 되풀이했다. 「그래서는 여자의 행복이란 없어요. 가정의 희생이에요.」

「그렇지」하고 류키치는 태연하게 말해 버렸다. 「마누라는 가정의 희생이 되어 달라는 거야. 그리고 나는 일의 희생이지. 희생이란 도대체 뭐지? 희생이 없는 인생이란 것도 있나. 인간이 하는 것은 모두 어떠한 경우에도 희생이 따르는 거야. 한 여자를 사랑한다는 것은 다른 여자를 사랑하는 것을 포기하는 것이지. 10년 걸려서 하나의 큰일을 완성했을 때에는 짧은 생애 중에서 10년을 희생하고 있거든. 아내를 갖는다는 것은 아내를 위한 희생이 되는 것이고 아이를 갖는다는 것은 아이의 희생이 되는 것이지. 인간은 누구나 행복을 원하지. 그 행복은 희생을 지불해야 비로소 얻어지거든. 자네는 나에게 결혼은 싫다고 말했는데, 결혼으로 인해서 지불되는 희생을 자네는 거부했지. 희생을 거부한다는 것은 그와 동시에 결혼의 행복을 포기한다는 것이지. 어느 길을 택하든 그것은 자네의 자유야. 가정의 희생자라고 자네는 말했지. 그것은 뻔한 일이지. 더구나 전세계의 모든 여자가 가정을 가졌고, 가정의 희생자가 되고 있거든. 그건 왜 그럴까. 가정은 여자의 생애를 희생으로 해도 아깝지 않을 만큼의 뭔가 좋은 것, 훌륭한 것, 본질적인 것을 가지고 있기 때문이 아닐까. 어때?」

그녀는 류키치의 심한 말에 찰싹찰싹 볼을 얻어맞고 있는 것 같은 느낌이 들었다. 채찍을 맞으며 이리저리 끌려다니는 듯한 이 힘의 지배 속에 그녀는 멍하니 도취되어 있었다.

「그저 자네는 자네 좋은 대로 해야 하겠지, 자네 같은 고집쟁이

아가씨는 다른 사람의 말 같은 건 듣지도 않을 테니까 말이야.」

류키치는 가볍게 웃고 담배에 불을 붙였다. 유키코는 듣고 있지 않았다.

「이제 어떻게 해야 되나」 하고 그녀는 중얼거렸다. 눈에 눈물이 글썽거렸다. 「나 이제 선생님 만나는 거 그만두겠어요」 하고 입술을 떨며 말했다.

「그건 어째서?」

「나 좀더 자신이 있었어요. 좀더 똑똑한 줄 알았어요. 선생님은 나를 엉망진창으로 만들어 버리는 걸요. 정말 괴로워요!」

스탠드 불빛에 비친 왼쪽 볼을 눈물이 줄줄 흘러내렸다. 그것을 보자 류키치는 양팔로 그녀를 끌어당겨 격한 힘으로 꼼짝 못할 만큼 끌어안고 키스했다. 여자의 입술에서 넘쳐나는 오열을 류키치는 물을 마시듯 마셨다.

그녀는 자신이 행복에 접근해 가고 있다는 생각은 하지 않고 있었다. 오히려 자신이 점차 파멸의 수렁 속으로 접근해 가고 있는 것으로 생각하였다. 한 발자국 이 수렁 속으로 빠지는 것이 마지막, 탈출할 수 없는 수렁이 있는 것이다. 그리고 이 수렁의 바닥에 편안한 안주의 지옥이 있다고 믿고 있었다.

「자, 이제 그만 돌아가시지.」

오랜 침묵 끝에 류키치가 조용히 말했다.

「싫어….」

「싫다고?」 하고 류키치는 웃었다.

「싫어, 안 가」 하고 유키코는 머리를 흔들었다.

「안 가다니, 어쩌려고?」

「아침까지 여기 앉아 있을 거야.」

무너져 내린 여자의 심정이 류키치는 귀여워서 견딜 수 없었다. 심장이 떨리는 것까지가 하나하나 손에 닿는 것처럼 느껴지고 여심의 아름다움과 여림이 슬플 만큼 그의 마음에 스며들었다. 이와 같은 젊고 신선한 혼을 결혼에 의해 상처 입히고 흔히 있는 마누라로 만들어 버리는 것이 어리석기도 하고 아까운 것 같게도 생각했다. 그렇지만 지금 바닷물은 해변의 모래밭에 가득 찼다. 그의 의사도 없고 그녀의 의사도 없이 배는 자연히 조수에 뜬 것이다. 해풍은 조용히 돛을 부풀려 배는 달밤을 미끄러져 간다. 이것이 자연이었다. 자연히 맺어지는 것은 맺어지는 것이 정당한 것이다. 이것은 자연의 의사이고 신의 의사이기도 하다.

류키치는 인형처럼 얌전하고 의지를 잃은 것처럼 온화한 여자를 안아 일으켜 좁은 옆방으로 데리고 갔다.

다음날 아침에 그녀는 류키치보다 먼저 눈을 떴다. 심신의 피로 속에 여유 있게 누워 은은한 아침 햇빛이 감도는 천장을 얼빠진 눈으로 물끄러미 오랫동안 바라보고 있었다. 낯선 천장이다. 창 밖의 소리도 참새의 지저귐도 낯선 것으로 느껴져 여행 온 것 같은 기분이었다. 그녀는 자신의 팔이 아침의 광선 속에서 아름다운 흰색으로 부어 있는 것을 보았다. 자신의 육체에 새로운 힘이 충만하게 소생한 것처럼 느꼈다. 그녀는 류키치의 가슴에 몸을 기대고 그 양팔 속으로 미끄러져 들어갔다.

「선생님, 나 결혼하고 싶어요.」

「당연하지」 하고 그는 졸린 목소리로 말하고 눈을 감은 채 미소지었다.

「나 기다릴 수 없어요. 가능한 한 빨리요.」

대답 대신 류키치는 그녀의 가슴을 끌어안아 주었다. 이 지옥의 안온함 속에 눈을 감고 "아무것도 필요 없어. 아무것도 필요 없어!" 하고 그녀는 생각했다.

아침 식사를 마치고 나서 벚나무 잎이 무성한 창문을 열고 아쓰코 부인은 신문을 펼쳤다. 신문의 경제기사도, 사회기사도, 정치기사까지가 오늘 아침은 신선한 것으로 느껴진다. 안정된 다카마쓰 집의 차노마에 앉아서 읽는 신문은 왜 그런지 인연이 먼 세계의 일처럼 생각되고 있었다. 살아 있는 사회는 남편이란 거대한 방파제에 가로막혀서 직접적으로 부인의 가슴에 그 파동을 전해 오지는 않았다. 마치 외국의 이야기를 읽는 것 같은 것이었다. 오늘 아침 남편에게서 떠나 부인은 직접 살아 있는 '사회'를 느꼈다. 그 사회에 부인은 고독한 모습으로 누구의 비호도 받지 않고 들어가려고 하는 것이다.

그렇게 생각하고 읽으니까 공장의 파업도, 식량배급의 지연도, 거리의 강도나 살인기사까지가 신변에 가까운 것으로 느껴져서 살아 있는 사회의 맥박이 전해 오는 것 같았다.

지금부터 자신이 무엇을 하겠다는 것인지, 이 사회 속의 어디서 사는 길을 찾으려는 것인지, 그 바쁘고 번거로운 가정의 일에서 떠나 모든 책임에서 떠나 버리자 부인은 어찌할 바를 몰라 멈춰 서 있는 심정이었다. 잘못되어 있었던 것은 아닌가 하는 의혹이 솟아난다. 그 집을 떠나는 것만을 생각하고, 떠나고 난 후의 방침은 아무것도 없었던 것이 아닌가.

잘못되지는 않았다는 다른 생각도 있었다. 여하튼 그 지옥에서 탈출하는 것이 첫째 목적이었다. 그 후의 방침은 그 후에 생각해도 되는 것이다. 첫째 목적은 달성했다. 제2단계의 목적은 이제부터 서서히 찾아나가면 되는 것이다. 친척이나 친지나 회사의 상사나, 그러한 사람들과의 사이의 허무한 의례, 화려하게 꾸민 교제, 체면과 겉모양과 의리에게 쫓기는 나날, 그와 같은 일상 속에는 본질적인 인간의 생활은 없었다. 이거고 저거고 모두 허식이고 낭비이며 진지한 여성의 생활은 없었다. 좀더 깊이 파고들고 좀더 열중하여 이 생애를 통해서 갈 수 있는 데까지 가야 한다. 자신의 혼이 진심으로 요구하는 길을 향해서 한결같이 노력해야 한다. 복도를 닦고 식기를 씻는 데에 무슨 의미가 있겠는가. 여자는 청소하기 위해서 태어난 것은 아닌 것이다.

그렇지만 아쓰코 부인의 생각은 거기서부터 앞으로는 나아가지 않았다. 가정이나 교제나 의리의 번거로움에서 자신을 해방시켜 새로이 사는 길을 짐작할 수 없었다. 가정 이외의 장소에서 어떻게 살아가면 되는 것일까. 부인은 유키코의 일이 생각났다. 연극에 생애를 바쳐 공부해 보겠단다. 그러기 위해서는 결혼하지 않을 작정이라고 한다. 과연 그 아이가 그 목적을 해낼 수 있을지 어떨지, 그것은 모르지만 어쨌든 그러한 일에 인생의 의의를 구하려고 하는 노력을 어머니는 부럽다고 생각했다. 유키코의 젊음이 있기 때문에 그것이 가능한 것이다. 오십에 가까운 부인에게 새로이 어떠한 길이 발견될 수 있을 것인지.

복도에 발자국 소리가 들리고 문이 열렸다. 부인은 뒤돌아보고 일종의 침울한 그림자에 싸인 딸의 모습을 보았다. 어젯밤 유키코는 돌아오지 않았다. 어머니는 밤새도록 문을 잠그지 않은 채 기다리고 있었다. 그리고 자신의 딸이 처녀의 단단한 껍질을 벗고 하나의 여성으로서 완성되어 가는 그 안타까울 만큼의 고통을 멀리에서 느끼고 있었다. 딸의 그러한 신상의 변화를 거부할 힘도 없이 떠밀려 있는 자신의 입장을 생각하고 있었다.

「다녀왔습니다」하고 그녀는 작은 목소리로 인사하고 어머니의 얼굴도 보지 않고 말없이 자신의 책상 앞에 앉았다. 책상에 앉아도 아무것도 할 일은 없는 것이다.

아쓰코 부인은 첫순간에 딸이 어떠한 밤을 지내고 왔는지를 확실하게 알았다. 숨겨지는 것이 아니다. 유키코는 슬픈 듯한 얼굴을 하고 책상에 앉아 있다. 서랍을 열고 뭔가를 찾는 척하기도 하고 수첩을 꺼내어 아무 의미도 없이 페이지를 넘겨 보기도 하고 있다.

오늘은 출근해서 재미도 없는 장부를 다루는 것이 견디기 어려웠을 것이다. 이 기념해야 할 날을 한평생 잊지 않기 위해 조용히 자신의 방에 틀어박혀 혼자 있고 싶었을 것이 틀림없다. 너는 행복한 사람이다, 하고 부인은 생각했다. 여하간 너는 아름다운 청춘이 있다. 그리고 아름다운 연애가 있었다. 아버지를 거부한 어머니에게 등지는 한이 있어도 해낼 만큼의 강한 욕망과, 그럴 만큼 열렬한 애정의 만족이 있었다. 나에게는 뒤돌아보고 즐겁게 떠오를 만한 젊은 시대는 없었다. 그 허전함이, 그 과오가, 그 불만이 지금에 와서 거대한 상처가 되어 나타난 것일지도 모른다.

「어제 저녁은…」 하고 부인은 딸의 기분을 건드리지 않도록 조용한 말투로 말했다.

「…선생 집에서 신세진 거냐?」

「네」 하고 유키코는 얼굴을 들고 가슴을 펴며 답했다.

그 짧은 말에 단호한 일종의 여운이 있었다. 「칠 테면 쳐라, 욕할 테면 욕해라. 결코 후회는 하지 않는다」고 하는 식의 강한 여운이 있었다. 타인의 간섭은 용서치 않는 늠름한 결의가 느껴졌다.

어머니가 참견해야 알 여지는 없다. 부인은 유키코의 옆얼굴을 뚫어지게 쳐다보았다. 그 얼굴에 나타나 있는 것은 이제 자신이 낳은 어린애가 아니다. 관념적인 도리를 장난치고 있는 딸은 아니다. 그것은 여자의 생활을 시작한 여자의 모습이었다. 모든 얽매임에서 벗어나 모든 어려움을 초월해서 남성과의 결합을 완성한 '암컷'의 모습이었다. 하얀 목덜미도, 노출되어 있는 싱싱한 팔도, 등이나 허리의 곡선미도, 모두가 발랄한 생활에 헐떡이고 있었다. 생활이 시작된 것이다. 그리고 이 딸도 또한 자신처럼, 아키코처럼, 세이코처럼 과오를 범하고 여성의 지옥으로 떨어져 가는 것이다.

「그럼 이제, 완전히 약속이 된 거냐?」 하고 부인은 말했다. 그러자 딸은 되받아치듯,

「엄마는 반대?」 하고 말했다.

「찬성이다.」

부인은 자신의 눈에 눈물이 글썽이는 것을 느꼈다.

「네가 스스로 끝까지 관철시키겠다는 생각이라면, 그래도 된다. 네 일이니까.」

「난 문제없어요. 할 수 있어요!」

격정적이고 탄력 있는 목소리였다. 눈앞에 희망과 광명을 응시하고 있는 말투였다. 부인은 그 말에 압도당하는 것을 느꼈다. 그리고 '불쌍한 것' 하고 생각했다.

두 사람의 애정은 지금은 아직 마음속에 있다. 이윽고 그것이 생활이라는 것에 결부된다. 모든 어려움은 거기에 있는 것이다. 생활 속에 바로 모든 불행이 숨겨져 있는 것이다. 마음속의 행복을 잡는 것은 누구든지 할 수 있다. 애정이 자연히 싹트고 자연히 자란다. 자라난 애정이 당연히 요구하는 것은 생활이다. 차

질은 거기에 있는 것이다. 그 생활의 가혹함, 그 차질의 고통에 대해서 유키코는 아무것도 모른다. 장래에는 희망만이 있는 것으로 생각하고 있다. 어머니의 충고도 친구의 경고도 애정에 눈이 어두워진 딸의 귀에는 절대로 들려오지는 않는다. 마침내 생활을 알았을 때, 차질이 생겼을 때, 유키코는 비로소 자신의 지옥을 깨닫는다. 그때까지는 어떠한 경고를 해도 그녀는 지옥의 존재를 믿을 수가 없다. 그리고 이것이 여자에게 주어진 피할 수 없는 함정인 것이다.

저녁시간 아직 밝을 때 미네조가 찾아왔다. 어머니와 딸 두 사람이 조촐한 저녁밥상을 대하고 있을 때였다. 문을 열자마자,

「오오 저녁 먹고 있군. 하하하…」하고 쾌활하게 웃었다.「지금 퇴근이야. 잠깐 들렀지.」

저녁 빛 때문이겠지만 아쓰코 부인의 눈에 남편 머리의 백발이 두드러져 보였다. 그는 앉자마자 유키코에게 향해서,

「너 오늘 결근했다면서?」하고 말했다.「스기타 씨가 전화해서 어떻게 된 거냐고 걱정하더라. 답변이 궁했지만 모르겠다고 할 수도 없는 노릇이고, 그래서 할 수 없이 머리가 좀 아프다고 말해 두었다. 어떻게 된 거냐?」

「아무것도 아니에요.」

「아무것도 아니다, 그럼 됐다.」

아버지는 더 이상 묻지 않는다. 아버지의 눈에는 딸의 변화

가, 딸의 성장이 보이지는 않은 것이다. 그는 가방에서 위스키 병을 꺼내어,

「이것을 구해 가지고 왔지. 여기서 한 잔 해야겠어」 하고 싱글싱글 웃으면서 마개를 땄다.

부인은 자신의 식사를 마치고 남편을 위해 마른 생선을 구웠다. 남편은 윗옷을 벗고 담배를 물고 느긋하게 방안을 둘러보고 조용히 술을 마시고 있다. 유키코는 식기를 치우자 어머니의 귓전에서 「난 영화라도 보고 오겠어요」 하고 속삭이고 아버지에게는 아무런 말도 없이 나갔다.

「실은, 아무래도 당신에게 부탁이 있어서 말이야.」

미네조는 단둘만 남게 되자 이야기하기 시작했다. 아무런 구애도 없다. 아무런 의심도 갖지 않은 말투였다.

「아무튼 당신이 없으니까 집안이 엉망진창이야. 게다가 세이코 이야기인데 가능한 한 빨리 식을 올리고 싶다는 게 그쪽의 희망이란 말이야. 어쨌든 앞으로 더워지니까 그전에 하자는 거지. 그래서 세이코의 준비 말인데. 이것은 나는 모르니까 말이야. 아무래도 당신이 있어야겠어. 당신 기분을 나는 도무지 모르겠지만, 요는 말이야 한 번 말해 보지 않겠어. 그런 다음에 가능하다면 어떻게 해 보도록 합시다. 당신은 세이코를 보내는 일에 반대했던 것 같지만….」

「아뇨, 세이코 일 같은 건 아무것도 아니에요」 하고 부인은 조용히 머리를 흔들었다.

「음, 그래. 그럼 뭐야. 내 방법이 마음에 안 든다는 말인가?」

아쓰코 부인은 머리를 떨구고 「내가 제멋대로이기 때문에 그래요」 하고 말했다.

「도무지 그것만으론 모르겠어. 요는 어떻게 하면 좋지. …전처럼 집으로 되돌아오기 위해서는 말이야. 그 점을 듣고 싶은데.」

「그것은 나중으로 미루도록 하죠」 하고 부인은 말했다. 「나의 일은 나도 좀더 생각해 보지 않으면 잘 몰라요. 어쨌든 세이코 일은 내가 어떻게든지 준비하겠어요. 내일이라도 일단 집으로 돌아가서 세이코와 잘 의논해 보겠어요.」

「그래. 그렇게 해 주면 고맙겠군」 하고 남편은 기뻐하며 말했다.

의심할 줄 모르는 남편의 사람 좋은 모습을 보며 부인은 오히려 가책을 받는 느낌이 들었다. 이 사람에게는 아무런 죄도 없다. 그는 이혼은 생각도 해 보지 않은 것 같다. 그 강한 믿음에 부인은 기선을 제압당하는 기분이었다.

그날 밤, 잠자리에 들고 나서 유키코는 눈을 감은 채 말했다.

「엄마는 집에 돌아가시는 거죠?」

「어째서?」

「하지만, 그런 이야기가 있었던 것 아닌가요.」

「너는 어떻게 생각하니. 돌아가는 것이 좋겠다고 생각하니?」 하고 부인은 딸의 옆얼굴을 바라보며 말했다.

「글쎄요. 난 잘 모르겠어요. 엄마가 무엇 때문에 집을 나왔는지 그것도 모르는 걸요. 내 일 때문에 아버지와 사이가 나빠졌나. 만약 그렇다면 난 불효자네요.」

「아니다. 네 일 때문이 아냐. 나는 그냥 나 혼자의 생각으로 한 짓이란다.」

「원인이 뭐였는데요?」

아쓰코 부인은 잠시 동안 답하지 않았다. 옆방 시계가 10시를 쳤다.

「너는 어떻게 생각할지 모르겠구나…」 하고 부인은 조용히 중얼대듯 말한다. 「나는 20여 년 동안을 착실하게 살아왔다고 생각한다. 그것이 지금에 이르러 그 가정에 대해 참을 수 없는 생각이 드는구나. 어쩐지 헛되게 보람 없는 일로 평생을 지내버리는 것 같아서 견딜 수 없는 심정이 되고 말았단다. 애, 여자에게는 달리 생활 방법이 없는 거냐. 너는 언젠가 결혼은 바보같은 짓이라고 말했는데, 결혼해서 가정을 지키는 것 외에 여자가 살아갈 길은 없는 거냐? 어떻게 생각하니?」

「나, 아버지는 좋은 분이라고 생각해요. 아닌가요?」 하고 유키코는 말했다.

「물론 좋은 분이지」 하고 부인은 주저없이 답했다. 「그 일이 아니다. 나는 그저 나 자신의 일만을 생각하고 있다. 넌 머지않아 결혼할 생각이지?」

「네.」

부인은 그것뿐 말이 없었다. 10분간이나 두 사람은 어둠 속에서 서로 별개의 호흡을 세고 있었다. 유키코는 어머니가 이제 잠든 것 같아 머리를 돌려보니 어머니는 천장을 쏘아보는 것이었다.

「저요…」 하고 딸은 낮은 목소리로 말했다. 「생각이 바뀌었어요. 나, 평범한 결혼을 하려고 생각해요. 이제까지는 어떻게든지 자신의 개성을 살려야겠다는 생각만을 하고 있었어요. 그래서 당연한 결혼 같은 건 도저히 참을 수 없다고 생각하고 있었죠. 남편에게 속박당하거나 가정의 잡다한 일에 속박되거나 해서 무엇을 했는지 모르는 상태로 평생을 보내게 될 것이라고 생각하고 있었어요.」

「그래 바로 그 말이다. 그것을 너는 어떻게 생각하니?」 하고 어머니는 강한 어조로 말했다.

「그래서 난 이모나 엄마의 생활을 경멸하고 있었어요. 아주 생각도 없고 자각도 없는 일생이라고 생각하고 있었죠. 하지만 그건 잘못된 생각이었어요. '생활'이란 저런 것이로구나. 진짜 생활이란 개성을 살린다든가 인생의 의의라든가, 그런 이치대로 모양이 갖춰진 것이 아닌 것 같은 생각이 들었어요. 진짜 생활이란 더욱 바보 같은 것이고 더욱 이치가 통하지 않는 것으로 타인은 바보 같은 짓을 하고 있는 것처럼 보이지만 자신으로서는 제대로 살아가는 길이 있거든요. 각자의 생활은 타인은 모르는 거예요. 자기 혼자만의 비밀이죠.」

부인은 희미하게 미소를 지으면서 듣고 있었다. 유키코의 생각의 변화는 말하자면 비상식에서 상식으로의 변화이다. 그리고 사회에서는 유키코의 이전 사고방식을 새로운 것, 진보적인 것이라고 생각하고 있다. 자기 자신도 어머니를 닮았다고 생각하였고, 자신의 사고방식을 새로운 시대의 사상이라고 생각하고 있었던 것이다. 상식보다도 비상식 쪽이 새롭다고 생각하고 있는 것이다. 그런데 상식은 과거의 무수한 비상식의 시련을 거쳐 그 결론으로서 완성된 것이다. 비상식은 하루 아침에 만들어질지 모르지만 생활상의 상식은 백년, 천년을 거쳐서야 겨우 형성되는 것이다.

개성을 살리기 위해 결혼을 부정하는, 그런 비상식은 누구든지 생각할 수 있다. 그러나 결혼이라는 상식적인 형식은 50년 생활의 역사를 쌓아 올려서 오늘에까지 이어져 온 것이다. 유키코는 지식의 문에 들어가 상식을 부정하였고, 육체의 문을 들어가서 비로소 상식의 위대함을 알았던 것이다.

「난 평범한 결혼을 하겠어요」 하고 유키코는 슬픔으로 눈물이 글썽이는 아름다운 목소리로 말했다. 「평범하면 돼요. 평범으로 충분해요. 나 역시 평범한 여자인 걸요. 그리고 평범이란 것은 좋은 거예요. 누구에게도 두드러져 보이지 않는, 당연하고 수수하며, 더구나 그 속에 풍요가 가득한, 조용하고 아름다운 생활을 하고 싶은 생각이에요. 자신의 남편을 사랑하고 남편의 일을 완성시키기 위해 자신의 생애와 애정을 바칠 수가 있으면 나는 성공이라고 생각해요. 여자란 그런 것이죠. 그 이외의 것을 원하는 것은 여자가 남자의 생활을 하고 싶어하는 것이라고 생각해요. 여자란 자신을 작게 살리는 것이 행복이에요. 자신을 크게 살리려고 하면 오히려 불행한 것 같은 느낌이 들어요.」

눈을 감고 유키코는 류키치의 모습을 그리고 있었다. 그 귓속에 그의 말을 묻고 있었다. 나는 평범하다고 말했었다. 나는 뒷일을 걱정할 염려만 없으면 더 이상 아내에게 바랄 것은 없다고 말했다. 그가 요구하는 평범한 생활 속에 넘칠 듯한 깊은 맛과 아름다움을 느끼고 있었다. 생활의 이상(理想)은 그것만으로 충분하다고 생각하고 있었다.

「난 보통의 가정주부가 될 작정이에요. 그리고 바쁘게 밥도 짓고 세탁도 하고 청소도 하고…」

「아이도 기르고…」라는 말은 가슴속에서 자신에게 말해 주었다. 아이를 키우는 자신의 평화로운 모습을 상상하고 감정이 마비되는 것 같은 행복을 맛보고 있었다.

유치한 꿈이다. 아쓰코 부인의 오랜 생활의 경험에서 보면 유키코의 즐거운 듯한 감상은 모두 유치한 꿈에 지나지 않았다. 이 딸은 겨우 하나의 여자에 가까워지고 여자의 감정을 갓 발견한 것이다. 남편을 위해 바치는 여자의 생애, 평범 속에 있는 생활의 아름다움과 깊은 맛, 바쁜 일상 속에 있는 타인에게 알려지지 않은 행복. 그것들은 모두가 말에 지나지 않는다. 말뿐인 아름다움이다. 그리고 그와 같은 행복에 얼마만큼의 가치가 있겠는가. 누구든지 가지고 있는, 모든 여자들이 가지고 있는, 지극히 통속적인, 지극히 평범한 행복. 실제로 땀과 먼지투성이에 아무 아름다움도 없고 고귀한 향기도 없는 생활. 유키코의 말대로 하면 '성생활이 수반된 가정부 생활'이 아닌가. 부인은 그 길을 가고 있다 막혀 집을 떠나온 것이다.

「그럼 너는 이모의 생애도 그것으로 됐다고 생각하니?」하고 아쓰코 부인은 말했다.

「그렇게 생각해요」하고 유키코는 힘을 주어 답했다. 「난 상당히 불행하고 생각 없는 이모라고 생각하고 있었어요. 하지만 이모는 사실상 행복했던 거죠. 진짜 생활이란 누구나 그런 식의 것이에요. 다만 이모는 조금 바빴던 것뿐이지만. 아이가 너무 많았던 거죠. 하지만 그것은 본질적인 불행은 아니에요. 불행한 사람이란 좀더 어두운 그늘을 가지고 있다고 생각해요. 좀더 좋은 시대여서 식량만 제대로 해결되었더라면 이모는 달리 할 말은 없었을 거예요.」

아키코 부인에게 행복이 없었다고는 생각지 않는다. 그러나 그 행복이란 부부생활의 안정이라는 것뿐이었는지도 모른다. 즉 안정된 성생활이다. 육체생활이다. 육체생활의 행복이 여성의 생애 일체를 지배하는 것일까. 아쓰코 부인은 그 이외의 길이 필요했던 것이다. 짐승의 길이 아니라 인간의 길이 필요했던 것이다. 유키코가 지금 아름다운 말로 주장하는 행복에 대한 동경은 결혼을 앞둔 모든 처녀들이 생각하는 꿈인 것이다. 꿈의 아름다움에는 꿈만의 가치밖에 없다. 그리고 꿈은 진짜 생활을 시작했을 때부터 점차 사라져 가는 것이다. 아쓰코 부인은 그러한 모든 것을 경험해 왔다. 이제 꿈은 없다. 꿈이 사라져 버린 후에 새로운 다른 사는 방식을 찾아야만 했던 것이다.

「그렇다면 전에 네가 늘 말하던 여자의 자유란 것은 어떻게 되는 거냐?」

「자유 같은 건 없어요.」 유키코는 퉁겨지듯 격한 억양으로 말했다. 「난 없다고 생각해요. 그런 자유가 있는 것처럼 생각하고 있었던 것은 나의 꿈이죠. 거기에 난 자유 같은 건 필요 없다고 생각해요. 행복한 사람은 자유 같은 건 원하지 않아요. 인간은 불행해졌을 때에만 자유라는 의미를 생각하기 시작하는 것이죠. 하지만 그건 생각일 뿐이에요. 사실은 없다고 생각해요. 여하간 여자에게는 결혼하든 말든, 남성이란 것이 있고, 따라서 여자의 생애는 어차피 남성에게 구속당하겠죠. 그리고 결혼한다면 좀더 강한 구속을 받는 거죠. 만약에 엄마가 되면 아이에게도 속박당하고요. 거기에 정치나 경제나 습관이나 여러 가지의 것에 한정되어서 자유 같은 것이 있을 리가 없다고 생각해요. 결국 자유를 원하지 않아도 되는 생활이 가장 자유죠. 부자유를 느끼지 않는 것이 자유예요. 그러기 위해서는 자신의 행복에 탐닉(耽溺)…몰두하는 것이 가장 적극적이라고 생각되네요. 추상적(抽象的)으로 그냥 여성의 자유니 해방이니 말하지만 그런 것은 말뿐이라고 생각해요.」

이것 또한 유치한 말이다. 꿈같이 아름다운 사고방식이다. 행복에 몰두하고 탐닉하고 있을 동안에는 그래도 될 것이다. 탐닉은 이윽고 나이와 함께 식어갈 것이 분명하다. 애정도 가정의 평화도 욕망도 점차 그 정감을 잃고 광채에 의해 애매하던 윤곽이 또렷하게 나타났을 때, 그들 가치의 한계가 느껴졌을 때, 아쓰코 부인 정도의 연령에 달했을 때, 그때까지 자신의 목숨을 맡기고 있던 행복이란 것이 믿을 수 없게 된다. 믿을 수 없게 되고 나서의 생활방식이 알 수 없는 것이다… 부인은 딸과의 오랜 이야기에서 자신은 아무것도 얻은 것이 없음을 알고 깊은 한숨을 내쉬었다.

그로부터 20일 동안 아쓰코 부인은 세이코의 결혼준비로 바쁜 나날을 보냈다. 여하튼 이 불행한 딸에게 살아나갈 길을 터주어야 한다. 부인은 진심으로 이 결혼에 찬성하고 싶은 생각은 없었지만 반대한 후에 세이코에게 줄 다른 생활방침이 없었던 것이다. 최선의 길은 아니지만 차선(次善)의 방법이 될지도 모른다.

세이코는 결혼을 눈앞에 둔 처녀들 대부분이 그렇듯이 다른 사람의 일은 생각할 틈이 없었다. 얼마만큼의 경비가 들든 아버지에게 감사하는 마음조차도 없었다. 후리소데(振袖: 일본 기모노의 긴 소매)의 무늬에 불평을 한다. 옷장의 오동나무가 나쁘다고 불평을 했고 경대의 거울이 외제가 아니라고 토라져 보였다. 마치 결혼이 그녀의 권리이고 부모들에게는 일체의 의무가 주어진 것 같았다. 그 이기주의가 얼마나 추한지 자신은 전혀 깨닫지 못하고 있다. 부모에 대한 그녀의 잔혹성이나 횡포에 대해서 한 번도 반성해 본 일이라곤 없는 것이다. 그녀는 결혼의 형식에 몰두하고 있었다. 그리고 그 후에 이어지는 애정이나 의무나 희생이나 인내에 대해서는 아무것도 생각하지는 않는 것 같았다.

그녀는 당연한 권리로서 게이코(敬子)를 친정에 남겨 두고 갈 작정이었다. 게이코는 아버지가 키우든 어머니가 키우든 그것은 자신이 생각할 필요가 없는 것이라고 생각하고 있는 것 같았다. 그리고 게이코의 장래에 대해서도 부모가 적당히 해 줄 것이라고 믿고 또 그것을 당연한 것으로 생각하고 있는 것 같았다. 결혼 직전이라는 시기는 그녀 자신에게는 가장 화려한 기대에 넘쳐 있을 때지만, 타인의 눈에서 보면 생애 중에서 가장 추한 탐욕의 시기였다. 특히 세이코의 경우에는 약혼 상대와 신뢰할 수 있는 애정의 연결이 없었기 때문에 혼수 금액에 마음을 의지하는 초라한 모습이 된 것인지도 모른다.

같은 시기에 유키코 또한 조촐하게 식을 올리려고 생각하고 있었다. 그러나 그녀의 경우에는 하얀 레이스로 장식된 옷자락이 긴 양복을 한 벌 만들 뿐이었다. 옷장도 경대도 없이 시집갈 작정이다. 그리고 그것이 오쓰카 류키치의 희망이기도 했다. 식은 연구소의 생도들과 류키치의 친구 친지를 불러서 교회도 신사(神社)도 아닌 아무것도 없는 회장에서 친구들의 합창 속에

반지를 교환하는 형식을 준비하고 있는 것이었다.

　많은 의상이나 혼수를 준비하는 것은 그들에게는 오히려 분위기가 깨진다는 생각이 들었다. 또한 적은 혼수품이 풍요한 애정을 증명하는 것처럼도 생각되었다. 이것은 자신의 마음속에 있는 허영이고, 세이코의 경우는 몸을 치장하는 허영이었다.

　결혼을 눈앞에 둔 두 딸을 바라보면서 아쓰코 부인은 조용히 자신의 생각을 좇고 있었다. 유키코는 오쓰카 류키치와 둘이 손잡고 함께 행복을 찾으려고 하고 있다. 혹은 신랑을 위해 생애를 바치고 그 희생의 기쁨에 묻혀서 살려고 하고 있다. 그런데 세이코는 상대방의 일은 생각하고 있지 않다. 자기 한 사람을 구출하기 위해 상대방을 붙잡으려고 하는 것이다. 발치가 씻겨 내려가는 홍수로부터 도망치기 위해 굵은 나무뿌리를 골라 기어오르려고 하고 있을 뿐이다. 상대방에게 구조를 청하고 그 대상으로 육체를 제공하려고 하는, 말하자면 창녀가 되어서 생활의 자산을 얻는 것과 같다. 부인은 세이코의 결혼준비를 도우면서 이 딸의 어미인 자신에게 혐오를 느끼고 있었다.

　요코하마(橫濱)의 미스지마(水島)가에서 별안간 부인이 찾아왔다. 세이코 결혼식을 5일 앞둔 오후였다. 부인은 육십 가까운 나이답지 않게 살찌고 정력적인 체격이었으며 안경을 낀 눈은 노려보는 듯이 커다랗다. 마침 아쓰코 부인이 있을 때였다. 부인은 절대 그 집에는 묵지 않고 아파트에서 매일 다니며 세이코의 결혼준비를 하고 있었다.

아쓰코 부인에게는 뭔가의 예감이 있었다. 2층의 객실에 마주하고 인사가 끝나자 즉시 미스지마 부인이 이렇게 말했다.

「사실은 말입니다, 사부인. 정말 별안간의 일입니다. 살아 있었어요! 편지가 왔는데 정말 믿어지지가 않아요.」

자신의 볼에서 핏기가 가시는 것을 아쓰코 부인은 느끼고 있었다. 한순간 그녀는 이 손님이 무엇을 원하고 찾아왔는지를 알았다. 세이코의 남편이 살아 있었던 것이다. 그가 타고 있던 배는 침몰하고 그 후 전혀 소식이 없었다. 통보는 없었지만 죽음은 확정적인 것이었다. 그런데 미스지마 부인의 이야기에 따르면 그는 필리핀군도 속의 작은 섬에서 원주민의 무리에 섞여서 생활하고 있었다. 전쟁이 끝나고 2년 가까이나 지나고 나서야 비로소 그는 발견되었고 체포되었다. 그리고 그의 편지가 어제 자택으로 배달되었다는 것이다.

「자세한 것은 아무것도 모릅니다만 어쨌든 살아 있어 주기만 하면 말입니다!」 하고 살찐 부인은 눈물을 닦으며 손가방의 가죽 주머니에서 그 편지를 꺼내 보였다. 보이면서 장황하게 변명을 늘어놓는 것이었다.

「바깥양반도 대단히 분해 하고 있어서요. 어쨌든 그런 상황이었기 때문에 도저히 살아 있지는 못할 것이라고 각오는 하고 있었고, 그렇게 되면 세이코도 아직 젊은 나이에 일생을 미망인으로 지낸다는 것도 불쌍하다는 생각이 들었던 거죠. 우리로서는 게이코도 있고 해서 언제까지나 있어 주었으면 하는 생각은 태산 같았지만 이기적인 우리 입장만 생각하는 것 같아서 그런 말씀을 드리게 된 것입니다만. …그런데 이제 와서 이런 말씀을 드리면 화나시기도 하겠지만. 머지않아 그 애도 돌아올 것이고, 그때 또 얼마나 쓸쓸해 할까 하는 생각을 하면 불쌍하기도 해서요. 그런 점을 의논드리고 싶은 생각이 들어서 이렇게 찾아뵙게 된 것입니다. 그런데 세이코는 오늘 집에 없습니까?」

「아, 네 집에 있습니다」 하고 부인은 말했지만 세이코를 부르려고도 하지 않았다.「그런 일이라면 바깥양반이나 세이코와도 잘 의논해서 금명간에 답변을 드리기로 하겠어요. 그런데 무사히 살아 있었다니 큰 다행이지만 얼마나 고생했겠습니까…」

이 말을 들으면 세이코는 내일이라도 미스지마가로 돌아간다고 할 것이 분명하다. 그녀의 신상 문제도 게이코 문제도 모두 원상복귀가 되는 것이다, 하고 부인은 생각했다. 미스지마가의 희망은 다소 뻔뻔스럽다. 그쪽에서 원해서 깨끗이 호적도 뽑아 버린 것이다. 그러나 남자 쪽에서는 늘 이렇게 제멋대로가 허용되고 여자 쪽은 약한 입장에 놓여 있는 것이다. 머리 숙이고 다시 미스지마가에 들어가는 것이 가장 타당한 길이다. 그러기 위해서는 시노자키와의 약혼은 스기타 씨에게 부탁해서 취소시켜야 한다고 부인은 생각했다.

미스지마 부인이 돌아가고 나서 차노마에 앉아 부인은 오랫동안 생각하고 있었다. 안방에서 세이코가 나와 복도에 서 있었다. 그녀는 다녀간 손님이 누구였는지를 알고 있었던 것이다. 알고 있으면서 인사하러 오려고도 하지 않았다. 거기에 뭔가 그녀의 날카로운 감정이 있었다.

정원의 작은 연못가에 노란 창포 꽃이 피어 있다. 그녀는 물에 비치는 꽃의 빛깔을 바라보며 등뒤의 어머니에게 말했다.

「뭘 하러 왔대요?」

상황을 이미 짐작하고 있는 눈치였다.

「살아 있었단다. 필리핀에서 편지가 왔대.」

「그래요」 하고 말한 채 그녀는 돌아다보려고도 하지 않았다.

「다시 돌아와 줬으면 하는 눈치더라. 네 생각은 어떠냐?」

세이코는 답하지 않는다. 부인은 딸의 뒷모습을 물끄러미 바라보았다.

「농담하지 말라고 하세요!」 하고 세이코는 냉정하게 말해 치웠다. 「이젠 넌더리가 나요. 그렇게 제멋대로 해도 되는 건가요. 마치 나를 쫓아내듯 보낼 때는 언제고 이제 와서 염치도 없이 찾아오다니 너무 뻔뻔스럽네요. 게이코 문제도 그렇지, 네가 낳았으니 네가 데리고 가라고 확실히 그 입으로 내게 말했어요, 바로 그 시어머니가 말했죠. 흥! 이제 와서…, 난 꼴 보기도 싫어요. 돌아온다 해도 난 만나지 않겠어요. 엄마, 딱 잘라 거절해 주세요. 두 번 다시 그런 말은 듣고 싶지도 않아요.」

말을 끝내고 그녀는 속으로 울고 있었다. 연못 가장자리에 쪼그리고 앉아 소매로 볼을 누르고 소리 없이 울고 있었다. 이 눈물이 작별 인사인 것이다. 울음이 끝났을 때에는 전 남편에 대한 미련도 집착도 단절되는 것이다. 눈물을 닦은 후에는 후련한 기분으로 이것저것 모든 것을 잊고 새로운 남편에게 마음을 기울여 나갈 수 있는 것이다. 미스지마가에서 쫓겨났을 때에는 그토록 불행한 안색을 하고 있었는데 그 불행이란 것이 남편에 대한 애착이 끊겼기 때문이 아니라 생활의 발판을 잃었기 때문인데에 지나지 않았던 것이다. 세이코에게는 결혼이란 일종의 취직이었던 것 같다. 상대방이 누구였던 상관없는 것이다. 다만 그녀를 배신하지 않는 성실성과 그녀를 평생 굶기지 않을 만한 재력만 있으면 되는 것이었는지도 모른다. 남편에 대한 애착이 견고한 것이었다면 소식을 알았을 때 뛸 듯이 기뻐하며 남편의 곁으로 돌아갈 수 있었을 것이다.

그런데 세이코는 지금 새로운 혼담이 미스지마가에 의해 방해되는 것을 극도로 두려워하고 있다. 「난 성가시기만 해요!」 하고 그녀는 말했다. 이제부터 가려고 하는 시노자키에게는 두 아이가 있어서 그녀는 후처이자 계모이다. 그 불리함을 마다하지 않고 시노자키에게 가려고 하는 마음을 아쓰코 부인은 이해할 수가 없었다.

그러나 세이코의 입장에서 보면 미스지마가에 돌아가는 것은 기분이 꺼림칙했다. 남편이 근간에 돌아오는 것이라면 재혼하려고 했던 그녀의 부정(不貞)이 마음의 상처가 되어서 남는다. 시노자키에게 시집가면 전쟁으로 인한 미망인으로서 훌륭하게 통하는 것이다. 게다가 일단 떠나 버린 마음을 남편 쪽으로 되돌리기도 어렵고, 일단 시노자키에게로 기울어진 마음을 되돌리는 것도 곤란했다. 그녀의 재혼은 애정에 의한 것도 아니고 신뢰에 의한 것도 아니며 오히려 계산된 이해관계에 의해서 맺어지고 진행되어 나가는 것이었다.

지옥 속의 안정된 생활

몸도 마음도 피로해서 아쓰코 부인은 아침식사 후에 다시 한 번 이부자리를 깔고 좁은 아파트 방에 누웠다. 오늘 세이코는 2박 예정이던 신혼여행에서 돌아온다. 식은 화려한, 그리고 공허한 것으로 느껴졌다. 한 여자를 지옥에 팔아넘기는 의식이었다. 미사여구를 늘어놓고 허례허식을 가지고 죄악을 감추는 등 경박한 기쁨이 가득 찬 의식이었다. 아쓰코 부인은 모든 준비에 실수 하나 없이, 모든 사람들에게 대한 의례나 인사에 아무런 결례도 없이 온정신을 다 바쳤다. 그런 일에 관해서는 숙련되고 통달하며 사소한 혼란도 없이 해치우는 솜씨를 가지고 있었다. 지금 그 일을 마치고 나서 더욱 깊은 마음의 피로를 느끼고 방안에 틀어박혀 있다.

이번에는 유키코의 차례이다. 그러나 그녀는 거의 무엇 하나 어머니에게 의논하려고 들지 않는다. 결혼준비 때문에 돈이 필요하다는 말조차 하지 않는 것이다. 얼마 안 되는 자신의 저금만으로 해 나갈 작정인 것 같다.

「너 돈이 필요하겠지. 어떤 준비를 하고 있니?」하고 어머니가 물으면,

「괜찮아요. 회사에서 퇴직금이 나와요. 대충 그거면 돼요…」하고 말했다.

그녀는 결혼과 동시에 직장을 그만둘 예정이었다.

「아무리 간단하게 하더라도 아버지 입장도 있으니까 갖출 것은 갖춰야 하지 않겠니?」하고 어머니가 말하면, 유키코는 머리를 흔들며,

「필요 없어요. 아무것도 가져오면 안 된다고 말하는 걸요」하고 웃었다.

오쓰카 류키치는 그 나름의 결벽성을 가지고 있었다. 그는 아내가 지참금이나 많은 혼수품을 가지고 오는 것을 좋아하지 않았다. 자신의 아내는 완전히 자신만의 힘으로 자신의 팔 안에서 지켜 나가고 싶었다. 지참금이나 혼수품은 그의 힘 이외의 것이고 그러한 불순물에 둘러싸인 아내를 좋아하지 않았다.

「나는 마누라가 필요할 뿐이지 마누라의 도구 같은 것은 원치 않아. 맨손으로 몸만 왔으면 좋겠어」하고 그는 말했다. 그

정신이 유키코에게는 강한 매력이었다.

「엄마는 그냥 아무 말도 하지 말고 식장에 오시면 돼요. 우리들은 그런 주의예요.」

아쓰코 부인은 신명이 나지 않을 정도로 아무것도 해 줄 일이 없었다. 유키코는 10일 후에 식을 올린다고 말하였다. 그리고 그때까지는 직장에 나갈 작정이다.

초여름에 들어서는 초록빛 창문에 검정나비가 날고 있었다. 부인은 베개에 머리를 올려 놓은 채 세이코가 없어진 후의 가정을 생각하고 있었다. 집에서 떠나왔다고는 하지만 주부로서의 책임은 꼬리를 물고 있어서 집안의 모양을 이것저것 걱정해 보는 것이었다. 그 장년의 습관이 이제는 꺼림칙하게 잊으려 해도 잊혀지지 않는 것이었다. 세이코가 없어지고 남편이 출근하면 가정부와 어린 게이코만이 남게 되는 셈이다. 남편은 게이코를 자신이 키운다고 잘라 말했지만 키울 수 있는 것인지 어떤지. 거기에 니시자와 일가의 일도 마음에 걸린다. 부인은 이른바 잔걱정을 타고난 성품이었다. 이것저것 신경을 쓰고 손을 써서 신변을 정리하여 남편에게는 집걱정을 시키지 않았다. 그 오랜 세월의 습관은 집을 떠나 있어도 그 정신은 떠나지 않는 것이다. 내일은 잠깐 돌아가서 집안 돌아가는 모양새를 보아야겠다는 생각이었고 그것이 자신의 당연한 의무처럼 예정을 세워 보는 것이었다.

다음날 오후 부인은 3일 만에 집으로 돌아가 보았다. 안쪽 현

관을 들어서자 가정부가 토방에 쪼그리고 앉아 구두를 닦고 있었다. 일어나서 맞이하는 가정부를 향하여,

「오늘은 걸으면 더운 날이구나. 게이코는?」 하고 말했다.

「정원에서 할아버지와 놀고 있습니다.」

부인은 그날이 일요일이었다는 것이 생각났다. 남편을 만날 생각은 없었던 것이다.

복도를 빠져 나와 정원으로 향한 쪽마루에 나와 보니 잔디 위에 등나무 의자를 내놓고 미네조는 한가하게 담배를 피우고 있었다. 그의 발치에서 게이코는 빨간 양복을 입고 흙장난을 하고 있다. 진흙을 빚어 경단을 만들고 있는 것이다. 놀면서 잘 돌아가지 않는 혀로 조부에게 뭐라고 쫑알대고 있다. 남편은 어린애 같은 어투로 어린애 입 시늉을 하면서 답하고 있다. 아내에게 버림받은 남자와 어미에게 버림받은 어린아이, 각각 고독한 마음을 가지고 둘이 함께 늦봄, 초여름의 정원에서 화창한 햇빛을 받으며 서로의 고독을 위로하고 있는 것이다. 이 노경(老境)을 맞이한 남자는 왜 아내가 떠나갔는지 자신은 모르고 있는 것이다. 따라서 아내에게 화낼 수도 없고 후회할 이유도 모른다. 30년 가까이 함께 살아온 아내가 갑자기 떠나가고 그 딸도 나가, 남겨진 단 하나인 불쌍한 외손녀를 측은한 마음으로 바라보고 있다. 정원 구석에 벚나무 잎이 무성하고 목련과 진달래와 창포가 꽃을 피우고 있다. 하얀 나비는 어린애의 어깨를 가로질러 날고 검은 제비가 추녀를 스쳐날고 있다. 게이코는 두 손으

로 흙을 주무르며 더러워진 손으로 조부의 무릎에 달라붙는다. 미네조는 소매 자락의 휴지를 꺼내어 작은 손의 흙을 닦아준다. 부인은 복도의 유리창 그늘에 서서 오랫동안 두 사람의 고독한 모습을 정신없이 바라보고 있었다. 이상하게 아름다운 그림과 같은, 마음에 스며드는 모습이다. 부인은 이 두 사람이 그토록 고독한 모습을 하고 있는 것이 자신의 책임인 것처럼 생각되었다. 그리고 반사적으로 그녀 자신의 고독이 생각났다. 부인은 자신의 고독과 싸워 고독을 물리치고 앞으로의 생활을 세워 나가려고 생각하면서 한편으로 그토록 고독해진 남편의 모습을 생각해 볼 수가 없었다. 어린아이가 뒤돌아보았다.

「할머니!」 하고 불렀다. 그 소리에 미네조도 뒤돌아보았다. 그의 얼굴은 한순간 상쾌한 웃는 얼굴이 되었다.

「야아, 할머니가 왔다, 할머니가 왔다!」

그 돌아다본 얼굴에서 부인은 눈물자국을 보았던 것이다. 남편은 어린 손녀를 놀게 하면서 눈에 눈물이 고여 있었던 것이다. 그 눈물의 의미를 물을 수는 없었다.

「게이코가 어떻게 하고 있나 보러 왔어요.」

「아 그래, 잘 왔소」 하고 남편은 일어나서 부인 쪽으로 다가왔다.

「힘들게 하지는 않나요. 밤에는 어떻게 하고 있어요?」

「밤에는 나와 둘이 있지. 낮에는 너무 얌전해. 어디에 있는지 모를 정도야. 밤에는 가끔 별안간 울기 시작하더군. 울면서 내

손을 찾아와. 어쩐지 피로한 것 같았어. 어미의 일은 한 번도 말하지 않아. 말하진 않지만 잊지는 않은 것 같고. 말없이 멍하고 뭔가를 생각하고 있는 일이 있거든. 그런 때가 제일 불쌍해.」

부인은 말없이 듣고 있었다. 들으면서 게이코를 보고 있자 눈물이 앞을 가렸다.

복도에 걸터앉은 남편의 옆에 앉은 아쓰코 부인은 뭔지 모르게 초조한 생각이 들었다. 이 집을 떠나와 있으면서 완전히 떠나지 못하고 가끔 이렇게 돌아오는 무의미한 행동. 남편과 헤어져 있으면서 남편에게 대해서는 아무런 미움도 느끼지 않는 모순된 입장. 이 집안의 정리라든가 잡일이라든가 교제 같은 것을 두 번 다시 생각하고 싶지 않다면서 게이코를 보러 돌아오는 자신의 분열된 감정. 이래 가지고 앞으로 자신은 어떻게 생활해 나갈 작정이란 말인가. 그 일에만 여러 밤을 고민하고 생각하면서 아직 방도를 찾지 못하고 있는 미흡한 자신의 처지.

결혼의 행복도 젊은 날의 광채를 잃고 오직 평범한 일상이 되어 버리고 아이를 낳아 아이를 키우는 엄마의 기쁨도 아이가 결혼해서 집을 떠나가면 그때는 모두 끝난다. 남겨진 것은 오로지 번잡한 생활형식뿐이다. 유키코는 여자의 생활에 자유는 없다고 말했으며 자유는 필요 없다고 말했다. 유키코의 연령에서는 자유가 없어도 된다. 그 자유를 대신해서 즐거운 연애가 있는가 하면 새로운 가정도 있고 장래에 대한 아름다운 꿈도 있다. 아름다운 꿈을 잃고, 가정의 신선함을 잃고, 연애의 기쁨도 없어진 후에 인생의 종반을 지나 종말에 가까워졌을 때, 그때야 말로 자유가 정말 필요한 것이 아닐까.

그런데 그 자유란 무엇일까. 부인은 조금 전에 게이코와 놀고 있는 남편의 자애로운 모습을 보았다. 자애는 동시에 조심스러운 마음의 모습이기도 했다. 조용하게, 온화하게, 어린 손녀를 위해 자기 자신을 대비하여 자신의 마음을 다 바친 모습이었다. 그때의 남편 모습이 이상하게도 아름다운 한 폭의 명화처럼 보였던 것은 왜였을까? 남편은 눈에 눈물이 고이면서 그 마음을 어린아이에게 주고 자신도 무언가에 마음의 만족을 느끼고 있었던 것처럼 보였다.

「유키코는 어떻게 하고 있나?」하고 미네조는 담배를 피우면서 말했다.「이제 날짜가 가까워진 것 같은데, 준비는 어떻게 되었나. 돈도 없을 것 아냐. 너무 초라하게 하지 않도록 당신이 돌봐주도록 해요. 나에게 직접 말하기는 거북할 테니까.」

「걱정할 거 없어요」하고 부인은 미소지으며 답했다.「유키코는 아무것도 필요 없어요. 그것도 고집 피우는 것이 아니고 정말 필요 없대요. 상대방도 빈손으로 와 주었으면 좋겠다고 한대요.」

「그쪽에서 그렇게 말했다 하더라도 딸을 보내는 쪽에서는 그럴 수가 없지.」

「아뇨, 그래도 될 것 같아요. 유키코는 요즘 매우 조심성 있게 처신하고 있는데, 불쌍하리만큼 얌전하고 욕심이 없어요.」

몸도 마음도 다 바친 애정이란 것은 일체의 물욕이나 명예욕이나 허영심까지도 버려 버리는 것일까. 그러한 끝에 그녀는 전에 그토록 주장하고 있던 자유조차도 필요 없는 것으로 단언해 버렸다. 그녀는 아무것도 필요 없다. 기쁨도 자랑도 목숨조차도 필요 없어져 버렸던 것이다. 그리하여 일체를 버리고 바친 그녀의 마음이 무언가에 의해서 항상 충만하고 출렁출렁 넘치고 기쁨에 빛나고 있다. 그것은 도대체 어떠한 비밀스러운 마음의 조화에 의한 것일까. 모두 바침으로써 만족하는 마음. 부인은 한 줄기 빛을 발견한 것처럼 생각했다.

「유키코의 상대인 신파 선생이란 사람 말인데, 당신은 그를 만나 보았소?」

「만났어요」 하고 부인은 미소지으며 답했다.

「어떤 남자야?」

「글쎄요, 한마디로 말할 순 없지만 촌스러워 보이는 사람이지만 그러면서 어딘지 모르게 세련된 것 같은 면이 있어요. 좋은 사람 같았어요.」

「음 그래. …유키코는 좀더 멋있는 하이칼라 친구를 좋아했던 것 같은데.」

「맞아요, 나도 뜻밖이었어요. 하지만 그런 모양의 문제가 아니라 인품이라든가 성격 같은 것이 마음에 들었겠죠. 의지가 될 만한 사람 같았어요.」

「잘 해 나갈 수 있을까. 젊은이는 어쨌든 눈앞이 어두운 거라서.」

「난 문제없다고 생각되네요. 아무튼 유키코도 그만큼 열심이었고, 이거저것 모두 버리고 간다는 심정으로 있으니까 이제부터 앞으로 뭔가 어려운 일이 있어도 웬만한 것이면 밀고 나갈 수 있을 것이라고 생각돼요.」

결혼생활. 그것은 여성의 지옥이었을 것이다. 자유도 없고 해방도 없고 무한정으로 이어지는 번잡한 나날, 생애에 걸친 가족의 속박. 빠져 나올 수 없는 생활의 수렁. 그와 같은 여성의 지옥도 유키코가 지닌 현재의 깊은 애정으로 몸도 마음도 바쳐 후회하지 않을 생각이라면 어떻게든지 살아 나갈 수 있을 것이다. 행복은 없을지도 모른다. 자유는 주어지지 않을 것이다. 그러나 어떻든 살아나갈 수 있을 것이 틀림없다. 대부분의 세상 여자들은 그와 같이 해서 계속 살아가는 것이다. 그리고 이것이 여성의 지옥이고 지옥 속에만 안정된 생활이 가능하다. 이 난해한 문제를 어떻게 생각해야 할 것인가. 아쓰코 부인은 거기서부터 앞으로 나갈 수 없는 안타까움을 느꼈다.

「오늘은 저녁을 먹고 가는 것이 어떻겠소?」 하고 미네조는 상냥하게 말했다. 「아니면 유키코가 기다리고 있나?」

「네」 하고 부인은 시원치 않은 답변을 했다. 「요리는 요즘 어때요?」

「엉망이지 뭐. 당신이 없어지고 세이코도 가버려서 가정부 혼자서는 일이 안 돼. 어제는 내가 부엌에 가서 전갱어를 지지기도 하고 양배추를 소금에 절이기도 하고….」

아쓰코 부인은 웃었다. 이 집안의 생활을 지배해 나가는 내가 아니면 안 되는 것이다. 내가 없어서는 하루도 만족하게 지낼 수 없는 것이다. 그것이 하나의 자신감이 되어서 부인의 마음을 따뜻하게 해 주는 것이었다. 그녀는 일어나 부엌으로 가서 찬장이나 냉장고를 열어 보았다. 불쌍한 남편이다. 밖에서 근무하는 것만으로도 피곤할 것인데 집에 돌아와서 요리를 돕고 어린아이와 놀아 주어야 한다. 부인은 생선 가게에 전화를 걸어 쓸 만한 것을 택하고, 표고버섯을 물에 담그고, 숯불을 일으켜 익숙한 절차와 솜씨로 저녁 준비를 하기 시작했다.

왠지 모르게 즐거운 느낌이 들었다. 남편이 기뻐할 듯싶은 모습을 생각하고 남편이 좋아하는 맛으로 요리한다. 그 정성을 들이는 긴장의 즐거움이 오랜만에 그녀의 가슴에 되살아나는 것 같았다. 아직 젊었을 무렵, 세이코도 아직 태어나기 전 무렵의 가정이 생각났다. 거의 본능적인 여성의 기쁨이었다. 부인은 도마의 아름다운 리듬을 가지고 파를 썰고 생선을 구웠다. 잊었던 자신감이 점차로 마음에 충만해지는 것 같은 느낌이 들었다. 이것이 지옥인 것이다. 그리고 왜 여자는 자신의 지옥을 즐겨야 하는지. 거기서부터 앞이 미로였다.

그날 밤 늦게 부인은 역시 아파트로 돌아왔다. 유키코는 아직 자지 않고 자신의 책상 속을 정리하여 필요치 않은 것을 처분하고, 속옷이나 의류를 점검하여 새로운 생활을 준비하는 중이었다.

「다녀오셨어요. 아버지는 뭐라고 말씀하고 계시죠?」 하고 딸은 다소 피곤한 표정으로 말했다.

「네 식장에는 나오신다고 했다. 그리고 네 준비에 대해서도 걱정하고 계셨다.」

「그러세요. 거절해 주셨겠죠. 난 제멋대로 가는 것이어서 너무 걱정 끼치고 싶지 않아요. 그냥 기꺼이 보내 주시기만 하면 그것으로 족해요.」

어머니에게는 뭔가 마음에 사무치는 말이었다. 자신은 제멋대로라고 말하고 있지만 이 딸이 이토록 기특한 마음을 가지고 있었던가, 하고 다시 보는 심정이었다.

「그리고 말이다. 오쓰카 씨는 재혼이 아니냐. 먼저 분은 죽었잖아. 그것도 걱정하고 있었단다. 세상에서는 죽은 자리에는 가지 말라고 말들 하니까.」

「알고 있어요」 하고 딸은 눈을 떨구고 말했다.

「어머니도 계시지 않으냐. 이것저것 생각하면 마음이 놓이지 않는다고 아버지는 말씀하시더라. 반대는 하시지 않지만.」

「괜찮아요, 엄마…」 하고 유키코는 자신에게 타이르듯 혼자서 끄덕이었다. 「나, 모두 각오하고 있어요. 그 사람은 죽은 부인의 일을 가끔 나에게 이야기해 줘요. 그것이 듣고 있어도 즐거울 정도로 좋은 이야기예요. 나는 죽은 부인의 추억을 소중히 해 주려고 해요. …그분의 사진이 벽에 걸려 있거든요. 그것을 난 늘 보면서 살아갈 작정이에요. 나 질투 같은 거 하지 않아요. 질투란 것은 상대와 싸우는 기분이잖아요. 자기 쪽이 어떻게든지 득을 보려고 하는 마음이죠. 그 정도라면 나 그 사람과 결혼 같은 거 하지 않아요. 난 다만 그 사람을 도와서 그 사람에게 바치고 싶어요. 그것뿐이에요. 그러니까 아무것도 아니죠. …시어머니에 대해서도 난 효도하려고 해요. 아주 좋은 어머니거든요. 마음이 넓고, 온화하고, 나도 그런 식으로 늙은이가 되고 싶은 생각이에요. 난 고생해도 상관없다고 생각하지만 그다지 고생은 없을 것 같아요. 나 자신이 택한 결혼이니까 스스로 책임지겠어요. 절대로 아버지나 엄마에게 걱정은 끼치지 않고 살아가겠어요.」

「그래. …그 말 들으니 나도 안심이구나. 지금의 마음만 오래 지속할 수 있으면 일생 동안 잘못은 없을 것이다. 좋은 사람을 만나서 잘 되었구나.」

유키코는 정리를 마친 책상 서랍을 닫고 그 위에 턱받침을 하고 깊은 밤 창문의 어둠에 향하여 연한 바람에 머리칼을 만지작거리며 혼자말처럼 중얼거렸다.

「난 자신의 행복이란 것은 생각하지 않기로 하고 자유고 뭐고 모두 버려 버렸다는 생각으로 있지만 지금에 와서 생각해 보면 자신의 행복을 버린다는 것이 오히려 가장 큰 행복이었던 것 같은 생각이 들어요. 그런 일이 있을 수 있을까요?」

아쓰코 부인은 청춘시대에 연애의 기쁨이란 것을 몰랐다.

딸의 괴로운 듯한, 그리고 즐거운 듯한 혼자말은 아름다운 음악처럼 부인에게는 들렸다.

이 질문에 대해서 답은 필요 없다. 미소로 다정하게 들어주면 되는 것이라고 부인은 생각했다. 이제까지 거만하던 정신을 버리고 수줍은 마음이 된 딸이 오히려 불쌍하기까지 했다. 이거야말로 여자의 지옥이다.

모든 처녀들은 한 번 연애를 느끼고는 끝내 유키코처럼 마음이 약해져 무엇이든 바쳐 버린다. 후회는 10년 후에 혹은 5년 후에 찾아든다. 거기에 그것을 깨달았을 때는 이미 때는 늦은 것이다. 생활의 울타리는 굳게 둘러쳐지고, 육체의 고삐는 단단히 잡아 매지고, 그리고 2, 3명의 아이가 태어나서 기르고 있다. 그녀의 천국은 어느 틈에 지옥으로 변해 있는 것이다. 부인은 이 위험을 너무 잘 알고 있다. 더구나 이 지옥은 피할 수 없는 함정인 것이다. 여기에 여자의 행복의 한계가 있었다.

행복의 한계는 바로 말해서 여성에게 허용된 생활의 한계였다, 즉 인생의 한계였다. 이 한계에서 밖으로 향해 탈출한 곳에는 2개의 세계가 있다. 하나는 파계와 오욕과의 세계이고, 이것은 더한층 깊은 지옥, 기쁨과 구원이 없는 지옥이다. 그것이 인간이 인간을 떠나서 짐승 속으로 타락한 세계이다.

다른 또 하나의 세계는 고독이다. 아쓰코 부인은 지금 그 고독 속에 있다. 고독의 세계는 또 방황의 나라이고 불모의 동산이기도 한 것 같다. 이 세계에서 살 수 있는 여성은 만 명에 한 사람 있을까 말까 하다.

결국 여성은 고독에 견디지 못하는 것이다. 그녀의 생애에는 함께 삿갓을 쓰고 순례를 떠날 동행자가 필요하다. 그러고 보면 여성의 행복은 함께 살 남성과 둘이서 발견하고 건설해 나가는 것이라야 한다. 여기에 중대한 생활의 한계가 있었다. 여기서부터 앞에는 행복이 없다. 설령 결혼생활이 어느 정도의 지옥일지는 몰라도 이 지옥 밖에는 행복의 세계가 없었다. 그것이 인생이라는 복잡하고, 추하고 또한 아름답고, 엄격하고, 온화한 암흑인데 광명에 넘친 세계였던 것이다.

여기까지 생각이 이르자 아쓰코 부인은 눈물을 펑펑 흘렸다. 그러나 그것은 슬픔의 눈물은 아니었다. 그녀는 자신이 살 수 있는 장소를 확정하고, 자신이 살 수 있는 세계의 모습을 확인하여 오히려 일종의 안심까지도 느끼고 있었다. 이제부터 이후는 방황하는 일 없이 살아갈 수 있을 것이다. 가기 어려운 길이긴 하지만 이 길보다 달리 처세의 길은 없었던 것이다.

유키코는 여자의 생애에 자유는 없다고 말했고 또 자유는 필요 없다고 말했다. 그것은 일종의 절망이 틀림없다. 더구나 그녀는 절망을 초월하여 더욱 높은 희망을 발견하고 있다. 「자신의 행복을 버린다는 것이 오히려 가장 큰 행복이었던 것 같은 느낌이 들어요. 그런 일이 있을 수 있을까요….」

부인은 매테를링크(Maeterlinck)가 쓴 『파랑새』 이야기를 생각해 냈다. 묻고 물어 찾아가서 발견한 행복의 파랑새는 손에 잡은 순간 이제 행복의 빛깔을 잃고 있는 것이다. 부인은 자신의 불행에서 도망쳐서 자신의 행복을 추구하며 고생해 왔다. 그리고 유키코는 자신의 행복을 버린 후에 가장 큰 행복을 만났다는 것을 느끼고 있다. 이것이야말로 인간의 마음속의 비밀 상자에 숨겨진 인생의 보석일지도 모른다.

행복을 잡으려고 하는 생각은 자기 중심의 사고방식이다. 자기중심의 사고방식은 타인과 싸우는 마음이다. 일종의 욕망이다. 욕망은 한없이 이어지고 한없이 마음을 괴롭힌다. 세이코는 많은 혼수를 갖추고 더구나 불만스러운 안색을 하고 시집갔다. 그런데 무엇 하나 혼수도 갖지 않고 결혼하려고 하는 유키코는 만족하고 조용한 얼굴을 하고 있다. 여동생인 아키코는 7명의 아이들과 평범한 남편에게 몸과 마음을 다 바쳐 땀범벅이 된 얼굴에 항상 만족스러운 미소를 띠고 있었다. 아내가 떠나가고 딸에게 배신당한 남편은 손녀와 놀면서 아름다운 명화처럼 맑고 온화한 표정을 띄우고 있었다.

「나는 무슨 일을 거꾸로 생각하고 있었던 것 같다」하고 부인은 생각했다.

결혼의 행복도 가정의 기쁨도 마침내는 지옥이 되고 빠져 나오기 어려운 함정이 된다고 생각한 것은 거꾸로 생각한 것이 아니었을까. 인간의 생활은 남성에게나 여성에게나 처음부터 지옥인 것이다. 끊임없는 노고, 질병과의 싸움, 죽음의 공포, 산고의 고통, 사회나 국가의 중압, 습관이나 도덕의 구속, 인간은 처음부터 지옥 속에서 태어나 지옥 속에서 살고 있는 것이다. 그리고 이 지옥 속에 노력해서 자신의 천국을 세우려고 한다. 사랑의 기쁨, 결혼의 행복, 빛나는 평화…자칫하면 파괴당하려고 하는 주위의 힘에 대해서 일순간에 지나지 않는 사소한 천국을 지키고 키워 나가는 것이 인간이 사는 노력인 것이다.

여자에게 가정이라는 생활의 형식은 거기서 지옥이 생겨나는 것이 아니라 지옥 속에 천국을 세우려고 하는 노력이다. 지옥이 생겨날 것으로 생각되는 것은 그녀가 노력을 게을리하여 스스로 만든 천국을 잃었다는 말이 되는 것이다. 다시 한 번 노력해서 새로운 생활의 행복을 만들어 내야 한다. 그 행복은 유키코가 몸을 가지고 발견한 것처럼 자유를 버리고 행복을 버린 데에서 크게 자라난다. 행복의 조건을 외부에서 찾은 것은 잘못이었다. 물질이나 환경이나 생활의 형식 등에서 찾으려고 한 것은 처음부터 잘못이었다.

행복은 그녀의 마음속에, 마음의 깊은 곳에 스스로 시를 뿌리고 스스로의 노력을 가지고 키워 나가는 것이었다. 유키코는 자신이 행복한 것인지 아닌지를 잘은 모른다. 행복은 버렸다는 생각인 것이다. 거기에 그녀는 만족하고 있다.

아쓰코 부인은 고통스러웠던 기억을 떠올렸다. 세이코의 혼담에 반대했을 때의 일이다. 부인은 세이코를 향해서 이렇게 말했다. 「네가 낳은 아이는 네가 스스로 책임을 져라.…나는 지금부터 손자를 키우기는 싫다.」

그리하여 남편과 싸우고 세이코에게 싫은 추억을 안겨 주었고 자신도 불쾌해져서 어린아이는 할아버지 손에 남겨져 있다.

「아아, 그 아이를 키워 주자!」하고 부인은 생각했다.

떠나온 가정에 불행의 조건은 없었을 것이다. 성실하고 애정이 깊은 남편, 주어진 풍요한 생활, 아름답게 손질된 집, 온순한 성격의 아들, 그 가정을 지옥이라 생각한 것은 오래된 행복의 설계가 색이 바래 버린 후에 새로운 행복을 쌓는 노력을 게을리하고 있었기 때문이 아닐까. 번잡한 일상에 지쳐서 불행의 환상이 달라붙어 있었던 것은 아닐까. 그리고 또 자신의 행복을 요구하는 제멋대로의 정신이 자신을 불행에 빠뜨려 버린 것이다. 부인은 마음이 약해져서 남편 앞에 사과하고 싶다는 생각을 했다.

어머니의 귀소본능

그날 미네조는 자동차로 두 사람을 아파트까지 데리러 왔다. 아쓰코 부인과 유키코는 준비를 하고 기다리고 있었다.

식장은 간다(神田)의 학사회관이다. 식이라고 할 정도까지는 없지만 친구들이 회비를 내어 두 사람을 축하하여 술을 마시고 노래 부르자는 것이었다. 유키코는 하얀 긴 드레스에 머리에 꽃 장식을 하여 청결한 신부의 모습이었다. 그녀를 가운데로 해서 부부가 양쪽에 앉고 해지기 전의 거리를 빠져서 달려갔다.

「너처럼 손이 안 가는 결혼은 처음이구나」 하고 아버지는 평소와 같은 밝은 표정으로 말했다.

「하지만 다른 것으로 속을 많이 썩혀드렸어요. 죄송해요. 마지막으로 사죄의 말씀을 드리겠어요.」

아버지는 즐거운 듯이 웃고,

「대체로 부모에게 부담을 주는 쪽은 대개가 아무 일도 없지만, 남편에게는 투정을 부리지 않는 것이 좋을 거다. 남편이란 성질이 급하니까 말이다」 하고 말했다.

그는 모닝코트를 입었고 하얀 조끼의 가슴에 은으로 된 시슬이 감겨져 있었다. 딸은 그 은 사슬을 당겨 시계를 꺼내 보고 다시 본래의 주머니에 넣어 주었다. 두 사람 사이에 이제 불화는 없었다.

「게이코는 어떻게 하고 있어요?」 하고 부인은 물었다.

「음, 함께 오고 싶어해서 애먹었지만 엿을 쥐어 주고 나왔지. 매일 아침 내가 나가는 것을 싫어해서 말이야, 역시 외로워하는 것 같아. 세이코가 그런 식으로 없어진 데에 어지간히 덴 모양이야. 그전에 유키코가 없어지고, 당신이 없어졌으니 말이야. 이번에는 내가 없어지는 것이 아닐까 하는 생각에 경계하는 것 같아.」

부인은 말없이 듣고 있었다. 게이코의 일을 이야기하면서 남편은 자신의 외로움을 말하고 있는 것이 아닌가 하는 생각이 들었다. 차는 규조(宮城)의 소토보리(外濠)에서 우치보리(內濠)에 다가가 호리(濠)를 따라 넓은 길을 달리고 있었다.

갑자기 미네조는 생각난 듯 안주머니를 더듬어 지갑을 꺼냈다. 그 속에서 하얀 봉투를 빼내자,

어머니의 귀소본능 | 243

「이거 너에게 주마」하고 말했다.

「뭐예요?」

유키코는 아름답게 화장한 얼굴로 쳐다보았다.

「설마 하니 진짜 맨손으로 갈 수는 없으니까 말이다.」

아버지는 창 밖의 풍경을 바라보면서 말했다.

부인은 두 사람을 물끄러미 쳐다보고 있었다. 봉투 속에는 은행 수표가 들어 있었다.

「난 필요 없어요」하고 딸은 중얼거렸다.

「필요 없다면 더 말할 것 없지. 하지만 필요할 때가 있을지 모르니까 잘 간직해 두도록 해라.」

딸은 어머니의 얼굴을 보고 생긋 웃었다. 장난기 많은 옛날의 유키코 얼굴이었다.

식장에 도착했을 때는 간다의 거리에 여기저기 등불이 켜지기 시작할 무렵이었다. 식장에 들어서서 미네조는 눈이 휘둥그래졌다. 친지와 친구들 5, 60명이 대식당의 테이블에 제멋대로 자리를 차지하고 꾸역꾸역 담배연기를 내면서 웃거나 말하거나 하고 있다. 예복을 입고 있는 사람은 눈씻고 보아도 한 사람도 없다. 머리는 까치집이고, 넥타이는 비뚤어지고, 수염은 더부룩하고, 아무튼 추저분한 청년들뿐이었다. 오쓰카 류키치도 그 속에 앉아서 두서너 명의 친구와 뭔가 계속 말하고 있다. 그 사람만은 주인공이라 모닝코트를 입고는 있었지만 어느 모로 보나

새신랑이라는 느낌은 없었다.

다카마쓰가의 세 사람이 회장에 들어서자 일제히 박수가 터져 나왔다. 그중에서 키가 큰 청년이 일어나서,

「그럼 여러분!」 하고 말했다. 「제발 자리에 앉아 주십시오. 자리는 어디든지 자유입니다. 오늘은 제가 간사 일을 맡아 보기로 되어 있습니다만 인사는 뒤로 미루기로 하고, 먼저 오쓰카 류키치 군과 다카마쓰 유키코 양의 결혼을 축하하여 건배를 들기로 하겠습니다. …여기! 술을 따라 주세요.」

종업원이 돌아다니며 맥주를 따랐다. 미네조는 놀란 얼굴로 아내를 돌아보았다. 부인은 킥킥 웃고 있었다.

정면에 주인공 두 사람이 앉고 그 양쪽에 다카마쓰 부부와 류키치의 어머니가 앉아 있었다. 부인의 상식에서 말하면 난폭하기 그지없는 결혼식이었다. 말석 쪽에서 청년 하나가 맥주병을 들고 메인 테이블로 접근하여 「야, 오쓰카 축하한다. 자 마셔라!」 하고 말한다. 그런 다음 「부인은 어떠십니까?」 하고 유키코에게도 권유한다.

이윽고 오쓰카의 연극 연구실에 있는 학생 세 사람이 결혼행진곡을 하모니카로 연주했다. 거기서 또다시 건배한다. 그러는 동안에 여기저기의 테이블에서 의논이 시작되고 웃음소리가 들끓는다. 그야말로 뒷골목 선술집을 방불케 했다. 다카마쓰 미네조까지가 낯선 청년들에게 맥주를 권유받아 컵의 숫자가 쌓여갔다. 온화하다고 말하면 온화하고 난잡하다고 말하면 난잡하

다. 의식이라는 통속적인 고정관념에서 결혼식에 참석한 사람들의 차가운 의례적인 얼굴빛과는 달리, 한 사람 한 사람이 진정한 마음에서 참석하고 싶으니까 참석했고, 기쁘니까 마시는, 정말 두 사람의 결혼을 모두가 허례가 아닌 진심으로 축하해 주는 분위기였다. 부인이 남편의 귀에 대고,「이런 결혼식이 오히려 좋을지도 모르겠네요」하고 속삭였다. 그러자 미네조는 빨개진 얼굴에 웃음을 띠며,

「학생시절이 생각나는군」하고 웃었다.

신랑은 건너편 쪽 청년과 최근의 극장에 대한 비평을 하고 있었다. 유키코의 건너편에는 연구소의 여자 친구가 있어서 둘이 미국 영화 이야기를 하고 있었다. 류키치의 어머니는 시계를 보고서 빨리 역으로 가지 않으면 기차 좌석이 없어진다며 재촉하고 있었다. 류키치는 10분만 더, 5분만 더 하면서 좀처럼 일어서려고 하지 않았다.

신혼여행은 배낭을 짊어지고 또다시 추억의 이즈(伊豆)를 4, 5일 걷다 올 예정이었다. 두 사람은 자리에서 일어나 별실로 들어가 잠시 후 여행준비를 하고 여러 사람 앞으로 나왔다. 운동모자를 쓰고 군화를 신은 류키치는 지팡이를 들고,

「여러분 고맙습니다. 이제 시간이 없기 때문에 먼저 실례합니다. 천천히 마시며 노세요」하고 말했다.

두 사람이 나란히 서 있는 모습은 이상하게도 아쓰코 부인의 가슴에 와 닿는 것이 있었다. 인생의 여행을 함께한다…는 식의

모습이었다. 이제부터 생활의 험난한 길을 손을 마주잡고 서로 도우며 걸어가겠다는 모습으로 보였다. 두 사람은 좋은 부부가 될 것이다. 유키코는 모든 것을 남편에게 바치고 다 바침으로써 모든 것을 소유한다. 여성의 행복에는 새것도 헌것도 없는 것이다. 부인은 여행을 떠나는 딸의 늠름한 뒷모습을 물끄러미 쳐다보고 있었다. 그 뒷모습에는 결의가 있었다. 각오가 있었다. 한결같은, 필사적인 자의 범하기 어려운 위엄이 있었다. 그리고 그들의 일체를 하나로 묶어 젊음의 환희가 넘쳐 보였다.

귀가 길 자동차는 간다의 번화한 밤거리를 빠져 나와서 달렸다. 아쓰코 부인은 남편과 단둘이서 조용한 정면을 바라보고 있었다. 초여름의 밤바람이 시원하게 불어왔다.

「대단히 유쾌했어. 그런 결혼식도 마음 편해서 좋은데.」

남편은 다소 취해 있는 것 같았다. 부인은 자기 혼자의 생각에 잠겨 있었다. 돌아가면 아파트의 고독한 방이 있다. 이 고독 속에서 무엇을 하겠다는 것일까. 이제 와서는 거의 무의미한 별 거였다. 고독의 답답함에 새롭게 가슴이 아팠다. 이제까지는 유키코가 있었지만 그래도 또한 참기 어려운 고독을 느끼고 있었다. 오늘부터는 대화의 상대도 없다. 결국 인간은 혼자서는 살아갈 수 없는 것일까. 인생이란 사람과 사람의 연결인 것 같다. 얽매임이자 고삐이다. 인간과 인간의 복잡한 관계가 결국 인간에게 살아가는 힘을 주고 있는 것은 아닐까. 부모와의 관계, 형제

와의 혈연, 자식과의 연결, 남편과의 인연, 그러한 속박의 번거로움이 결국 한 사람의 인간을 살아가게 하는 힘인 것이다. 이 또한 하나의 지옥이다. 그러나 지옥 이외에 살아갈 장소는 없는 것이다.

「일전에 세이코가 왔었소」 하고 남편은 말했다. 「아이를 데리고 시노자키도 함께 말이야. 여하간 잘하고 있는 것 같더군.」

「어머머…」 하고 부인은 말했다. 「아이까지 데리고 오다니, 그래서 게이코는 어떻게 하고 있었어요?」

「아. 그때는 게이코가 토라져서 절대로 세이코 옆에 가지를 않아. 훌쩍훌쩍 울고 말이야. 결국 언니(가정부)가 업고 놀러나갔지.」

그 불쌍한 어린아이의 모습을 생각했을 때 부인은 감정이 격해지는 것을 느꼈다.

「세이코도 참 심하군요. 어쩌면 그렇게 무자비한 짓을 할까요. 그 아이는 정말 불쌍해요. 여보 게이코는 내가 키워요. 내가 키워 주겠어요.」

「그거 참 좋은 생각이군. 그렇게 해 주면 내가 고맙지.」

부인은 마음을 정했다. 돌아가자! 결국 그곳밖에 달리 갈 곳은 없었다. 돌아가는 집에 자유도 해방도 없을 것이라고 생각한다. 원래의 일상생활이 시작된다. 번거롭고 복잡한 생활, 아무 진보도 없는, 아무런 나아짐도 없는, 그저 쫓기면서 하루하루를 보내는 생활. 본래 그대로의 지옥이다.

그 지옥의 생활을 견디어 나가자. 결국 어디에 가서 살든 살아 있는 한 지옥은 계속되는 것이다. 그 속에 노력해서 작은 천국을 세워 나가야 한다. 이제 자유를 추구하는 마음도 버리고 해방을 원하는 마음도 잊고 유키코가 말했듯이 모든 것을 다 바치는 깊은 애정을 가지고 살아가는 것밖에 길은 없는 것이다. 모든 것을 다 바쳐 후회가 없을 정도의 깊은 애정이 자신의 마음속에 넘쳐 있기만 하면 여자는 자연히 그렇게 되어갈 수 있는, 그것을 바라는 마음이 될 수 있을 것이다. 결국은 부인 자신이 남편을 사랑하는 마음이 빈약해지고 남편에 대한 존경이 부족했던 것이다. 마음의 교만이었음에 틀림없다.

「마음이 가난한 자는 복이 있나니」 하고 성서에는 씌어 있다. 가난한 마음만이 천국을 아는 것이다. 아키코는 자만심을 버리고 얌전한 마음이 되었을 때 그녀의 가장 큰 기쁨을 느꼈던 것이다. 부인은 자신의 추악함을 알았다. 자존심이 강한 자신의 거만한 마음이 결국 자신의 행복을 앗아간 것이다.

희미하게 어두운 전등불 밑에서 부인은 살그머니 남편의 옆얼굴을 쳐다보았다. 미네조는 혈색이 좋은 다소 살찐 볼에 밤바람을 받으면서 뒤 쿠션에 머리를 기대어 눈을 감고 있었다. 차는 아오야마(青山)의 전쟁으로 재해를 입은 곳의 어둠 속을 달리고 있었다.

평범하고 상식적인 남편이다. 그리고 밝고 그늘진 곳이 없는 성실한 남편이다. 그곳에 한 점 악의도 없다. 허식도 없다. 어린

아이 같은 깨끗한 마음을 가진 사람이다. 어딘가 부족하다고 생각하면 과연 그렇기도 하다. 그러나 부인이 흔들리는 마음을 가지고 바라보면 조금도 흔들림이 없는 침착한 옆얼굴을 보여 주고 있다. 이 연말과 정월 이후에 생긴 일을 잊어버린 것처럼 태연하다.

돌아가자! 돌아가서 그전처럼 남편을 받들고 세이코가 남겨 놓고 간 어린애를 키워 주자. 이 남편과 그 아이에게 자신의 생애를 바쳐 후회 없는 마음으로 해 보자. 행복은, 자신의 마음속에서 키울 수밖에 없는 것이다.

남편이 갑자기 돌아보며 말했다.

「자, 그러면…아파트 앞길은 어디서 돌면 되나?」

「아뇨, 됐어요」 하고 부인은 머리를 흔들었다. 「그냥 곧장 돌아가겠어요.」

「돌아간다고!」 하고 남편은 힘주어 말했다. 그 얼굴을 아쓰코 부인은 정면으로 쳐다보았다.

「돌아가고 싶어요」 하고 매달리듯 말했다. 말을 마치자 눈에서 눈물이 넘쳐 나왔다.

「미안했어요, 너무 제멋대로 굴어서….」

미네조는 묵묵부답이었다. 그러고 나서 온화한 목소리로,

「당신은 상당히 피로한 것 같았소. 여러 가지 어려운 일이 많았으니까」 하고 말했다.

그 단순한, 아무것도 모르는, 무엇 하나 의심하려고 하지 않

는 남편의 넓은 마음에 부인은 새삼 고마운 생각이 들었다.

돌이켜보면 30년에 가까운 부부생활의 역사가 있다. 세 아이를 낳고 아이들을 키워 온 긴 역사다. 얼마나 번잡하고 어려운 생활의 나날이었던가. 그것을 참을 수 없는 것으로 생각하고 한 차례 집을 떠나 보았지만 속 좁은 생각이었다. 가정의 일상은 진보도 없고 향상도 없고, 정력을 소모할 뿐인 어리석은 노력이었던 것처럼 생각된다. 지난날 유키코가 말했듯이 '성생활이 수반된 가정부 생활'에 지나지 않았던 것처럼도 보인다. 그렇지만 여자의 인생은 하루를 기준으로 보아서는 안 된다. 10년, 20년을 기준으로 해서 크게 바라본다면, 아쓰코 부인은 세 아이를 낳고 그들을 성인의 인간으로 키워 낸다는 큰일을 성취해 왔던 것이다.

가정의 하루는 어리석다, 아내의 하루는 부질없는지도 모른다. 그러나 아내의 20년은 부질없는 것이 아니었다. 남자의 경우를 보더라도 한 가지 일을 성취하는 데에 누구나 10년의 노력을 계속하는 것이다. 인생이란 그러한 것이다. 부인은 다시 지난날 가정의 일상을 계속하려고 했다. 그것은 변함없는 번잡하고 어려운 생활일 것이 틀림없다. 그 생활을 통해서 앞으로 10년, 15년을 살아가는 것이다. 남편과 함께 늙고 남편의 죽음을 지켜보고 그 다음으로 자신도 같은 무덤에 들어가는 것이다. 한없이 슬프고 한없이 아름다운 인간의 모습이 아닐까.

아쓰코 부인은 조용한 슬픔으로 가득한 마음으로 남편의 손

을 찾았다. 그는 놀란 듯이 부인을 돌아보았다. 따뜻한 남편의 손을 꼭 잡은 채,

「게이코는 지금쯤 잠들었을까요?」

부인은 혼자말처럼 말했다.

저자 | 이시카와 다쓰조(石川達三, 1905~1985)

아키타(秋田)현 출생
와세다대학 영문과 진학, 1년 후 중퇴
브라질 이민 후 곧 귀국, 이때의 체험을 바탕으로 쓴 장편소설 『창맹(蒼氓)』으로 제1회 아쿠타가와상 수상
일본문예가협회 이사장, 일본펜클럽 회장, 예술원 회원 역임
대표작 : 『창맹(蒼氓)』, 『볕이 안 드는 마을(日蔭の村)』, 『살아 있는 병사들』, 『바람에 흔들리는 갈대』, 『인간의 벽』 등

한림신서 일본현대문학대표작선을 발간하면서

한림대학교 한림과학원 일본학연구소에서는 1995년에 광복 50년, 한일국교 정상화 30년을 기념하면서 일본학총서를 출간하기 시작했다. 그 성과에 대해서 한일 양국의 뜻있는 분들이 높이 평가해 주신 데 깊은 사의를 표한다.

본 연구소는 한국이 일본을 더욱 잘 알게 되고, 한일간의 문화교류가 활발해진다는 것이 한일 양국을 위하는 것일 뿐 아니라 21세기를 향한 동북아시아의 평화와 새로운 질서를 수립하는 데 크게 이바지한다고 생각한다. 그런 뜻에서 일본학총서도 발간해 왔던 것이다. 앞으로도 그 사업을 계속할 것이며 연륜을 더해감에 따라 큰 발자취를 남기게 될 것을 의심하지 않는다.

그런 확신을 가지고 지금까지 일본학총서 발간에 보내 주신 한일 양국 여러분의 성원에 보답하는 의미에서 여기에 새로이 한림신서 일본현대문학대표작선을 발간하기로 했다. 일본 문학은 이미 세계 문학사에서 확고한 자리를 차지하고 있다.

일본은 전통적으로 문학 속에 사상을 담아 왔기 때문에 일본 사회를 알기 위해서는 일본 문학을 알아야 한다고들 흔히 말한다. 그럼에도 불구하고 지금까지 상업성을 위주로 하는 일반적인 출판사업에서는 일본 문학의 전모를 알리기에는 어려운 사정이 많았던 것이 사실이다. 그러므로 본 연구소는 일본을 바로 이해하기 위하여, 한일간의 문화교류를 더욱 촉진하기 위하여 여기에 일본현대문학대표작선을 간행하기로 했다.

이러한 노력이 우리 문화발전에도 크게 이바지할 수 있기를 바라면서 일본에서도 한국 문화를 일본에 알리기 위한 노력이 일어나서 한일간에 새로운 세기를 좀더 밝게 전망할 수 있게 되기를 바란다.

여러분들의 계속적인 성원을 기대해 마지 않는다.

1997년 11월
한림대학교 한림과학원 일본학연구소